Suze Winegardner

BACKSTAGE · Anya undercover

Foto: © Richard Winegardner

DIE AUTORIN

Suze Winegardner hat schon in London, Paris und New York gelebt, heute wohnt sie in North Carolina. Um ihr Heimweh nach ihrem Heimatland England in den Griff zu bekommen, hält sie sich an Cadbury-Schokolade. Wenn sie nicht gerade schreibt, verreist sie liebend gern mit ihrem Mann oder macht ausgiebige Spaziergänge mit ihrem Labrador.

Bei cbt sind außerdem erschienen:

BACKSTAGE – Ein Song für Aimee
(Band 1, 31188)
BACKSTAGE – Mia auf Tournee
(Band 2, 31189)
BACKSTAGE – Bühne frei für Daisy
(Band 3, 31190)

Mehr über cbj/cbt auf Instagram
unter @hey_reader

SUZE WINEGARDNER

BACKSTAGE

Anya undercover

Aus dem Englischen
von Cornelia Röser

cbt

Bei diesem Buch wurden die durch das verwendete Material und die Produktion entstandenen CO2-Emissionen ausgeglichen, indem der cbj-Verlag ein Projekt zur Aufforstung in Brasilien unterstützt.
Weitere Informationen zu dem Projekt unter:
www.ClimatePartner.com/14044-1912-1001

MIX
Papier aus verantwortungsvollen Quellen
FSC® C014496
FSC
www.fsc.org

Wir produzieren
Klimaneutral
ClimatePartner.com/14044-1912-1001
Druckprodukt

Verlagsgruppe Random House
FSC® N001967

1. Auflage 2020
Deutsche Erstausgabe März 2020

Die Originalausgabe erschien 2015
unter dem Titel »Anya and the Shy Guy.
A Backstage Pass Novel« bei Crush,
an imprint of Entangled Publishing LLC, Fort Collins, USA.

Neumarkter Straße 28, 81673 München.
Aus dem Englischen von Cornelia Röser
Lektorat: Katrin Mühlbacher
Umschlaggestaltung: Suse Kopp, Hamburg,
unter Verwendung mehrerer Motive von
Gettyimages/oxygen; Plainpicture/LPF
he · Herstellung: AS
Satz: KompetenzCenter
Druck und Bindung: GGP Media GmbH, Pößneck
ISBN 978-3-570-31164-6
Printed in Germany

www.cbj-verlag.de
Dieses Buch ist auch als E-Book erhältlich.

Für meine Mom, die mir die Liebe zu Büchern,
und meinen Dad, der mir die Liebe zum Reisen
mitgegeben hat.

Will Fray

Alter: *Achtzehn*
Haarfarbe: *Ziemlich dunkel*
Augenfarbe: *Teichwassergrau*
Heimatstadt: *Jacksonville, Florida*
Lieblingssong auf dem Debütalbum: *The One*
Steht auf: *Piercings, nächtliche Busfahrten, gebratenes Brot*
Traumdate:
Im Park spazieren gehen und ein bisschen rummachen. Na gut, ein bisschen mehr als nur rummachen
Lebensmotto:
So was wie mich gibt's gar nicht – bis auf mich!«
– Rocket, Guardians of the Galaxy

Kapitel 1

Anya ließ ihren ramponierten Rucksack in dem kleinen Wachhäuschen vor dem Stadion zu Boden fallen. Noch einmal betrachtete sie den Brief, den man ihr zusammen mit einem All-Access-Backstage-Pass ausgehändigt hatte.

»Will Fray?«, flüsterte sie. Die Worte kratzten in ihrer Kehle. »Ich bin Will Fray zugeteilt? Ich dachte, ich hätte Zugang zur ganzen Band.« Sie hielt inne und musste sich räuspern, weil ihre zu wenig benutzten Stimmbänder ihr den Dienst versagten.

»Was hast du gesagt, Kleine?« Der Blick des riesigen tätowierten Security-Mannes klebte an seinen Monitoren.

Sie versuchte sich daran zu erinnern, wer Will war. Der Blonde? Der mit den vielen Tattoos?

Nein. Jetzt fiel es ihr wieder ein. Sie sah ein Foto eines attraktiven Jungen vor sich, dessen Gesicht halb von einem Vorhang dunkler Haare verdeckt war. Er war der Schüchterne, der in den wenigen Interviews, die sie gelesen hatte, kaum einen Satz herausgebracht hatte. Na toll.

Der Wachmann zuckte die Achseln und zeigte auf eine Flotte von Bussen am anderen Ende des Parkplatzes. »Will ist da drüben im Bus. Pass auf, wo du hintrittst. Hier liegen überall Kabel und teure Technik rum. Wenn du was kaputtmachst, fliegst du raus.«

Anya beschlich das ungute Gefühl, dass ihr Schicksal besiegelt war, wenn sie das Wachhäuschen mit diesem Brief in der Hand verließ. Sie räusperte sich noch einmal, doch ihr gelang nicht mehr als ein erbärmliches Flüstern: »An wen kann ich mich deswegen wenden?« Im nächsten Moment fand ihre Reibeisenstimme glücklicherweise doch noch den gewünschten Lautstärkeregler und hallte durch das fast leere Häuschen: »Ich soll über die ganze Band berichten. Aber offenbar bekomme ich nur Zugang zu einem Mitglied.«

Das war nicht gut. Das war ganz und gar nicht gut. Die Angst zu versagen schnürte ihr die Kehle zu, während sie sich bemühte, ruhig zu atmen. Auf keinen Fall wollte sie jetzt, so kurz vor dem Jackpot, umkippen.

Er seufzte schwer. »Derjenige, mit dem du sprechen müsstest, ist LJ, der Manager von *S2J*. Aber an deiner Stelle würde ich's mir verkneifen und ihm aus dem Weg gehen. Ist nur ein gut gemeinter Rat.« Er setzte sich wieder hin und wandte sich seinen Überwachungsmonitoren zu.

Obwohl ihre Augen vor Enttäuschung brannten, wahrte Anya einen möglichst neutralen Gesichtsausdruck. Das Leben auf der Straße hatte sie gelehrt, dass Tränen Zeitverschwendung waren. Tränen brachten nur etwas, wenn man um Essen bettelte oder um einen Dollar. An einen Security-Typen oder eine Boyband würde Anya sie nicht verschwenden.

Aber diesen Job, für den sie schmutzige Geheimnisse der Bandmitglieder ans Licht bringen sollte, den hatte sie doch in der Hoffnung angenommen, genug Kohle zu verdienen, um von der Straße wegzukommen und wieder studieren zu können. Und um Jude zu helfen. Das durfte sie nicht vergessen.

Geld. Ich bin wegen des Geldes hier. Geld, das mir Sicherheit geben kann. Das uns *Sicherheit geben kann.*

Jude hatte ihr damals, als sie obdachlos geworden war, das Leben gerettet. Und zwar buchstäblich. Er war ein alter Mann – ein Kriegsveteran, wie sie aus seinen Tattoos geschlossen hatte, auch wenn er selbst nichts in der Richtung gesagt hatte – und hatte seine eigenen Dämonen, wegen derer er auf der Straße lebte. Und jetzt hatte sie endlich die Möglichkeit, zur Abwechslung einmal ihm zu helfen. Das durfte sie einfach nicht versauen. Sie würde ihn nicht hängen lassen.

Sie hob ihren Rucksack auf und versuchte, ganz lässig zu wirken und nicht wie ein einziges Nervenbündel, was derzeit ihr Normalzustand war. Langsam bahnte sie sich ihren Weg durch die komplexe Abfolge von Absperrungen und Zäunen, die die Fans von der Band fernhalten sollten.

Die Mädchen drängten sich in fünf Reihen hintereinander, während sie versuchten, einen Blick auf die weltberühmten Jungs zu erhaschen. An den Metallgittern hingen selbst gemalte Poster, und Anya dachte kurz darüber nach, für wie viel sie ihren All-Access-Pass verkaufen könnte. Vielleicht war das ihre beste Chance, an Geld zu kommen, nachdem sie Will Fray, dem stillsten Typen in der Band, zugeteilt worden war.

Herrje. Nur eine einzige Chance. Bitte.

Aber das hier *war* ihre Chance und die musste sie nutzen. Selbst wenn es das Letzte war, was sie tat.

Sie hievte sich ihren Rucksack auf die Schulter und klopfte aus Gewohnheit die Tasche ab, in der ihr Notizbuch steckte. Gut. Da sie weder Handy noch Laptop besaß, musste sie sich auf ihr Notizbuch verlassen, um alle Gespräche, jedes Interview und jede Idee festzuhalten.

Ihr Blick fürs Detail war es gewesen, der ihr diesen Job eingebracht hatte. *WowSounds.com* war von der Authentizität ihres Artikels über die Obdachlosen von Tulsa so beeindruckt gewesen, dass man sie gefragt hatte, ob sie zur *Make-it-Last*-Tour von *Seconds to Juliet* dazustoßen wollte. Niemandem war in den Sinn gekommen, dass Anya selbst zu jenen Obdachlosen gehören könnte, die sie für ihren Artikel interviewt hatte. Auch dass sie erst siebzehn war, ahnte niemand.

»Geht's dir gut, Mädchen?«

Sie drehte sich zu dem Security-Typen um, der aus seinem Wachhäuschen getreten war. »Sind die Fans jeden Tag hier?«

Sein Blick glitt flüchtig über die Mädchenmenge. »Ja. Seit wir in der Stadt sind. Aber sie dürfen nicht mit ihnen sprechen. Also die Jungs.«

»Warum nicht?«

»LJ meint, wenn die Mädchen erst ein Foto und ein Autogramm ergattert haben, kommen sie nicht mehr zu den Konzerten und kaufen keine Alben mehr.«

»Ehrlich? Ich hätte gedacht, sie wollen dann erst recht mehr.«

»Ich auch. Aber was weiß ich schon. Ich bin nur der Kerl mit den Muskeln.« Er fasste sie an den Schultern, drehte sie um und deutete zu den Bussen.

Seine Berührung ließ sie innerlich erstarren, aber äußerlich versuchte sie, keine Reaktion zu zeigen. Er gab ihr einen leichten Schubs. »Bring dein Gepäck in den Bus, dann wird dir jemand alles zeigen.«

»Danke.« Ihr lief der Schweiß den Rücken hinunter, während sie über den Parkplatz ging. Sie rief sich noch einmal die wenigen Artikel ins Gedächtnis, die sie über Will Fray gelesen hatte. Sobald sie einen sicheren und ruhigen Platz zum Arbeiten gefunden hatte, würde sie einen Blick in ihre Notizen werfen müssen.

Die letzten beiden Tage hatte sie in der Bibliothek recherchiert, von der aus sie bisher ihre Artikel in die Redaktion geschickt hatte. Ihr Notizbuch war voller Songs, Alben, Zitate und Hintergrundinformationen über die Jungs.

Es wäre so viel einfacher gewesen, wenn sie mit der gesamten Band hätte sprechen dürfen. Von allen Mitgliedern war Ryder derjenige, bei dem sie am ehesten ein dunkles Geheimnis vermutet hätte. Er war schließlich der Bad Boy. Aber stattdessen musste sie sich mit

Will Fray begnügen. Die Zeitschriften hatten ihn *Der Schüchterne* getauft, aber Anyas Ansicht nach hätte man ihn genauso gut den Langweiler nennen können.

Was fanden die Mädchen bloß an ihm? Klar, er war süß, aber ihr waren Jungs lieber, die sich trauten, ihre Meinung zu sagen. Die Chance, dass er ihr irgendetwas liefern würde, womit sie arbeiten konnte, gingen gegen null. Null Komma nichts.

Sie blieb abrupt stehen und starrte den Bus an.

War das ihr Ernst? Auf dem beknackten Tourbus prangte ein riesiges Oben-ohne-Bild der Band. Anya schob sich ihre uralte Sonnenbrille in die Haare und betrachtete das Bild lange. Sie konnte den Blick nicht davon losreißen.

Es war billig und schmalzig und bereitete ihr Magenschmerzen. Sie rieb sich den Bauch und warf Blicke nach allen Seiten, um sicherzugehen, dass niemand sie beobachtete. Unauffällig zog sie ihre kleine Digitalkamera aus der Tasche und schoss schnell ein Foto. Sie drückte auf den fünf Jahre alten Hello-Kitty-Sticker an der Kamera und sah sich das Foto auf der Längsseite des Busses noch einmal an.

Hmm. Einer von diesen halb nackten Typen musste Will sein. Wenn sie sich nur erinnern könnte, welcher. Obwohl sie zugeben musste, dass die alle ziemlich gut aussahen.

Das kann ja heiter werden.

Anya holte tief Luft, strich glättend über die hochgesteckten Haare und klopfte an die Bustür. Aus dem

Wageninneren dröhnte Musik und Anya verdrehte stumm die Augen. Die Jungs hörten im Tourbus ihre eigene Musik? Sie konnte es nicht erwarten, diese Perle in ihrer Story unterzubringen. Wie selbstverliebt war das denn?!

Diesmal klopfte sie mit der Faust, und zwar so fest, dass die Tür wackelte. Die Musik verstummte. Immerhin.

So lustig es im Film auch aussah, wenn Zwillinge die Rollen tauschten – Matt wusste es besser. Das hier war alles andere als lustig.

Ich wünschte, ich wäre nicht hier.

Ich wünschte, Will wäre hier.

Wenn man älter als acht war, machte so ein Rollentausch nicht mehr halb so viel Spaß. Es war nicht wie im *Doppelten Lottchen*, eher wie in *Shining*.

Er schlug die nächste Seite seines Notizbuchs mit den *S2J*-Songs auf und übersprang *The One*, ihren bisher wohl bekanntesten Song. Er kannte schon fast alle Songtexte auswendig, vor allem diesen. Ach verdammt, diesen Text kannte so ziemlich jeder Mensch in der westlichen Hemisphäre.

Stattdessen sollte er sich auf die paar Stücke konzentrieren, bei denen er jedes Mal ins Stolpern geriet, wenn er Background singen musste. Zum Glück kreischten die Fans ohnehin während des ganzen Sets durch, da war es bisher niemandem aufgefallen, wenn er beim Text danebengehauen hatte. Aber irgendwann würde es passieren, also sollte er die Texte besser zügig auf die Reihe kriegen. Er war schon zu weit gekommen, um seinen Zwilling jetzt hängen zu lassen.

Ein lautes Hämmern an der Tür ließ den Bus erzittern.

Was denn jetzt?

Er stapfte zur Tür, stieß sie schwungvoll auf und zwang die Besucherin damit, ein paar Stufen hinunter zurückzuweichen.

Hallo, Sonnenschein!

Dabei hatte sie rein gar nichts Sonniges an sich. Nur dichte schwarze Haare und eine ziemlich saure Miene. In den Haaren steckten viele kleine Klämmerchen mit Comicfiguren und Blümchen darauf, die Art, wie kleine Kinder sie trugen, doch das konnte ihn keine Sekunde von ihren Augen ablenken: grau und blau und … unerbittlich.

Du meine Güte. Er wollte nicht der Typ sein, auf den sie so stinksauer war.

Ihre rechte Augenbraue zierte ein winziger Ring, was ihrem Aussehen etwas Gefährliches verlieh. Er wusste nicht, ob er wahnsinnig scharf auf sie war oder einfach Angst vor ihr hatte. Doch in ihrem Blick lag noch etwas anderes, eine Art Misstrauen oder Traurigkeit oder so.

Ich möchte wissen, was ihr Geheimnis ist.

»Kann ich dir helfen?«

»Das glaube ich kaum. Aber wie es aussieht, habe ich dich jetzt für zwei Wochen am Hals.« Sie ließ ihren

Rucksack auf den Boden fallen. Er sah so schwer aus, als würde ihr ganzes Leben darin stecken. »Du bist Will Fray, richtig?«

Er starrte auf ihre Hände, wie man es ihm eingetrichtert hatte. Nicht etwa, weil sie eine Waffe ziehen, sondern weil sie sich das Oberteil runterreißen könnte. So was kam vor. Oft sogar. Und dieser Arsch von Manager hatte sie gewarnt, dass sie für ein Foto mit einem obenrum nackten Teenager schneller aus der Band fliegen würden als für einen verpatzten Einsatz auf der Bühne. Zum Glück blieben ihre Hände unten.

»Schon möglich. Warum hast du mich am Hals?« Er suchte den Parkplatz mit den Augen nach der Security ab. Keiner da. Typisch.

Ihr Blick sprühte Funken, als sie ihm einen Brief in die Hand drückte. Er war von LJ, dem Managerarsch, und besagte, dass dieses Mädchen – er las den Namen der Adressatin: Anya Anderson – für volle zwei Wochen Will Fray zugewiesen worden war, um einen Artikel für *WowSounds.com* zu schreiben.

Matt wurde eiskalt.

Dieser Dreckskerl.

Ihm war schon aufgefallen, dass LJ ihm gegenüber misstrauisch geworden war und ihn auf der Bühne komisch ansah, aber das hier war ein Albtraum. Wie sollte er das Geheimnis seines Bruders wahren, wenn er rund um die Uhr Will sein musste?

Er rang sich ein Lächeln ab. »Sieht wirklich so aus, als hättest du mich am Hals.«

»Jetzt, wo das geklärt wäre …« Sie stieg die Stufen zum Bus hinauf.

Er hob die Hand. »Oh nein. Nein, nein und noch mal nein. Keinen Schritt weiter. In diesen Bus darf nur die Band. Du musst in den Bus für Crew und Begleiter.«

Eine eiskalte Woge traf ihn, als sie bei seinen abfälligen Worten die Brauen zusammenzog. Mist! Wenn er fies zu ihr war, würde sie erst recht so lange und tief graben, bis sie seine Geheimnisse enthüllt hatte.

Sei charmant, du Depp.

»Ich meinte den *Hanging-On*-Bus«, sagte er. »Alle Tourbusse sind nach Songs unseres ersten Albums benannt. Dieser hier heißt *The One.*«

Sie trat einen Schritt zurück und betrachtete die Außenwand des Busses. Matt wand sich innerlich. Seine einzige Rettung war, dass nicht *sein* halb nackter Körper auf dem Foto zu sehen war, sondern der seines Zwillings. Aber das wusste sie nicht. Und mal ehrlich, auch wenn er etwas mehr Zeit im Fitnessstudio verbrachte als Will, waren sie am Ende eben doch Zwillinge. Gleiche Gene, gleicher Body.

Sie legte den Kopf schief. »Bist du sicher, dass er nicht *Not Tonight* heißt?«

Er lachte. Immerhin hatte sie die Diskografie der Band drauf. »Nein. *Not Tonight* heißt der Bus, in dem die Aufpasser mitfahren. Und der mit der miesen Federung ist der *Rock-You*-Bus.«

»Will ich wissen, wer im *Kiss-This*-Bus fährt?«, fragte sie, ohne mit der Wimper zu zucken.

»Solche privaten Informationen kann ich dir unmöglich verraten. Dafür müssten wir uns schon besser kennen. Viel besser.«

Dieses Mädchen. Eins musste er ihr lassen: Sie war ganz anders als die anderen Journalisten, denen er bisher aus dem Weg gegangen war. Er hätte nicht mal etwas dagegen, dieser – wie hieß sie noch mal ... Anya? – ein paar ganz private Einblicke zu gewähren.

Sie zögerte und legte den Kopf schief. »Du bist nicht so schüchtern, wie du dich gibst, oder?«

Das Lächeln fiel ihm aus dem Gesicht.

Na prima, Matt. Du musst ein Geheimnis bewahren, vergiss das nicht. Lenk sie bloß ab!

»Du darfst nicht alles glauben, was du liest. *Don't believe everything you read, baby, everything you see, baby, I can be your everything, baby ...*« Er wand sich. So ein Mist! Was hatte ihn bloß geritten, die Songtexte seines Bruders zu zitieren? Die ganze Zeit hatte er sich so gut in Wills Rolle geschlagen, aber drei Sekunden mit dieser Anya reichten aus, um ihn völlig aus dem Konzept zu bringen.

»Echt jetzt? Funktioniert das wirklich, Mädels mit deinen eigenen Liedtexten zu beeindrucken?« Sie sah fast aus, als würde sie sich für ihn schämen oder ihn bemitleiden.

»Ich ... äh ... entschuldige.« Er stammelte absichtlich, um Wills Schüchternheit zu simulieren. »Du ... du siehst einfach so hübsch aus.« Himmelherrgott. Selbst Will wäre da etwas Geschmeidigeres eingefallen.

Sie sah unbehaglich an ihrer schwarzen Strumpfhose, der kurzen Jeans und dem löchrigen T-Shirt hinunter. »Jetzt weiß ich, dass du lügst. Wie schön. Das ist doch ein guter Anfang.« Sie zog ein dickes Notizbuch aus ihrer Tasche und hievte sich den Rucksack auf die Schulter. Dann zog sie mit dem Mund die Kappe von ihrem Stift und nickte. »Ein sehr guter Anfang.«

Mist.

Kapitel 2

Sobald sie die Tür hinter sich zufallen hörte, blieb Anya stehen und streckte ihre Hand vor sich aus. Sie zitterte, als wäre sie gerade Zeugin eines Mordes geworden. Sie ballte die Hand zur Faust und atmete tief durch. Selbst der Atemzug war zittrig. Sie hatte völlig vergessen, wie lange es her war, dass sie jemandem in die Augen gesehen hatte. Dass sie mit jemandem ihres Alters gesprochen hatte. Dass sie an irgendetwas anderem Interesse empfunden hatte als daran, einen sicheren Schlafplatz für die Nacht zu finden.

Vor zwei Jahren war sie davon aufgewacht, dass der Gerichtsvollzieher an die Tür hämmerte, und seitdem war sie fast ausschließlich auf sich selbst gestellt gewesen. Okay, es hatte eine Pflegefamilie gegeben, aber nach drei Tagen war Anya zu dem Schluss gekommen, dass sie lieber auf offener Straße erschossen werden würde, als eine weitere Nacht unter ihrem Dach zu verbringen.

Überleben hieß, unsichtbar zu bleiben. Nicht aufzufallen.

Aber Will war sie aufgefallen.

Sie war selbst schuld. Sie hätte nicht so angriffslustig sein sollen. Aber was hätte sie sonst tun sollen, wenn er so mit ihr redete? Er hatte doch geradezu um eine verbale Ohrfeige gebettelt.

Sie musste in Zukunft vorsichtiger sein. Es war schon ein Wunder, dass sie es bis hierher geschafft hatte.

Zu ihrem großen Glück war ihre Schreibe bei *WowSounds.com* so gut angekommen, dass niemand genauer nachgeforscht hatte, wer die Autorin war. Sie hatte diesen einen Artikel über Obdachlose geschrieben, aber nie offenbart, dass sie so viel darüber wusste, weil sie selbst auf der Straße lebte. Den Scheck über 50 Dollar hatte die Redaktion an einen freundlichen Ladenbesitzer geschickt, der ihn für sie eingelöst hatte. Dann hatte sie eine Reportage über das Leben auf den Straßen von Tulsa verfasst, die ihr 250 Dollar eingebracht hatte – und außerdem das Angebot, zwei Wochen mit der Band zu verbringen.

Die Leute bei *WowSounds.com* hatten keinen Schimmer, dass Anya erst siebzehn war. Schließlich hatte sie den Leuten vorgegaukelt, sie wäre verheiratet und hätte Kinder. Noch eine Lüge. Doch mit dieser Lüge hatte sie die Leute bei *WowSounds.com* für sich gewinnen können. Auch wenn sie ihr zusammen mit den anderen wie Blei im Magen lag.

Sie fand den *Hanging-On*-Bus – nicht unbedingt ein Geniestreich, denn der Name prangte groß auf der Seite – und klopfte an die Tür.

Die Tür flog krachend auf und eine junge Frau starrte auf sie herab. Im nächsten Augenblick verzog ihr Gesicht sich zu einem Lächeln. »Du musst Anya Anderson sein. Komm doch rein.« Die Frau trat zurück in den Bus und verschwand aus Anyas Blickfeld.

Anya stieg die paar Stufen in die Dunkelheit und versuchte, den Anschluss an die Frau nicht zu verlieren. Hier drin war es wie in einer anderen Welt. Die Sonnenblenden waren an allen Fenstern heruntergelassen, und Punktstrahler beleuchteten beigefarbene Sessel, Sofas und Sitzecken.

Die Frau sprach weiter, als Anya sie eingeholt hatte. »Wir sind nur zu zweit in diesem Bus. Es gibt sechs Schlafkojen, gleich hier. Ich habe mir die ganz hinten genommen, ich hoffe, das ist okay für dich. Allerdings werde ich nicht viel hier sein. Meine Familie ist zu Besuch, und die wohnen alle in einem schicken Hotel in der Stadt, die meiste Zeit werde ich wohl dort sein. Such dir ein Bett aus.« Sie plapperte mit etwa hundert Stundenkilometern, ihre langen, dunklen Haare wippten bei jedem Schritt und fast jedem Wort.

Der Schlafbereich war unbeleuchtet und jede Koje hatte einen Vorhang. Anya zog einen davon auf und warf einen Blick hinein. Die Betten waren recht groß, darüber gab es Stauraum für persönliche Dinge, und am Fußende hing ein Fernseher an der Wand. Es waren Stockbetten, das untere der beiden schien eine Spur mehr Platz zum Aufrechtsitzen zu bieten. Als Anya den Rucksack von ihren Schultern gleiten ließ, spürte sie ein

Kribbeln in den Augen. Heute Nacht würde sie in einem richtigen Bett schlafen. Behutsam strich sie über die weichen Laken.

»Alles okay mit dir?«, fragte die Frau.

Ehrlichkeit wäre zwecklos gewesen. Stattdessen streckte sie die Hand aus. »Ich bin Anya.«

Das breite Lächeln kehrte zurück. »Natasha. Ich mach das Make-up, wenn Deb freihat. Ein Hoch auf die Gewerkschaft, was? Nie mehr dreihundert Tage am Stück arbeiten! Was ist dein Job?«

»Ich schreibe über die Band. Genau gesagt über Will Fray.« Anya zog den Vorhang vor ihrer Koje wieder zu. »Sind meine Sachen hier drin sicher?«

»Na klar. In diesen Bus kommt nie jemand. Er ist nicht so schick wie die anderen. Hin und wieder wohnt noch jemand anderes hier. Normalerweise schläft auch Daisy hier, sie ist Trevins Freundin, aber gerade für ein paar Wochen zu Hause. Ihre ganzen Sachen sind noch da, über dem oberen Bett ganz hinten.« Natasha sah Anya von oben bis unten an und zog die Brauen hoch. »Du bist Reporterin? Dafür siehst du ganz schön jung aus. Wie alt bist du? Das Päckchen, das für dich gekommen ist, war an eine Mrs. Anya Anderson adressiert. Bist du etwa verheiratet?«

Himmel noch mal. Anya brauchte ein paar Sekunden, um ihre Gedanken zu ordnen. »Ich bin neunzehn. Da hat sich wohl jemand vertan. Ich bin nicht verheiratet.« *Ablenkung, Ablenkung. Ich brauche was zur Ablenkung.* »Was für ein Päckchen?«, fragte sie schnell.

»Steht in der Bordküche. Ich glaube, als Absender stand da *WowSounds*. Für die arbeitest du?« Natasha ließ sich in einen Sessel fallen und schwang die Beine über die Armlehne. »Neunzehn? Du hast fantastische Haut. Ich würde liebend gern mal mit dir arbeiten.«

Anya drehte und wendete das Paket in den Händen. Was mochte man ihr da geschickt haben?

»Willst du es nicht aufmachen?«, fragte Natasha.

Anya nahm eine Schere aus dem Messerblock auf der Arbeitsplatte der Bordküche und betrachtete sie einige Augenblicke. Sie sah aus wie jene Scheren, die ihre Mutter ihr früher zum Ausschneiden von Anziehpuppen gegeben hatte. An die Schere erinnerte sie sich, aber vieles andere, was mit ihrer Mutter zu tun hatte, hatte sie ausgeblendet. Wie groß sie war, wie sie sprach, sogar ihr Gesicht. Also jedenfalls das freundliche Gesicht. Nicht das zugedröhnte. Das würde sie wahrscheinlich nie mehr vergessen.

Sie schnitt das Klebeband auf. »Und wie alt bist du?«, fragte sie dann. Schließlich war Angriff die beste Verteidigung.

»Dreiundzwanzig, aber verrate es niemandem. Die glauben, ich bin fünfundzwanzig. LJ hat eine neue Altersregel für Frauen auf der Tour aufgestellt. Alle jüngeren Mädchen, die aus irgendeinem Grund bei der Tour dabei waren, haben was mit einem der Jungs aus der Band angefangen. Und das mag LJ ganz und gar nicht.«

»Warum nicht?«

Natasha lächelte, als wüsste sie etwas, das sonst niemand wusste. »Die Bandmitglieder sollen alle Single und verfügbar sein. Die neue Altersgrenze für Angehörige des weiblichen Geschlechts ist fünfundzwanzig. Also halt dich um Gottes willen von LJ fern. Der kauft dir nie im Leben ab, dass du älter als neunzehn bist. Nicht böse gemeint. Du bist schneller raus aus der Tour als ein Fan aus der Unterwäsche.« Ihre Beine wippten im Takt einer Hintergrundmusik, die Anya bis gerade noch nicht bemerkt hatte.

»Warum hast du mir dein richtiges Alter verraten? Ich meine, wenn jemand davon erfährt, wirst du gefeuert.«

»Ja. Aber du kannst doch ein Geheimnis bewahren, oder nicht?«

Anya hätte beinah laut gelacht. Stattdessen lächelte sie und nickte.

»Dann ist doch alles gut. Neuen Freunden muss man einen Vertrauensvorschuss geben. Vor allem auf so einer Tournee. Hier wird man zu einer Art Familie. Wir pennen im selben Bus, also sind wir Familie.« Natasha klang, als wäre das damit besiegelt. Sie waren Freunde. Familie sogar. Punkt.

Die Vorstellung, eine Freundin zu haben, der sie vertrauen konnte, ließ Anyas Herz höherschlagen. Sie beschloss, dem Rat ihrer neuen Freundin zu folgen und diesen LJ lieber nicht darauf anzusprechen, dass ihr Zugang zur Band auf Will beschränkt war. Sie durfte diese Sache nicht vermasseln. Sie musste einfach das Beste daraus machen.

Sie schälte einen Tablet-Computer aus seiner Plastikverpackung. Er war deutlich sichtbar mit dem *WowSounds*-Logo versehen und hatte einige Kratzer an den Kanten, weshalb sie vermutete, dass das Gerät bereits gebraucht war.

Dabei lag eine Notiz der für sie zuständigen Redakteurin.

Liebe Mrs. Anderson,
wir schicken Ihnen dieses Gerät, weil es einen Shared Drive hat. Reichen Sie damit einfach Ihre täglichen Blogposts und ihren abschließenden Artikel ein, dann brauchen Sie die Texte nicht extra zu mailen und sie können nicht verloren gehen.
Ich hoffe, wir sehen uns bald.

Viel Glück,
Cynthia Wilcox
Redakteurin
WowSounds.com

Gut! Der Gedanke, sich in die örtliche Bibliothek schleichen zu müssen, um ihre Artikel einzureichen, hatte sie ein bisschen nervös gemacht, und sie hatte sich schon ausgemalt, dass der Tourbus ohne sie wegfahren würde, während sie noch versuchte, ihre Posts auf einen fast schon antiken Computer hochzuladen. Sie hatte sogar daran gedacht, sich von jemandem einen Laptop auszuleihen.

Ihr wurde etwas leichter zumute. Vielleicht war das ein gutes Omen.

Aber die Worte am Ende des Briefs …

Ich hoffe, wir sehen uns bald.

Anya betete, dass es sich nur um eine Grußformel handelte und kein konkretes Vorhaben dahintersteckte. Sie konnte die Redakteurin unmöglich persönlich treffen. Himmel, das wäre wirklich eine Katastrophe.

»Soll ich dich ein bisschen rumführen?« Natasha sprang auf, als wäre es viel zu langweilig, länger als ein paar Minuten am Stück still zu sitzen. »Ich warne dich, viel machen kann man hier nicht. Tagsüber pennen die meisten normalerweise, weil wir oft bis in die frühen Morgenstunden auf sind.« Sie führte Anya aus dem Bus und die Stufen hinunter.

Natasha erzählte ihr, wer in den jeweiligen Bussen wohnte, während sie an der langen Reihe vorbeigingen, die sich am Rand des Arenaparkplatzes entlangwand. Als sie an *The One* vorbeikamen, fiel Anya auf, wie jemand durch die Tür verschwand, von der sie abgewiesen worden war. Das musste ein Mitglied von *Seconds to Juliet* sein. Einer der Jungs, über die sie nicht berichten durfte. Sie reckte kurz den Hals, um zu sehen, ob sie sein Gesicht einem der Fotos auf dem Bus zuordnen konnte. Leider war er zu schnell verschwunden.

Matt entspannte sich, als Trevin in den Bus kam. Er wusste als Einziger von seinem Geheimnis. Und er wusste als Einziger über Will Bescheid.

»Wie geht's ihm?«, fragte Trevin und setzte sich auf einen der Ledersessel.

»Ihm geht's gut«, antwortete Matt. Er wusste nie, was er auf diese Frage antworten sollte. Will vertraute Trevin, weil die beiden sich im Laufe der Tournee nähergekommen waren, aber Matt kannte ihn nicht gut genug. Wenn er zugab, dass Will immer noch in der Entzugsklinik war und Schwierigkeiten hatte, ohne Drogen mit seiner Verletzung fertigzuwerden, würde Trevin diese Information dann irgendwie verwenden?

»Freut mich zu hören«, sagte Trevin. »Es ist einfach nicht dasselbe ohne Will. Ich meine, ihr seid euch ähnlich, aber es ist einfach nicht dasselbe, weißt du?«

Das kannst du laut sagen. »Nee, weiß ich nicht.« Matt lachte. Auch wenn er Trevin noch nicht sehr gut kannte, er mochte ihn einfach. »Kann ich was für dich tun?« Er goss sich eine Tasse Kaffee aus der Kanne ein und hielt sie in einer stummen *Willst-du-auch?*-Geste hoch.

Trevin schüttelte den Kopf. »Was du für mich tun kannst, ist, nicht immer *I wash your back* zu singen, wenn es *I watch your back* heißen müsste. Du glaubst vielleicht, dich hört keiner, aber ich höre dich, und LJ hört dich auch, da kannst du deinen Arsch drauf verwetten.«

Matt lehnte sich an den Küchentresen. Aha!

»Na, das ergibt immerhin mehr Sinn in Verbindung mit dem restlichen Text.« Er öffnete eine Schublade und nahm das Songbook heraus, das Will für ihn geschrieben hatte. *Schweinehund.* »Tut mir leid, Alter. Der kleine Drecksack hat *I wash your back* geschrieben. Er hat mich schon immer gern verarscht.«

Trevin schnappte sich das Buch und las es durch. »Hey, im Zweifel für den Angeklagten. Er hatte immerhin Schmerzen, als er dir das aufgeschrieben hat. Gib mal 'nen Stift.«

Matt warf ihm einen Bleistift zu, und Trevin fing an, in dem Buch herumzukritzeln. O verdammt. Wie es aussah, hatte er bei einem ganzen Haufen Songs einen falschen Text gesungen. Kein Wunder, dass Trevin vorbeigekommen war, um mal nach dem Rechten zu sehen.

Sie würden einfach das Beste aus der Situation machen müssen, bis Will zurückkam. Niemand hätte irgendetwas von alldem vorhersehen können.

Als Will sich bei den Proben für die Tour das Kreuzband gerissen hatte, hatte LJ ihn mit Schmerzmitteln vollgepumpt, damit er die Tour fortsetzen konnte. Eines Abends hatte Will heulend und zitternd vor dem Haus seiner Mutter in Florida gestanden und sie um Hilfe angefleht. LJs Anwalt hatte umgehend damit gedroht, Will beziehungsweise seine Mutter auf 20 Millionen Dollar zu verklagen, sollte er die Tour abbrechen, um einen Entzug zu machen. Schließlich wäre das Vertragsbruch.

Einen Haarschnitt und einen Probeabend in der Garage später war Matt mit dem Songbook ausgerüstet auf Tournee und Will in der Entzugsklinik. Das war vor drei Wochen gewesen, und wenn Matt ehrlich war, hatte er selbst nicht weniger hart zu kämpfen als Will. Auf

Wills Namen zu reagieren, bei den Texten und Choreografien mitzuhalten – es war die Hölle. Aber durch diese Hölle musste er gehen, um seiner Familie den Scheiß mit LJ zu ersparen.

Noch ein paar Wochen, dann würden sie zurücktauschen können, und niemand würde etwas davon erfahren. Matt konnte wie geplant aufs College gehen. Er rieb sich das Gesicht. Das war wahrscheinlich das größte, gefährlichste Verwirrspiel der Welt und er steckte mittendrin.

Wenn er gewann, würden er und sein Zwilling ihr Leben zurückbekommen. Wenn er verlor, wären sie für alle Zeit verschuldet und vermutlich obdachlos. Verdammt, es würde die ganze Band vernichten, wenn irgendetwas davon herauskam.

»Das sollte reichen. Geh das vor der Show heute Abend noch mal durch.« Trevin gab ihm das Buch zurück.

Matt nahm es. »Hast du mitgekriegt, dass LJ mich für zwei Wochen mit einer Reporterin verkuppelt hat? Sie ist heute angekommen und hat das hier geschwenkt.« Er gab ihm den Brief.

Trevin las ihn sich durch. »Mist. Das würde er nur machen, wenn er einen Verdacht hätte, oder?«

»Ich weiß nicht, Mann. Sie ist von *WowSounds.com*, dann muss es doch seine Richtigkeit haben.« Matt nippte an seinem lauwarmen Kaffee und sah durch die getönte Fensterscheibe nach draußen. Wenn sie sich an seine Fersen heftete, musste er noch mehr in seiner Rolle sein als bisher. Vielleicht gehörte das zu LJs Plan. »Glaubst du, er weiß Bescheid?«

Es musste einen Grund dafür geben, dass LJ ihm eine Reporterin auf den Hals hetzte, oder? Als die Band frisch gegründet gewesen war, hatte LJ sie nur unter der Bedingung vertreten wollen, dass sie alle einen Vertrag unterzeichneten, der ihn zum sechsten Bandmitglied machte. Jeder bekam den gleichen Anteil. Aber wenn einer von ihnen ausschied, würde LJ dessen Anteil zusätzlich bekommen.

»Nein. Na ja, ich weiß es nicht. Er würde nicht riskieren, etwas zu sagen, solange er sich nicht hundertprozentig sicher ist. Aber du weißt, dass er scharf auf Wills Anteil ist, also möchte er damit entweder Will unter Druck setzen, sich wieder Pillen einzuschmeißen, oder ...«

»... oder einfach mich rausschmeißen, weil ich Matt bin. Verdammt.«

Damals war es ein guter Deal gewesen, weil die Band den fünffachen Platin-Schallplatten-Gewinner offen gesagt dringender gebraucht hatte als er sie.

Aber jetzt?

Jetzt fragten sich Matt und Trevin, ob LJ Will absichtlich eine Falle gestellt hatte. Am liebsten hätten beide den Manager grün und blau geprügelt. Aber das konnten sie nicht, nicht solange LJ so viel Macht über die Band hatte.

Immer schön den Kopf unten halten und mitspielen. Vier Wochen noch, bis Will aus der Klinik kommt. Plus/minus ...

Trevin stand auf. »Mach dir keine Sorgen, ich hole euch da beide wieder raus. Bleib … bleib einfach cool, leg dich nicht mit LJ an, und um Himmels willen, wickle diese Reporterin um den Finger. Bring sie dazu, dich zu mögen. In zehn Minuten auf der Bühne, okay?«

»Klar. Danke, Mann.« Sie verabschiedeten sich mit einem Faustgruß, dann verließ Trevin den Bus so, wie er ihn betreten hatte: mit einer knallenden Tür.

Matt holte tief Luft und streckte die Hand vor sich aus. Sie zitterte ein bisschen. Wenn auch nicht so sehr wie in der Woche zuvor.

Kapitel 3

Anya holte Luft und hob die Hand, um anzuklopfen. Gerade war sie LJ begegnet. Sie hatte es vermeiden wollen, aber er war aufgetaucht, als sie mit Natasha aus dem Make-up-Wagen kam. Sie hatten den Bus verlassen, als zwei Mädchen hereinkamen, die mit der Maske dran waren. Anschließend hatte Natasha ihr erklärt, dass die beiden *S2Js* Vorband waren und Anya ihnen nach Möglichkeit lieber aus dem Weg gehen sollte.

Damit konnte Anya leben. Sie wollte auf gar keinen Fall in Schwierigkeiten geraten. Wenn jemand sie aus irgendeinem Grund zu genau ansah, würde sie schneller aus der Tour fliegen, von *WowSounds* gefeuert werden und wieder auf der Straße landen, als sie *S2J* kreischen konnte.

Als Natasha gerade anfing, über die beiden Mädchen abzulästern, waren sie LJ in die Arme gelaufen. Er hatte die Stirn gerunzelt und Anya zurück zu Will Fray geschickt. Sie solle ihn nicht aus den Augen lassen, trug er ihr auf. Sie stammelte ein »Ja, Sir« und sauste los, um Will zu suchen. Immerhin hatte er ihr das Alter abgekauft. Wahrscheinlich. Vielleicht. Sie war sich nicht sicher. Sie wusste, dass sie ein bisschen älter aussah, als sie war, das war gut, aber er hatte sie dennoch mit einer gehörigen Portion Misstrauen angesehen. Verdammt. Ihm in die Arme zu laufen, war schlimmer gewesen als das eine Mal, als sie von diesen betrunkenen Collegetypen verfolgt worden war. Damals hatte sie sich in den Straßen besser ausgekannt als ihre Verfolger und sie schließlich abschütteln können. Aber LJ. Der war noch sehr viel angsteinflößender. Er spielte in einer anderen Liga. Vor allem, weil er die Macht hatte, sie rauszuwerfen. Und sie musste bleiben. Für Jude.

Anya ließ die Hand sinken und trat die Einstiegsstufen des Busses hinunter auf den Parkplatz. Einatmen. Ausatmen. Sie ballte die zitternden Hände zu Fäusten. Sie war in Sicherheit. Einatmen. Ausatmen. Niemand konnte ihr etwas tun. Sie musste nur einen Weg finden, auf der Tour zu bleiben, und sich so lange aus Schwierigkeiten raushalten, bis sie ihre Story hatte.

Wieder sah sie zu Wills Tür. Es war so lange her, dass jemand mit ihr geredet hatte. Richtig geredet. Und ihr in die Augen gesehen hatte.

Die Erlebnisse des heutigen Tages drohten sie zu überwältigen. Und sosehr sie sich wünschte – o Gott, wie sehr sie es sich wünschte – zur Uni gehen zu können und einen Job zu finden, wäre sie in diesem Moment am liebsten wieder auf der Straße gewesen. Allein und anonym. In sich gekehrt, ohne mit irgendjemandem sprechen zu müssen. Auf der Straße war es gefährlich, aber dort wusste sie wenigstens, wie sie sich schützen konnte. Wie man hier überlebte; davon hatte sie keine Ahnung.

Komm schon, du kannst das schaffen.

Sie holte noch ein letztes Mal Luft, dann stapfte sie lautstark die drei Stufen wieder hinauf und hämmerte mit der flachen Hand gegen die Tür, kaum dass sie oben war.

Keine Gefangenen.

Die Tür wurde aufgerissen, und sie musste sich am Geländer festhalten, um nicht die Stufen hinunterzustolpern.

»Was ist? Ach, du bist's.« Will blinzelte, als wäre er gerade aufgewacht. »Hi.« Er versuchte, die schwache Begrüßung mit einem superbreiten Lächeln wettzumachen. Einem besorgniserregend manischen Lächeln.

Sonderbar.

»Mr ... äh, also, LJ sagt, ich soll an dir kleben wie Kaugummi.« Anya zuckte entschuldigend die Achseln. »Da bin ich also. Das Kaugummi.« *Das Kaugummi?*

Sein Lächeln fiel in sich zusammen, und für einen Sekundenbruchteil war ein Stirnrunzeln zu sehen, das gleich wieder verschwand und einem ansatzweise geschmeidigeren Lächeln Platz machte. »Ja, das bist du. Also, hier. Und wie klebrig du bist, werden wir gleich herausfinden. Ich bin auf dem Weg zu einer kurzen Bühnenprobe. Möchtest du mitkommen?« Er hielt ihr die Hand hin wie einem kleinen Mädchen.

Anya konnte nicht anders, als sich zu sträuben. »Laut

LJ muss ich mitkommen.« Sie trat einen Schritt zurück, damit er vorausgehen konnte, und ignorierte seine Hand. Er ließ sie wieder fallen und wandte sich dem gigantischen Stadion zu. Nur weil er ein Superstar war, hieß das noch lange nicht, dass er sie derart herablassend behandeln durfte. Sie wollte verärgert sein, fragte sich aber doch, wie es sich angefühlt hätte, wenn sie seine Hand genommen hätte. Wie lange hätte er sie festgehalten? Wer von ihnen hätte zuerst losgelassen?

Will unterbrach ihre Gedanken. »Diesen Song haben wir gestern Abend ziemlich verkackt. Fast wäre einer von uns von der Bühne geflogen, und jetzt wollen wir rausfinden, wie wir das Set ohne Todesfall auf die Bretter kriegen. Sollte eigentlich nicht allzu lange dauern.« Er führte sie an den im Zickzack verlaufenden Absperrgittern vorbei und durch Türen, an denen sie ihre Pässe vorzeigen mussten, bis sie schließlich im Stadion waren.

Das Footballfeld war mit einem Holzboden abgedeckt, auf dem endlose Sitzreihen aufgebaut waren. Eine Kribbeln lief Anya über den Rücken, als ihr bewusst wurde, wie groß dieser Veranstaltungsort war. Die Band musste sehr viel berühmter sein, als ihr klar gewesen war. Sie hatte nicht gewusst, dass so viele Menschen gleichzeitig dieselbe Band sehen konnten.

Dann gingen mit einem Schlag die Scheinwerfer an und die gesamte Bühne und die Arena wurden mit weißem Licht geflutet. Plötzlich bekam sie ein Gefühl dafür, wie riesengroß diese Sache war.

»Setz dich ein paar Reihen weiter nach hinten, wenn

du nicht nass werden willst«, sagte Will, sprang über zwei Absperrungen und kletterte auf die Bühne.

Moment ... was hatte er gerade gesagt?

Das Surren der Scheinwerfer hallte zwischen den leeren Sitzen wider. Sie folgte ihm zur Bühne und beobachtete von der Absperrung aus, wie er sich an einen Lautsprecher lehnte und auf sein Handy sah.

Von wem könnte er eine E-Mail oder eine Nachricht bekommen haben, der nicht schon hier war? Hatte er Freunde? Eine Freundin? Las er den Wirtschaftsteil eines Online-Magazins? Sie schnaubte bei dem Gedanken und setzte sich. *Na klar, ganz bestimmt.* Aber genau solche Dinge musste sie für ihren Artikel herausfinden.

Panik machte sich in ihr breit wie ein neuer Mitbewohner, der mit dem Möbelwagen vor der Tür stand und so schnell nicht wieder verschwinden würde. *S2J* waren eine riesengroße Band. Nicht irgendeine mickrige Dorfkombo, die vielleicht irgendwann mal groß rauskommen würde. Und sie hatte sich für Mitte zwanzig ausgegeben, um diesen Job zu kriegen. Um über die Band zu berichten. Dabei hatte sie keine Ahnung, wie sie das mit den Interviews anstellen sollte oder was von ihr erwartet wurde. Sie hatte so richtig Mist gebaut. Anya atmete tief durch, doch das trug kaum dazu bei, ihre Anspannung zu lindern.

Ein Akkord schallte aus den Lautsprechern, dann ein paar einzelne Noten. Dann wieder Stille.

»Sorry, ich suche die richtige Stelle«, rief jemand hinter ihr.

Sie wandte den Kopf und sah einen Mann mit Kopfhörern, der auf einer Plattform in der Mitte des Innenraums stand. Er sah schon etwas älter aus. Und nett.

Welche Geheimnisse mochte er in der Tasche haben? Himmel, was diese Bühnenarbeiter und Roadies wohl alles über die Band wussten? Sie hatten wahrscheinlich Sachen gesehen, die ihnen niemand glauben würde.

Ein Plan nahm in ihrem Kopf Gestalt an. Vielleicht konnte sie für *WowSounds* jeden Abend einen Blogbeitrag aus der Sicht eines Crewmitglieds schreiben und die längeren Interviews mit Will im Wechsel damit bringen. Vielleicht würden ihr die Leser Fragen schicken, die sie Will im Laufe des Tages stellen konnte.

Anya zückte ihr Notizbuch und machte sich Notizen.

Als sie wieder aufsah – zufrieden, eine Möglichkeit gefunden zu haben, die Sache doch nicht zu versauen –, lief Musik, und auf der Bühne standen vier weitere Jungen, die von einem Mann mit Headset Mikros angesteckt bekamen.

Offenbar benutzten sie Headsets, damit sie kein Mikro in der Hand halten mussten. Einer nach dem anderen sagten vier von ihnen: »Test, eins, zwei, eins, zwei«; ihre Stimmen hallten durchs Stadion.

Der letzte Junge trug ein schwarzes T-Shirt, unter dem ein Haufen Tattoos hervorguckte. Er sagte: »Fuck this shit, fuck this shit«, im gleichen Rhythmus, in dem die anderen ihren Soundcheck gemacht hatten. Zufrieden gab er den anderen ein Daumen-hoch-Zeichen. Das musste wohl Ryder sein, der Bad Boy.

Anya lächelte vor sich hin, aber die Jungs auf der Bühne sahen alles andere als belustigt aus. Gab es internen Streit? O Gott, sie hoffte es. Nur zu gern hätte sie etwas aufgedeckt, das ihr richtig Geld einbrachte.

Sie schlang die Arme um ihre Segeltuchtasche und zog die Füße auf den Sitz. Das Licht ging aus, und eine Kulisse, die aussah wie ein großer Brückenbogen, bewegte sich ächzend auf Schienen Richtung Bühnenrand, bis sie sich über den Jungs spannte, die in einer Reihe standen und von einem Bein aufs andere traten, als ob sie es nicht erwarten könnten, das hier hinter sich zu bringen.

Die Musik ging los und Spotlights sprangen an. Die Bässe vibrierten in Anyas Körper, und ihr wurde bewusst, was für ein einmaliges Erlebnis es war, eine Band als einzige Zuschauerin sehen zu dürfen. Will fing an zu singen, doch seine Worte hallten um sie herum wieder, und sie konnte ihn kaum verstehen. Dann setzten die anderen Stimmen ein und allmählich fand Anya in die Musik hinein.

Sie hatte den Song noch nie gehört – wo auch? Sie hatte die gesamte Recherche über die Band in der Bibliothek gemacht, wo man über laute Musik aus den Computerlautsprechern ganz sicher die Nase gerümpft hätte. Unwillkürlich nickte sie im Takt und ein Lächeln stahl sich in ihr Gesicht. Das war richtig gut. Wer hätte das gedacht.

Dann hörten sie auf zu singen, irgendwer schrie irgendwen an, und im nächsten Augenblick schubsten sie sich gegenseitig und brüllten herum. Was hatte Anya verpasst? Das Playback brach ab und LJ kam auf die Bühne gerannt und hielt ein Mikro an den Lautsprecher. Das Kreischen der Rückkopplung war so laut, dass man es wahrscheinlich bis Atlanta gehört hatte. Dann donnerte er los:

»Was zum Henker glaubt ihr, was ihr da tut, verdammte Scheiße? Wenn ihr euch nicht mal vor einer verfluchten Reporterin professionell benehmen könnt« – er zeigte auf Anya – »dann schicke ich euch in die Kleinstadtkäffer zurück, aus denen ihr gekommen seid. Kapiert?« Ohne eine Antwort abzuwarten, schleuderte er ihnen das Mikro vor die Füße und marschierte von der Bühne.

Woah. Krass. Leg dich mit dem lieber nicht an. Lass dich nicht dabei erwischen, dass du ein falsches Alter angegeben hast. Oder irgendetwas anderes.

Jedes Mal war es Ryder, der sich nicht zusammenreißen konnte. Was war nur mit ihm los? Matt wünschte sich, er hätte Will über die Charaktere in der Band genauso ausgefragt wie über die Musik. Das meiste kapierte er einfach nicht. Vielleicht war Ryder mies drauf, weil seine Freundin Mia für ein paar Wochen nicht an seiner Seite war.

Nachdem LJ die Bühne verlassen hatte, herrschte Stille. Sosehr Matt ihn auch hasste, so wenig konnte er es ihm verdenken, dass ihm die ständigen Streitereien und die kaum verhohlenen Spannungen zwischen den Bandmitgliedern auf den Sack gingen. Wenn sie in Interviews sagten, sie seien wie eine große Familie, mussten es diese Spannungen sein, die sie meinten. Will zufolge war es nicht immer so gewesen. Sie waren eng miteinander befreundet und hätten alles füreinander getan, aber dass sie so viel Zeit miteinander verbrachten, befeuerte kleinliche Streitereien und Konflikte, die sich zum Glück meistens in Lachen und alberne Sprüche auflösten.

»Also gut, knöpfen wir uns den noch mal vor, was meint ihr?«, fragte Trevin mit gespielter Höflichkeit. Manchmal wirkte er, als würde das Gewicht der ganzen Welt auf ihm lasten – zusätzlich zu Wills und Matts Problemen.

Niemand erwiderte etwas auf seinen Vorschlag, aber jeder nahm klaglos wieder seine Anfangsposition ein. Die Musik gab ihnen den Einsatz und Matt fing an zu singen. Mit jedem Ton verkörperte er seinen Zwillingsbruder. Er vertat sich zwar noch hier und da mit dem Text – Danke schön, Will –, aber in einem Punkt hatte Trevin recht: Matt kam Wills Sound immer näher.

Die anderen setzten ein, und das Lied nahm Tempo auf, bis es beinahe ein Rap war. Dann, auf dem Höhepunkt, gab es eine Pause, Donner wurde eingespielt, Blitze zuckten, und dann kam der Regen.

Das war der Punkt, an dem es fast immer schiefging. Die Regenmaschine öffnete über ihnen ihre Schleusen, als sie wieder zum temperamentvollen Anfang des Songs übergingen. Sie sangen, während sie der Regen durchnässte. Und im letzten Chorus taten sie das, was alle Mädchen in den Wahnsinn trieb:

Sie machten ein paar synchrone Tanzschritte. Synchrones Tanzen war sonst so gar nicht ihr Ding, aber beim letzten Chorus des letzten Titels ließen sie es richtig krachen.

Wenn die Zuschauermenge noch Stimme hatte, kreischte sie beim Anblick der unter der Regendusche tanzenden Jungs. Ryder riss sich zum Schluss fast immer das T-Shirt vom Leib. Manchmal auch einer der anderen. Nur Matt durfte das nicht machen. *Zu viel zu verbergen.*

So ein Finale war natürlich kaum zu toppen. Sie mussten es nur zu Ende bringen, ohne sich dabei zu verletzen, wie es Will passiert war.

Im nassen Zustand war die Bühne rutschig, und selbst das Isolierband konnte zur tödlichen Falle werden, wenn man mit dem Fuß daran hängen blieb. Oder wenn es sich, wie in Wills Fall, in er Mitte ablöste und eine Schlaufe bildete, in der sich sein Fuß verfangen hatte, sodass er sich das Knie verdrehte.

Es war ein großes Risiko, aber ein eindrucksvolleres Ende der Show war niemandem eingefallen. Sie machten ihren letzten Tanzschritt, bei dem sie mit den Füßen Wasser in die erste Publikumsreihe spritzten. Eigentlich war es die Regenmaschine, die ihren Strahl im gleichen Moment nach vorn richtete, sodass die Leute in den ersten Reihen glaubten, vom Wasser der Bühne nass zu werden. »Trevin hat mein T-Shirt nass gemacht«-Merchandise ging bei eBay für mindestens 50 Dollar weg. Aber in Wahrheit wurden die Fans von der Maschine nass gespritzt. Er versuchte, die Reporterin zu entdecken, aber der »Regen« nahm ihm die Sicht. Er fragte sich, was sie von der Nummer hielt.

Nachdem der letzte Ton des Playbacks verklungen war, erloschen mit einem Klacken die Strahler und das Bühnenlicht ging wieder an. Nichts war besser für die Stimmung, als einen Song bei den Proben so richtig auf den Punkt hinzukriegen, das galt selbst für Ryder. Sie stießen Faust an Faust und lachten gemeinsam, während sie auf das Okay ihres Choreografen Moses warteten.

»Okay, Jungs, das sah gut aus«, sagte Moses. »Das diagonale Isolierband scheint keine so gefährliche Stolperfalle mehr zu sein. Kommt ihr damit klar?« Alle bejahten und er nickte. »Okay, dann seid ihr für heute fertig. Morgen Vormittag Punkt zehn Besprechung wegen der letzten Details für den Auftritt und Änderungen im Ablaufplan für Tulsa. Danach habt ihr bis sechs Uhr abends frei. Dann Maske und hinter der Bühne warten bis Showbeginn. Und jetzt verzieht euch, alle Mann.« Grinsend schickte er sie weg.

Matt sprang von der Bühne und ging auf Wiehießsienochgleich zu. O Scheiße, nicht zu fassen, dass er ihren Namen schon wieder vergessen hatte. Sie hockte zusammengekauert in der ersten Reihe, die Haare klatschnass, und ihr Shirt klebte – er musste schlucken – überall an ihr. »Oh, Mist. Tut mir leid. Ich hab dir doch gesagt, du sollst dich weiter nach hinten setzen.«

»Hatte ich nicht verstanden. Und als ich endlich dahinterkam, was du gesagt hast, war ich gedanklich schon damit beschäftigt, wie man eine Arche baut.« Sie blies sich eine schwere, nasse Strähne ihrer tiefschwarzen Haare aus dem Gesicht. Als er in ihre grauen Augen sah, fiel ihm sofort ihr Name wieder ein: Anya.

Anya. Stille machte sich breit, während ihr Name durch seinen Kopf wanderte, vorwärts und rückwärts, bis er Teil seines normalen Wortschatzes geworden war wie Wasser oder Luft oder verdammt sexy.

Was? Von allen Mädchen, die ich kennengelernt habe, seit ich Will geworden bin, stehe ich ausgerechnet auf dasjenige, das hergekommen ist, um unsere Geheimnisse auszubuddeln?

Großartig, Matt. Ganz großartig.

»Nenn mich einfach Noah«, sagte sie, als könnte sie seine Gedanken lesen, wie es sein Zwillingsbruder manchmal tat.

Er hatte den Faden wiedergefunden und lachte erleichtert auf, weil sie einen so tollen Sinn für Humor hatte. »Wenn es dich irgendwie tröstet: Ich bin viel nasser als du. Und ich muss das fast jeden Abend machen, egal ob es draußen dreißig Grad sind oder drei.«

Sie runzelte die Stirn. »Wir sind hier im Süden, Junge. Hier wird es nie drei Grad kalt.«

Aufgeflogen. »Stimmt. Ich war nur auf dein Mitleid aus.« Er zuckte die Achseln und lächelte und war froh, als sie es erwiderte. »Von mir gibt es kein Mitleid.« Sie steckte ihr nasses Notizbuch in ihre nasse Tasche und stand auf.

»Gut zu wissen. Aber obwohl wir nicht drei Grad haben, sollten wir uns jetzt was Trockenes anziehen.«

»Sag bloß.« Ihr Lächeln verschwand, und in diesem Moment wusste er, dass er alles tun würde, um ihr spitzbübisches Grinsen noch einmal zu sehen.

Verdammt. Reiß dich zusammen.

Ablenkung. Schnell.

»Hey, wenn du über uns schreibst, erwähne keine Details über die Nummer, die du gerade in der Probe gesehen hast«, sagte er. »Das ist das Finale, und auch wenn die Leute ständig Fotos davon posten, versuchen wir, die genauen Einzelheiten nicht zu veröffentlichen ... um vielleicht diejenigen überraschen zu können, die keine Fanposts lesen.«

»Mich hat es definitiv überrascht. Kein Problem, ich werde nichts darüber schreiben«, sagte sie.

Plötzlich stellte er sie sich richtig durchnässt vor, triefend vom Regen oder unter der Dusche. Die Haare offen, auf dem Gesicht ein echtes Lächeln, nur für ihn. Das Wasser lief ihr über die Schultern, verklebte vielleicht ihre Wimpern.

Verklebte ihre ...? Himmel, Matt. Hör auf damit, du Schwachkopf.

»Woran denkst du?« fragte sie.

»An das Obdachlosenheim, das wir morgen besuchen«, log er. »Wir wollen es in den Fokus der Aufmerksamkeit rücken, um den Leuten zu zeigen, dass wir mehr sozialen Wohnraum in der Stadt brauchen. Außerdem spenden wir Geld für eine Organisation, die Obdachlosen hilft, wieder Arbeit zu finden.« *Ich werde so was von zur Hölle fahren.* »Du wirst wohl mitkommen müssen, schließlich hat LJ dir aufgetragen, an mir zu kleben wie Kaugummi.« Sie waren vor seinem Bus angekommen und er lächelte sie an. »In zehn Minuten wieder hier?«

»Klar«, sagte sie, sah allerdings ganz und gar nicht glücklich aus.

Ach komm schon, verdammt. Wer wäre nicht hingerissen von einem Superstar, der sich für wohltätige Zwecke einsetzt?

Mist.

Kapitel 4

Mist. Sie war in fast allen Obdachlosenheimen von Tulsa gewesen. Man kannte sie dort. Wie konnte sie sich davor drücken, die Band dorthin zu begleiten, ohne deswegen aus der Tournee zu fliegen? Die Beklommenheit, die sich während der Probe hatte unterdrücken lassen, erwachte von Neuem und bändelte mit der Panik an, die sich gerade häuslich in ihrem Bauch einrichtete.

Oder war das Hunger? Sie wusste nicht, ob ihr Körper den Hunger überhaupt noch erkannte. In einem Buch in der Bibliothek hatte sie gelesen, dass ein Körper vergessen konnte, dem Gehirn Hunger zu signalisieren, wenn er keine Nahrung bekam. Manchmal hatte sie tagelang nichts gegessen und nicht einmal daran gedacht.

Sie streifte ihre nassen Klamotten ab und hängte sie an eine der Vorhangstangen, die den Schlafkojen ein wenig Privatsphäre gaben. Da nur sie und Natasha hier wohnten, benutzte sie die Stange neben ihrer eigenen Koje. Vorsichtig öffnete sie ihren Rucksack, so weit es ging, und betrachtete ihre Kleidung, die ordentlich gewaschen, gebügelt, gefaltet, zusammengerollt und nach

Farbe und Wärme geordnet war. Diese Tasche war der einzige kleine Bereich ihres Lebens, über den sie die volle Kontrolle hatte. Für Anya war es die pure Schönheit. Alles, was sie brauchte, war an seinem Platz. Vorsichtig nahm sie ein rosa T-Shirt, ihren Jeansrock und ein Paar Flip-Flops heraus. Sie steckte den Kopf in das winzige Bad und klemmte sich die nassen Haarsträhnen notdürftig mit zwei Spängchen zurück.

Sie schaute in den Spiegel, doch sie sah nicht sich. Sie sah Will auf der Bühne. Sie konnte nicht fassen, dass sie sich mit jemandem unterhalten hatte, der so gut aussah. Er war nicht so selbstbewusst wie die anderen, aber vermutlich war das der Grund, warum er der Schüchterne genannt wurde. Er schien nett zu sein. Richtig normal. Süß. Und witzig.

Ein Schmetterling flatterte in ihrem Bauch umher, als sie sich vorstellte, wie er klatschnass vor ihr gestanden und ausgesehen hatte, als wäre er gekommen, um sie mitzunehmen, sie aus einem Schloss zu befreien und auf sein großes weißes Pferd zu heben. *Mach mal langsam, Schwester. Denk immer an das Ziel, nicht an sein hübsches Gesicht.*

Sie riss sich zusammen. Es hatte einen Grund, dass sie hier war. Einen wichtigen. Und sie würde sich nicht von einem süßen Typen aus dem Konzept bringen lassen, der einfach himmlisch gut aussah.

Bevor sie aufbrach, drehte sie an ihrem Augenbrauenring. Das war ihr Aktivierungsritual. Ihre Erinnerung daran, dass ihr Aussehen – das sie selbst gewählt hatte –

als Schutz gedacht war. Als Schutz vor neugierigen Blicken. Als Schutz vor Leuten, die sie für leichte Beute halten könnten. Und als Schutz vor wohlmeinenden Menschen, die sich in ihr Leben einmischen wollten.

Mit Notizbuch und Stift huschte sie aus dem Bus und ging an drei Wagen vorbei, bis sie zum Bus der Band kam. Als sie gerade klopfen wollte, kam Will die Stufen herunter. Er war noch dabei, sich das Hemd zuzuknöpfen. Einen Moment lang sah Anya nichts als seine breite Brust und ihr stockte der Atem. Sie sah braun gebrannte, glatte Haut und den unverkennbaren Ansatz eins Sixpacks.

Reiß dich zusammen, Anya.

Ihre Reaktion machte ihr ein bisschen Angst, aber sie wollte nicht, dass sich die Angst mit der Panik und der Beklommenheit in ihrem Innern verbündete. Die beiden reichten ihr völlig aus, vielen Dank.

»Ich dachte, wir gehen in den Green Room. Ich hab ziemlich Hunger. Und du?«, fragte er.

»Ich könnte was vertragen«, sagte sie vorsichtig, während sie sich fragte, was ein Green Room sein mochte. Offenbar ein Ort, an dem es Essen gab. Sie verfluchte sich dafür, ihre Tasche nicht mitgenommen zu haben. Wenn sie an Essen kam, versuchte sie immer, sich so viel wie möglich zum Mitnehmen einzupacken. Sie aß das, was am schnellsten verderben würde, und hob sich den Rest für später auf.

Musste sie bezahlen, wenn sie im Green Room etwas aß? Oder war es umsonst? Sie ließ sich ein Stück zurückfallen und warf einen Blick auf Wills perfekt geformten Hintern. Nein, kein Portemonnaie. Also würde er nichts bezahlen. Allerdings war er auch ein Rockstar.

Kostenloses Essen wäre ein unglaublicher Bonus. Aber es erinnerte sie auch an die Obdachlosenheime, in denen sie sonst ihre meisten Mahlzeiten bekam.

Verdammt. Das Obdachlosenheim. Da würden sie morgen hinfahren. Was, wenn sie jemand erkannte?

»Hier geht's rein.« Diesmal nahm Will sie einfach an der Hand und zog sie durch eine Tür und dann durch ein Wirrwarr von Gängen innerhalb des Stadions. Der Bau wirkte feucht, wie das alte Wasserwerk, in dem sie mal gewohnt hatte. Wenn auch nur für ein paar Wochen. Sie kamen an einem Schild mit der Aufschrift UMKLEIDE GAST vorbei. Ach, deshalb roch es hier so fies. Football-Umkleidekabinen.

Will hatte ihre Hand noch nicht wieder losgelassen und Anya hatte sie nicht weggezogen. Was war nur los mit ihr? Sie tat so, als würde sie stolpern und machte sich los, um sich an einem Türrahmen festzuhalten.

Besorgt sah er sich nach ihr um. »Alles okay?«

»Klar.« Sie richtete sich auf, lächelte und steckte die Hand in die Rocktasche. Plötzlich fühlte sie sich aus dem Gleichgewicht gebracht und wollte fast wieder nach seiner Hand greifen. Doch bevor sie dahinterkam, was zum Teufel in ihrem Kopf los war, ging er durch eine Tür.

»Da wären wir.«

Sie hätte schwören können, dass er bei diesen Worten

beinahe stöhnte, als hätte er seit Tagen nichts zu essen bekommen. Ein Mann in schwarzer Hose und gestärktem weißem Hemd beugte sich über das Buffet, schob einen Teller ein Stück in die eine Richtung, drehte eine Schüssel ein Stück in die andere. Anya sah ihm fasziniert dabei zu. So viel zu essen!

Da lagen Hunderte kleiner Sandwiches, geschältes und geschnittenes Obst, Gemüsesticks und verschiedene Dips, Chips und Brot. »Wenn du was Warmes essen willst, auf den Tischen liegen die Speisekarten«, sagte Will und nahm sich eine Handvoll Chips.

Unfähig, ein Wort herauszubringen, griff sie nach einer der Karten und starrte blicklos hinein. Tränen stachen in ihren Augen. Seit Jahren hatte sie nicht mehr so viel normales Essen auf einmal gesehen. Suppe, Eintopf und Reis, davon hatte sie in den Suppenküchen der Kirchen reichlich zu Gesicht bekommen, die Essen an Obdachlose ausgaben. Aber Essen, das so sorgfältig wie ein Kunstwerk arrangiert war, das war ihr so fremd, dass ihr Magen beinahe gestreikt hätte. Beinahe.

Sie legte die Karte auf den Tisch zurück und wandte sich wieder dem Büffet zu. Sie griff nach einem Stück Melone, zog die Hand aber sofort zurück. Durfte sie das? Sie sah Will an, der ihr mit einem verblüfften Blick zunickte. Sie versuchte, sich zusammenzureißen. Sie versuchte es wirklich.

Binnen Sekunden hatte sie ein Schinkensandwich im Mund. Der körnige Senf kribbelte auf ihren Geschmacksknospen und ließ sie aufseufzen. Als Nächstes kam ein

Stück Ananas dran, dann eine Erdbeere. Die Süße des saftigen Obstes flutete ihre Zunge, als hätte der Zucker eine Explosion ausgelöst. Sie nahm sich ein paar Chips und ein Stück Baguette.

»Meine Güte, du musst ja Hunger haben«, sagte Will hinter ihr. »Gut, ich glaube, das hier braucht wohl niemand zu sehen, oder?« Er drehte sich um und schloss die Tür.

O Gott. O Gott. Beschämt darüber, seine Anwesenheit für einen Moment komplett vergessen zu haben, schluckte sie hinunter, was sie im Mund hatte. Ihr schoss das Blut in die Wangen, als sie ihn ansah. Er reckte den Hals, verschränkte die Hände und ließ die Knöchel knacken. Was …?

Er krempelte die Ärmel hoch und stellte sich neben sie. »Du hältst dich wohl für den Champ, aber ehrlich gesagt bist du nur ein Amateur. Schau zu und lerne, Grashüpfer.«

Innerhalb von zwei Sekunden hatte er zwei Sandwiches im Mund und stopfte sofort eine Handvoll Chips und eine voll Trauben hinterher. Er war … einfach großartig. Sie warf ihm einen Blick zu und schnappte sich noch ein Stück Brot. Er fing ihren Blick auf und sah sie todernst an.

Also gut. Sie legte ein Stück Butter auf das Brot und aß es, ohne merklich langsamer zu werden.

Er zog die Augenbrauen hoch und schnappte sich eine Banane, biss das Ende ab und schälte sie – mit den Zähnen, weil er in der anderen Hand nämlich noch ein

Stück Wurst hatte. Sie hielt inne und sah ihm fasziniert zu, während sie kaute und schluckte und sich dann ebenfalls eine Banane nahm.

Als sie beim zweiten Bissen war, sah es aus, als müsste er würgen.

»O nein. Wenn du alles wieder auskotzt, zählt es nicht«, sagte sie. »Das gibt mächtig Punktabzug.«

Er schluckte, den Handrücken vor den Mund gepresst, als müsse er wirklich darum kämpfen, das Essen drinzubehalten. Er räusperte sich. »Tu die Banane weg. Das war unfair.«

Sie hielt inne und betrachtete die Banane in ihrer Hand. *Was? Ooooh!* Sie wurde rot und kicherte. Sie riss Mund und Augen weit auf, als wollte sie das ganze Ding mit einem Bissen verschlingen, und ließ sie dann, als sein Blick an ihren Lippen hing, wieder auf den Teller fallen. Sofort nutzte sie den Vorsprung, schnappte sich ein Stück Brot und flüsterte: »Loser«. Er brauchte ganze zwei Sekunden, ehe er aufhören konnte, sie anzustarren, und in seine Wurst biss. Sie grinste ihn an, so gut das eben ging, während der Mund voll mit warmem Brot war.

Sie hatte keine Angst mehr, dass sie jemand vom Essen abhalten könnte. Aus den Augenwinkeln sah sie, wie er sich einen Hähnchenflügel schnappte. Die hatte sie noch gar nicht gesehen! Sie schob sich an seinem Rücken vorbei, um zur anderen Tischseite zu kommen. Einen schaffte sie, bevor sich ihr Bauch unter der Menge an Essen zu wölben begann.

»Uff. Ich kann nicht mehr …« Sie trat vom Tisch zurück. Was hatte sie getan? Ihr Magen fing an zu rotieren. O nein. Auf gar keinen Fall würde sie die Lebensmittel, die sie gegessen hatte, verschwenden.

»Setzt dich mal 'nen Moment.« Will deutete mit dem Kopf auf ein Sofa, das an der anderen Wand stand. »Siehst du? Ich wusste, das war 'ne Nummer zu groß für dich, Süße. Von der Banane natürlich mal abgesehen.«

Innerlich lächelte sie, aber für ihren Mund war die Bewegung zu anstrengend. Behutsam setzte sie sich aufs Sofa und lehnte sich langsam zurück. Die Ruhe würde ihrem Magen hoffentlich guttun. Ein tiefer Atemzug. Noch einer. Okay. Jetzt war es besser. Hach.

Anya schloss die Augen, Schläfrigkeit machte sich breit. Sie durfte sich nicht entspannen, aber sie war einfach zu müde und vollgefressen, um sich darum zu scheren. Das Sofa bewegte sich, als Will sich in respektvollem Abstand neben sie setzte.

»Wie geht's dir?«, fragte er leise.

»Als würde der Hulk auf meinem Bauch sitzen und mir ein Schlaflied singen«, flüsterte Anya zurück, die Augen immer noch geschlossen. Allerdings machte seine Nähe sie wieder munterer, und sie überlegte, ob sie die Kraft aufbringen würde, wieder aufzustehen. Er roch so gut. So sauber und nach Seife. So wie ihre warme Wäsche im Waschsalon, in die sie oft das Gesicht drückte, wenn niemand hinsah. Sauber und tröstlich.

Seine Antwort war ein prustendes Lachen. »Also, wie soll das laufen?«, fragte er nach einer Pause.

»Was? Wie soll was laufen?« Sie schlug die Augen auf und fragte sich, worauf er hinauswollte.

»Diese Interviewsache. Schreibst du einen langen Artikel oder mehrere kleine oder ... wie hast du das geplant?«

Gute Frage. »Ich bin mir noch nicht hundertprozentig sicher. Ich meine, ich bin praktisch in letzter Minute für die eigentliche Journalistin eingesprungen, deren Kind krank geworden ist. Na ja, um ehrlich zu sein, bin ich eher für ihren Ersatz eingesprungen, weil die beiden anderen Autorinnen Kinder haben und in den Sommerferien keine zwei Wochen wegkonnten. Ich habe erst gestern erfahren, dass ich diesen Job übernehme.«

»Dann hast du keine Kinder, die über den Sommer zu Hause sind?«, fragte er mit hörbarem Lächeln.

»Ich bin erst ...« Verdammt, wie alt war sie? Der Zeitschrift hatte sie suggeriert, sie wäre Anfang zwanzig, zu Natasha hatte sie gesagt, sie wäre neunzehn, aber LJ schien darauf zu bestehen, das alle hier Mitte zwanzig waren. »Ich bin noch zu jung, um Kinder zu haben«, sagte sie schließlich.

»Dann ist also alles, worüber wir sprechen, offiziell.«

Sie setzte sich mühsam auf und sah ihn an. »Schätze schon? Solange du nicht sagst, dass es inoffiziell ist?« Wenn sie doch nur selbstsicherer klingen würde. »Ich habe vor, jeden Abend einen Blogbeitrag für *WowSounds* zu schreiben, und überlege, die Leser Fragen an dich stellen zu lassen. Wäre das okay?«

»Klar. Bekomme ich deine Texte zu sehen, bevor du

sie einreichst?« Er klang nervös und das gab ihr eine ganze Menge mehr Selbstsicherheit.

»Eher nicht. Schließlich habe ich vor, dein größtes Geheimnis zu enthüllen.«

Heilige Scheiße. Er sprang auf.

»Welches Geheimnis?«, wollte er wissen.

Und in derselben Sekunde sah er ihr überraschtes Gesicht und begriff, dass sie gemeint hatte, sie wolle sein größtes Geheimnis *ergründen*. Was allerdings kein bisschen besser war.

Sie verschränkte die Arme. »Wie viele hast du denn?«

Verdammt. Wer war hier jetzt der Amateur.

»Ah. Okay.« Er kramte in seinem erbärmlichen Hirn nach einer Ausrede. »Ich dachte, du bist dahintergekommen, dass ich Kampfesser bin, und würdest der ganzen Welt erzählen, wie ich aussehe, wenn mir das Essen aus dem Mund quillt.« Er setzte sich wieder und machte weiter: ablenken, ablenken, ablenken.

Einen Arm auf die Sofalehne gelegt, drehte er sich zu ihr um. »Was ist denn das?« Er strich mit dem Finger über ihre Wange, um einen Fleck wegzuwischen. Er beugte sich vor, leckte sich den Finger ab und sah ihr dabei tief in die Augen. Er sollte sie um den Finger wickeln, hatte Trevin gesagt. »Hmmm, lecker. Guacamole. Die habe ich am Büffet gar nicht gesehen.« Er lüpfte einen imaginären Hut. Sie lächelte ihn an, erst zögerlich, dann richtig – und das haute ihn fast aus den Latschen. Sein Herz raste, und er überlegte, ob er es wagen würde, sie zu küssen.

Ich sollte das nicht so sehr wollen.

Aber er wollte sie. Und wie. So sehr, dass er das Gefühl hatte, er müsste explodieren, wenn er sie nicht berühren durfte.

Als ihm bewusst wurde, dass sie ganz allein waren, schoss ihm das Blut in den Kopf. Er beugte sich ein winziges Stück vor ...

Und dann fiel ihm wieder ein, dass sie ihn genauso gut an der Nase herumführen konnte. Sie war verdammt noch mal Reporterin.

Er blinzelte, sah zum Büffet und sagte: »Schaffst du eine zweite Runde oder sollen wir lieber spazieren gehen?«

Einen Augenblick schwieg sie, ehe sie sagte: »Spazieren.«

Er sprang auf. »Du bist einfach kein Gegner für mich.« Grinsend half er ihr hoch. Sie ließ es geschehen, und als er ihre warme Hand in seiner spürte, kehrte sofort der Wunsch zurück, sie zu küssen. Herrgott noch mal, er wurde ja ein richtiges Mädchen.

Sie ließ seine Hand los und sie gingen nach draußen.

»Es scheint da ein paar Spannungen zwischen euch zu geben«, sagte Anya in sachlichem Ton.

Er sah sie an, doch ihr Blick glitt über den Backstagebereich. »Setz du dich mal mit vier anderen für Wochen am Stück in einen Bus und sag mir, du würdest nie auf einen davon losgehen wollen. Das sind nur Zankereien. Wir verstehen uns alle super.«

»Ehrlich? Super?«, fragte sie zurückhaltend.

»Im Grunde scheinen die Jungs ... ich meine, sie scheinen zur Ruhe zu kommen. Einen nach dem anderen erwischt es eben.«

»Was meinst du damit, ›erwischt‹?«

»Einer nach dem anderen findet die wahre Liebe. Oder zumindest so was in der Art.« Wieder sah er sie an und fragte sich, was sie dachte – und dann wurde ihm bewusst, was er da gesagt hatte. »Aber das darfst du auf keinen Fall in deinen Artikel schreiben. Das ist inoffiziell. Es gibt natürlich Leute, die davon wissen, aber wir bemühen uns um Diskretion, wenn wir unterwegs sind oder Fotos machen lassen oder Interviews geben. LJ will die Fans nicht damit verschrecken, dass manche von uns eine Freundin haben.«

»Bedeutet das, die Jungs können weiter ihr wildes Singleleben führen? Also, wenn sie die Freundinnen verheimlichen?«

»Äh. So läuft das eigentlich nicht. Erstens scheinen sie zum ersten Mal, seit ich sie kenne« – was wahrlich noch nicht lange war – »echt zufrieden zu sein. Und zweitens dient es auch dem Schutz der Mädchen. Wir entsorgen die an sie gerichteten Hassbriefe. Da ist ziemlich hässliches Zeug dabei.«

»Von Fans?«, fragte sie mit ihrer hinreißenden, undurchdringlichen Miene.

»So was machen nur die verrückten Fans. Aber auch das ist nicht offiziell. In der Öffentlichkeit nennen wir sie nicht verrückt. Wir sagen dazu ... wie hat LJ es genannt? O ja: hoch motivierte Fans.«

»Vielleicht ein bisschen zu motiviert?« Ein Lächeln umspielte ihre Lippen.

»Ganz genau. Ehrlich, manchmal können die einem echt Angst machen. Ich meine, eigentlich träumt doch jeder Kerl davon, dass alle Mädchen auf ihn stehen, kreischen, wenn sie einen sehen. Aber das Verrückte ist: Je mehr man davon hat, umso dringender will man davon weg. Umso mehr hält man sich an die, die in der gleichen Situation sind. Ich glaube, so ist es gewesen. Sie haben eng zusammengehalten und irgendwann konnten sie sich einfach nicht mehr sehen. Daher die Zankereien.«

»Das ist … interessant.« Sie blieb stehen und setzte die Sonnenbrille ab. »Sprechen wir gerade offiziell?«

»Welchen Teil meinst du?« Sein Herz schlug schneller, während er noch einmal durchging, was er gerade erzählt hatte. Nein, ihm fiel nichts Brisantes auf …

»Du hast ›sie‹ gesagt. ›Sie haben eng zusammengehalten. Und du ›glaubst‹ dass es so gewesen ist. Wenn die anderen ›sie‹ sind, wer bist dann du? Und warum *weißt* du nicht, was gewesen ist?«

Mist, Mist, Mist, Mist, Mist.

»Nicht offiziell«, war alles, was ihm einfiel.

Sie sah ihn an und sagte nichts.

»Na komm schon, Lois Lane.« Das sollte sie von seinem Ausrutscher ablenken.

WowSounds.com
Tulsa begrüßt Seconds to Juliet!
Von eurer Live-on-Tour-Reporterin Anya Anderson
Was hat zwei Daumen und durfte heute zusehen, wie S2J ihr Show-Finale proben? Ich! Eure Live-on-Tour-Reporterin. Ich muss gestehen: Als ich gefragt wurde, ob ich für eine Kollegin einspringen wollte, die im Sommer keine zwei Wochen Zeit hatte, um S2J zu begleiten, musste ich erst mal eine Menge recherchieren.
Aber jetzt bin ich hier, umgeben von Security, kreischenden Fans und ja: Will Fray, und ich frage mich, ob es nicht vielleicht sogar besser ist, keine bestimmten Erwartungen aus früheren Interviews mitzubringen.
Vielleicht liefere ich euch Einblicke, auf die ihr nie gekommen wärt, wie zum Beispiel … sagen wir, wer sich heute Nachmittag fast geprügelt hätte oder wie unglaublich dieses Finale ist … und vielleicht bleibt ihr ja dabei und könnt mir helfen.
Also, verratet mir Folgendes: Wer ist Will Fray? Tja, das ist eure Chance, mir alles zu erzählen, was ich eurer Meinung nach über ihn wissen sollte, und alle Fragen zu stellen, die ihr an ihn habt. Ich werde jeden Abend eine eurer Fragen auswählen und sie dem schüchternsten Mitglied von S2J stellen. Na, wie gefällt euch das, S2J-Fans?

Kapitel 5

Matt wurde früh wach. Er wusste nicht, was die anderen letzte Nacht gemacht hatten – wahrscheinlich mit den Roadies Poker gespielt –, aber sie hatten den Bus durchgeschüttelt, als sie gegen drei ins Bett gegangen waren. Aller Erfahrung nach würden sie wahrscheinlich gerade rechtzeitig aufstehen, um vor dem Morgenmeeting noch schnell einen Kaffee zu trinken. Womit ihm noch mindestens eine Stunde Zeit blieb, den Kaffee aufzusetzen, zu duschen und seine neue ständige Begleiterin zu googeln, bevor die anderen aufstanden.

Nicht, dass er die Jungs nicht gemocht hätte, er wollte nur nicht zu viel Zeit mit ihnen verbringen. Denn je näher er ihnen kam, desto eher hätten sie Verdacht schöpfen können, dass mit Will irgendetwas nicht stimmte. Er hatte so gut wie keinen Schimmer, was sein Bruder den anderen über sein Leben erzählt hatte, also hatte er keine Möglichkeit, daran anzuknüpfen. Demnach kamen tief gehende Gespräche oder sich mal bei einem Bier auszusprechen, wie es die anderen oft taten, für ihn nicht infrage.

Von seiner Koje aus hatte er mitgehört, wer heimlich Sex mit einem Fan gehabt hatte und wer von seiner Mutter angstlösende Medikamente zugesteckt bekam – die Ryder mit dem Rat, derjenige müsse die Angst spüren und solle keine Memme sein, im Klo runtergespült hatte. Er hatte erfahren, wie Miles seine Jungfräulichkeit verloren hatte und dass es einen unter ihnen gab, bei dem es noch gar nicht so weit war. Bei dieser konkreten Unterhaltung war er sicher gewesen, dass sie denjenigen auslachen und bei jeder Gelegenheit deswegen verarschen würden. Aber das hatten sie nicht getan. Alle waren überraschend nett gewesen.

In jener Nacht hatte er in seiner Koje überlegt, ob sie auch so zu ihm halten würden, wenn er ihnen reinen Wein über Will einschenkte. Aber dieses Risiko war er nicht eingegangen. Will und seine Mutter waren die wichtigsten Menschen in seinem Leben, und er konnte das Risiko, dass jemand etwas ausplauderte, einfach nicht eingehen. Sosehr Matt diese Jungs auch mochte, er kannte sie kaum. Und das war der Grund gewesen, warum er nur Trevin von dem Tausch erzählt hatte.

Nachdem er Kaffee aufgesetzt hatte, fuhr er den Laptop hoch und holte seine Brille. Will trug keine Brille und bis jetzt war Matt mit Kontaktlinsen durchgekommen. Aber so früh am Morgen wollte er sich noch nicht in den Augen herumstochern.

In dem Autorisierungsschreiben seiner ständigen Begleiterin hatte ihr Name gestanden: Anya Anderson. Er gab den Namen bei Google ein und lehnte sich zurück.

Fünfzigtausend Treffer. Also gut ...

Er streckte sich, ließ die Knöchel knacken und klickte auf den ersten Link zu *WowSounds*: Tulsa begrüßt *Seconds to Juliet!* Es war ein Blogbeitrag, kurz und ein bisschen witzig. Sie schrieb gut. Es gab schon haufenweise Kommentare, und er scrollte achtlos darüber, bis er am Ende der Seite auf einen Link stieß: Weitere Artikel von Anya Anderson. Er klickte darauf.

Es wurden zwei Artikel angezeigt. *Namenlos – Leben auf der Straße* und *Alleinsamkeit*. Wow. Sie hatte letzten Monat einen richtig langen Artikel über die Situation der Obdachlosen in Tulsa geschrieben und einen etwas kürzeren über den Unterschied zwischen allein sein und einsam sein. In dem längeren der beiden Texte stand, dass Politiker versuchten, das Wort Obdachlose zu vermeiden, und die Menschen auf der Straße als Personen ohne festen Wohnsitz bezeichneten oder einfach überhaupt nicht mehr erwähnten.

Er lehnte sich auf der Sitzbank zurück und blickte auf den Parkplatz hinaus. Solche Artikel schrieb sie also normalerweise. Sie musste die Band für eine einzige große Zeitverschwendung halten. O Gott! Die Fressorgie gestern Abend musste ihr richtig obszön vorgekommen sein. Gestern Abend ...

In Gedanken war er wieder in dem abgedunkelten Raum, bei all dem Essen und dem überwältigenden Wunsch, Anya zu küssen. Er presste die Hand auf seine Hose, um alles Unangebrachte zu ver...

»Bisschen früh zum Pornogucken, findste nicht?«

Ryder kam aus dem Schlafbereich und rubbelte sich mit beiden Händen durch die Haare.

Akute Schrumpfung.

»Sehr witzig. Kaffee?« Matt deutete mit dem Kopf zur Maschine, setzte hastig die Brille ab und steckte sie in die Tasche seiner Pyjamahose.

Ryder streckte sich ächzend, er trug ein ärmelloses Shirt, sodass all seine Tattoos zu sehen waren. Weil sich die andern im hinteren Bereich des Busses zu regen begannen, las Matt eilig den Artikel zu Ende, kam aber nicht mehr dazu, auch noch *Alleinsamkeit* zu lesen. Er setzte ein Lesezeichen und suchte nach weiteren Nennungen. Es gab keine. Diese Anya Anderson schien sonst nirgendwo aufzutauchen. Nicht auf Facebook, nicht auf Instagram, nicht auf Tumblr. Seltsam.

Er klappte den Laptop zu und wartete auf den Ansturm der anderen Bandmitglieder. Zum Glück stand heute ein Auftritt an, sodass alle erst später duschen würden. Das Gerangel um die Dusch-Reihenfolge führte normalerweise zum schlimmsten Streit des Tages, da waren Auftrittstage eine Erleichterung. An diesen Tagen duschten sie zweimal: einmal vor der Maske und einmal nach der Show. Der zweite Durchgang war deutlich kürzer, da sie von der letzten Nummer oft klatschnass von der Bühne kamen.

Es war schon 9:40 Uhr, bis zum Pflichtmeeting um zehn blieb ihnen also nicht mehr viel Zeit. Matt rutschte mit seinem Laptop aus der Sitzecke und ging zu seiner Koje zurück. Er schnappte sich einen Kapuzenpulli, zog den Vorhang zu seinem privaten Bereich zu und ging wieder in den Wohnbereich des Busses zurück. Er schenkte sich Kaffee nach und wollte sich draußen auf die Stufen vor dem Bus setzen und seinen Kaffee trinken, bis die anderen fertig fürs Meeting waren.

Doch der Platz war bereits von Anya besetzt.

Von hinten sah er, dass ihre Haare noch vom Duschen feucht waren, und ihr T-Shirt war so zerknittert, dass er die Aufschrift auf dem Rücken nicht lesen konnte. »Morgen«, sagte er.

»Morgen.« Sie klappte ihr Notizbuch zu und steckte den Stift in die Spiralbindung.

Er trank einen Schluck Kaffee und versuchte den süßen Duft, der von ihrer Haut oder vielleicht auch ihren Haaren aufstieg, zu ignorieren. Irgendwas Essbares. Vanille vielleicht. Wie gern hätte er sich vorgebeugt, um herauszufinden, wo genau dieser Duft herkam. Hätte an ihrem Hals geleckt oder so.

Mein Gott, ich bin so was von pervers.

Und dann wurde ihm bewusst, dass er garantiert nicht so frisch und reizend duftete wie sie, und rückte auf der Stufe ein Stück von ihr ab. Sie sah ihn stirnrunzelnd an.

»Es ist nur ... äh, du riechst so gut, und mir wurde gerade klar, dass ich das wahrscheinlich nicht tue ... weißt du, es ist Show-Tag, und da duschen wir nicht ... also, ich mein, wir duschen schon. Natürlich duschen wir. Mindestens zwei Mal. Aber später.«

Kann mich jetzt bitte jemand umbringen?

Sie lächelte nur, was sein Unbehagen etwa um den Faktor fünfzig verstärkte. Er musste sie küssen oder so was, um dieses Gefühl loszuwerden. Ha, von wegen. So etwas passierte nur im Film. Wahrscheinlich würde sie ihm dafür eine scheuern.

»Also, was machen wir heute?«, fragte sie, während sie über den Parkplatz und die jetzt leeren Absperrungen blickte. Er folgte ihrem Blick. An dem Metallzaun hing noch ein handgemaltes Poster, auf dem stand: Will Fray, ich will ein Kind von dir!

»Tja.« Er senkte den Kopf und versuchte, Wills eher introvertierte Seite darzustellen.

»Ist das normal? Dass ihr solche Anträge per Poster kriegt? Was denkt ihr, wenn Mädchen so was machen?«

Er grinste und konnte sich die Antwort nicht verkneifen: »Nun, ich prüfe jedes Angebot sorgfältig, aber diese hier ist hartnäckig. Sie fragt mich immer wieder, aber ich weiß nicht recht. Ich bin mir einfach nicht sicher, ob mir geschwollene Beine so gut stehen, weißt du?«

Er beneidete seinen Bruder nicht darum, dass er sich mit solchen Dingen herumschlagen musste. Vor allem, weil er wirklich so schüchtern war. Obwohl Will die weitaus bessere Stimme hatte als sein Bruder, war Matt aufgeschlossener und konnte mit der intensiven Aufmerksamkeit der Fans vermutlich besser umgehen – allerdings hatte Matt solche Angst davor aufzufliegen, dass er das Angehimmeltwerden gar nicht richtig genießen konnte.

»Wahrscheinlich nicht dein bester Look«, stimmte

Anya mit ernster Miene zu. »Steht das Obdachlosenheim noch auf dem Plan?«

Ja, ja, ja! Das war perfekt, um sie zu beeindrucken. »Ich glaube schon. Genaueres erfahren wir im Morgenmeeting. Uns ist es wichtig, an unseren Auftrittsorten auf die Probleme vor Ort aufmerksam zu machen. Auch wenn es vielleicht nichts ändert, bringt es doch zumindest mediale Aufmerksamkeit, meinst du nicht?« Er wusste, wie erbärmlich Zustimmung heischend er klang.

»Sie werden es sicher zu schätzen wissen«, erwiderte sie zurückhaltend.

Es war fast, als ob sie nicht gerade erst einen langen Artikel über Obdachlose geschrieben hätte. »Ich habe heute Morgen deinen Artikel gelesen. Sehr gut geschrieben. Du musst ja eine Ewigkeit mit diesen Menschen verbracht haben, dass sie sich dir so geöffnet haben.«

Sie antwortete nicht.

»Dein Blogbeitrag von gestern Abend hat schon Hunderte von Kommentaren«, sagte er.

Das weckte ihr Interesse. »Wirklich?« Sie wirkte überrascht.

»Hast du heute früh noch nicht nachgesehen?«, fragte er. Selbst die Band sah sich am Morgen nach einem Auftritt die Kritiken an. Erfahrene Profis machten so etwas nicht, aber *S2J* schätzten das Feedback immer noch, auch wenn es einen manchmal verrückt machen konnte.

»Auf die Idee bin ich gar nicht gekommen.« Sie runzelte die Stirn. »Wie viele, hast du gesagt?«

»Weiß nicht. Hunderte.«

Sie sah nicht aus, als wäre sie froh darüber. Kein bisschen.

Ich bin nicht froh darüber.

Hunderte? Die Vorstellung, dass sie den Leuten bei *WowSounds* tatsächlich auffiel, ließ ihr Herz schneller schlagen. Ihr Modus Operandi war es, unter dem Radar zu fliegen. Das funktionierte, wenn man auf der Straße lebte, in Bibliotheken herumlungerte oder stundenlang vor einer einzigen Tasse Tee in einem Café saß. Sie wollte mit diesem Job nicht zu viel Aufmerksamkeit erregen. Genug, um ein anständiges Honorar zu bekommen. Aber nicht so viel, dass Menschen sie beachteten.

Waren hundert Kommentare gut? Waren es zu viele? Zu wenige? Würde jemandem auffallen, dass es zu wenige Kommentare gab?

Wenn sie zurück war, würde sie nachsehen müssen. Herausfinden, ob das gut oder schlecht war. Die nächste Frage finden, die sie stellen konnte – das hieß, wenn nicht längst schon alles über Will Fray bekannt war.

Darum musste sie sich also auch noch Sorgen machen, zusätzlich zu dem Besuch im Obdachlosenheim. Was, wenn jemand sie sah? Wenn jemand sie wiedererkannte? Sie presste sich die Hand an die Brust, als könne sie so die aufsteigende Angst besänftigen.

Sicher, sie hätte sich eine Story zurechtlegen können; eigentlich sei sie Reporterin und habe die Obdachlose nur gespielt, aber sie steckte ohnehin schon bis zum

Hals in ihren Schwindeleien. Wenn sie noch mehr Lügen obendrauf packte, würde sie womöglich darin versinken. Außerdem hatten ihr die Menschen in dem Heim ihre Geschichten deshalb anvertraut, weil sie sie als eine von ihnen angesehen hatten. Anya durfte sie nicht verraten, indem sie sich als etwas ausgab, das sie nicht war. Und sie würden sich verraten fühlen.

»Möchtest du zum Morgenmeeting mitkommen? Die dauern nur etwa zehn Minuten. LJ geht mit uns den Tagesablauf durch, also den Ausflug und die Show. Du kommst doch zur Show?«

Würde sie? »Ich weiß nicht. Brauche ich eine Karte?« Sie besaß nämlich genau vierzehn Dollar und war ziemlich sicher, dass eine Konzertkarte mehr kosten würde.

»Nein, du wirst backstage sein. Du kannst vom Bühnenrand aus zusehen, wenn du magst.« Er zuckte die Achseln, als wäre ihm die Antwort nicht so wichtig, doch er versuchte dabei, ihren Blick aufzufangen. Anya kannte diesen Ausdruck, sie hatte ihn oft auf der Straße gesehen und fragte sich, warum ein Popstar so unsicher sein sollte. Vielleicht ging es auch nur um seinen Auftritt auf der Bühne. Oder vielleicht war er wirklich so schüchtern, wie alle sagten.

»Ich würde gern zusehen, wenn ich nicht im Weg bin«, sagte sie.

»Ach Quatsch.« Er legt ihr sacht die Hand auf den Rücken, um sie Richtung Bühne zu dirigieren. »Auf beiden Seiten gibt es oberhalb der Bühne eine Plattform. Von dort kannst du uns sehen, aber wir rennen dich beim Kostümwechsel nicht um. Backstage sind allerdings keine Handys erlaubt.«

Da sie ohnehin keins hatte, war das kein Problem. »Okay.« Ihr Magen rebellierte heftiger, als er es je auf der Straße getan hatte. Sie war eine Betrügerin, und es nagte an ihr, über ihre Identität lügen zu müssen. Davon bekam sie eine ganz neue Art Bauchschmerzen.

Sie erreichten die ersten Reihen der Arena, wo das Meeting stattfinden sollte. »Äh, möchtest du … also … möchtest du mir irgendwelche Fragen stellen, solange wir noch allein sind?«, fragte er.

Er war so seltsam, wenn er so zurückhaltend und schüchtern war. Aber er hatte recht. Wenn sie sich mehr auf ihn konzentrierte, statt auf ihre eigenen Empfindungen, würde sie ihre Arbeit vielleicht besser machen. Professionell nämlich.

»Klar, warum nicht?« Sie kramte nach ihrem Notizbuch. »Ähm, einen Moment noch.«

Er lachte lautlos.

»Was? Was ist so lustig?«, fragte sie, während sie in dem Buch nach der Seite blätterte, auf der sie ein paar Einstiegsfragen notiert hatte. Verdammt, warum konnte sie sich die nicht merken?

»Nichts. Ich dachte nur, dir lägen wahrscheinlich zwanzig Fragen auf der Zunge. Vielleicht sogar welche, die mir noch nie zuvor gestellt wurden.«

Sie hörte auf zu blättern. »Ich soll dir Fragen stellen, die dir wahrscheinlich noch nie jemand gestellt hat? Okay. Was isst du am zweitliebsten zum Frühstück?«

Sein Gesichtsausdruck wurde ganz leer, und jetzt war sie an der Reihe, über ihn zu lachen. »Komm schon, Will. Solche Dinge wollen die Leser von *WowSounds* wissen.« Sie zuckte mit den Achseln und leckte ihren Stift an, als wäre sie bereit, jedes einzelne Wort von ihm zu notieren. Sie nickte ihm ermutigend zu und sagte: »Na komm, das ist eine simple Frage.«

»Was ich am zweitliebsten frühstücke? Okay, wenn du darauf bestehst: Gebratenes Brot.« Er verschränkte die Arme vor der Brust und lehnte sich auf dem Stadionsitz zurück.

»Gebratenes ... was?«

»Brot.«

»Ich weiß ja nicht ... gilt das überhaupt als Frühstück?« Sie wusste nicht, ob man das überhaupt essen konnte. Es klang total eklig.

Er warf melodramatisch einen Arm in die Luft, kein Vergleich mehr zu dem stotternden Jungen von vor ein paar Minuten. »Stell dir ein perfekt zubereitetes Frühstück vor. Brutzelnder Speck, Spiegeleier ... Aber was höre ich da? Wir brauchen Kohlenhydrate? Und es gibt keine Brötchen? Nun denn. Man nehme ein Stück stinknormales Weißbrot und tunke es in das Fett, in dem wir gerade Speck und Eier gebraten haben. Brat es so lange, bis es schön knusprig ist, und servier es mit dem Ei obendrauf.«

»Ich dachte, du wärst Vegetarier. Oder war das einer von den anderen?« Hätte sie doch nur gewusst, dass sie ausschließlich Will interviewen würde. Sie hatte so viel

Zeit damit vergeudet, Fan-Seiten zu durchstöbern, dass sie vergessen hatte, wer wer war.

Er wurde bleich und presste die Lippen zusammen. Oh, vielleicht war er ja doch der Vegetarier. Wovor hatte er solche Angst? Vielleicht hatte er irgendeinen Marketing-Deal mit einer vegetarischen Firma? »Keine Sorge, Speck lässt man selbst einem Vegetarier durchgehen. Ich meine, wie könnte man nicht? Ah-ha!« Sie hatte ihre Fragenliste gefunden. »Hab sie gefunden.«

»Was?« Er sah immer noch erschrocken aus, und sie begriff nicht, warum. Gab sie immer noch ein so amateurhaftes Bild ab, dass es ihn derart überraschte, wenn sie ihre Fragen fand? Sie musste ihre Rolle besser spielen – wenn sie etwas gar nicht gebrauchen konnte, dann war es, dass sich Will bei LJ über sie beschwerte. Sie musste dranbleiben.

Sie räusperte sich. »Wie gefällt dir das Leben auf Tour? Kriegst du manchmal Heimweh?« Bitte. Das klang nach einer Frage, die eine ausgebildete Reporterin stellen würde.

Die Farbe kehrte in seine Wangen zurück und sein Gesichtsausdruck entspannte sich etwas. Im Geiste reckte sie die Faust in die Luft. Geschafft. Jetzt klang sie professionell.

»Wir lieben es, auf Tour zu sein. Wir lieben es, unsere Fans zu sehen und die absolut bestmögliche Show abzuliefern. Aber ich vermisse meine Mom«, sagte er.

Zum Glück konnte sie schnell schreiben. Aber verdammt, jetzt brauchte sie eine Anschlussfrage. »Äh …

Was vermisst du an deinem Zuhause am meisten? Nein. Das hast du ja schon gesagt. Okay, beschreibe unseren Fans dein Zimmer.«

Über diese Frage musste er laut lachen. »Das wird jetzt ganz schön intim. Ich glaube, diese Frage werde ich nicht beantworten. Wenn ich einen ganz besonderen Fan finde ... vielleicht, nur vielleicht, zeige ich ihr das Zimmer dann selbst.«

»Und, hat es in der Vergangenheit schon ein besonderes Mädchen gegeben, das dein Zimmer zu sehen bekommen hat?« Jetzt hatte sie den Reportersprech richtig drauf.

Er setzte sich auf und blickte mit leerer Miene an ihr vorbei. Dann seufzte er schwer und ein bisschen dramatisch. »Dieses besondere Mädchen habe ich noch nicht gefunden. Aber ich suche weiter. Bei jeder Station unserer Tournee halte ich Ausschau.«

»Hübsche Antwort. Bestimmt hast du peinliche Poster an der Wand hängen, oder?«

»Wenn das so wäre – und ich sage nicht, dass es so ist –, wären die garantiert verschwunden, bevor sie irgendjemand zu sehen kriegt, so viel kann ich dir sagen!«

Bevor sie etwas erwidern konnte, tauchte der Rest der Band als lärmende Horde auf. Anya senkte den Blick auf ihr Notizbuch und versuchte sich zu entspannen, aber ausgelassene junge Männer machten sie immer nervös, und sie musste gegen den Reflex ankämpfen, sich davonzustehlen. Dieser Reflex war auf der Straße ihr Schutz gewesen. Jude hatte es ihr beigebracht. Er war ein obdachloser Kriegsveteran, den sie in ihrem ersten Monat auf der Straße kennengelernt hatte, und er hatte ihr viele Ratschläge gegeben. Wenn Männer laut waren, sprach das entweder für Alkohol oder einen Schub Euphorie oder Adrenalin, was die Hemmschwelle senkte. Wenn sie ihnen an einem normalen Tag in diesem Zustand begegnete – aufgeputscht und in der Gruppe –, konnten sie Probleme machen.

Aber nicht diese Jungs. Nicht heute.

Sie holte tief Luft.

Ganz ruhig, Anya. Ganz. Ruhig.

Jemand ließ sich ächzend auf einen Sitz in ihrer Nähe fallen. Sie wandte den Kopf und entdeckte ... LJ. Er sah sie nicht direkt an, aber das hieß nicht, dass er sie nicht beobachtete.

Okay. Das Ding mit dem Ganz-ruhig-Bleiben?

Keine Chance.

Kapitel 6

Sie war merkwürdig. Verflucht sexy, aber merkwürdig. Sie saß auf ihrem Platz und zitterte, als hätte sie einen Anfall, aber das war es nicht. Sie zeichnete etwas in ihr Notizbuch. Verrückt. Er fragte sich, ob sie wusste, dass sie aussah wie ein Kind, das sich versteckte. Es fehlte verdammt noch mal nicht viel und sie hätte sich zu einer Kugel zusammengekauert und sich hin und her gewiegt.

Komisch. Gestern schien sie sich ganz wohlgefühlt zu haben. Was hatte sich seitdem verändert?

LJ fing seinen Blick auf. Der Manager hatte Matt eindringlich beobachtet, während dieser Anyas Fragen beantwortete. Der Kerl wartete nur auf ein falsches Wort von ihm, ganz klar. Deshalb hatte er den Mist mit dem besonderen Mädchen vom Stapel gelassen. Das war die vom PR-Team genehmigte und abgesegnete Message. Daraus konnte ihm LJ keinen Strick drehen. Aber dann fing LJ an, Anya genauer zu mustern, und ehe er wusste, was er tat, sprang Matt auf und warf sich auf den Platz zwischen Anya und LJ.

Lass sie bloß in Frieden, du Arsch.

Aller Wahrscheinlichkeit nach war sie komplett irre – aber sie war *sein*e komplett Irre.

Bevor er dazu kam, seine geistige Zurechnungsfähigkeit anzuzweifeln, weil er sich um das Wohlergehen dieser Verrückten sorgte, die er um den Finger wickeln sollte, fing die PR-Beraterin an zu reden. Sie informierte sie über das Obdachlosenheim und währenddessen hörte Anya auf zu zittern. Kleine Wunder. Nachdem er ihren Artikel über das Leben auf der Straße gelesen hatte, war er sehr froh, dass heute dieser Punkt auf dem Programm stand. Vielleicht würde sie dadurch etwas auftauen.

Nach dem Meeting blieben sie beide allein im Stadion zurück, denn auch als alle anderen gegangen waren, machte Anya keinerlei Anstalten, sich von der Stelle zu bewegen. Also saß er einfach neben ihr und wartete, bis sie mit ihrer Zeichnung fertig war. Es schien ein Mann zu sein … vielleicht. Er reckte den Hals. Vielleicht auch ein Huhn. Zeichnen gehörte wohl eher nicht zu ihren Talenten. Aber während das Bild vor seinen Augen Gestalt annahm, erkannte er, dass es ein Mann war, in einen Kapuzenmantel gehüllt und mit einem Rucksack auf dem Rücken. Na gut, sie war kein Monet, aber die Skizze war nicht übel. Zumindest konnte er jetzt erkennen, was es war.

»Wer ist das?«, fragte er, als sie die letzten Schattierungen auf dem Boden neben dem Mann hinzufügte,

Sie fuhr heftig zusammen. Er hob die Hände in einer

»Hey, ich bin unbewaffnet«-Geste und sagte: »Keine Sorge, alles in Ordnung, beruhige dich.«

Sie sah sich um und wirkte erschrocken, dass schon alle weg waren. »Entschuldige, ich … wann sind die anderen gegangen?«

»Vor etwa fünf Minuten. Schon in Ordnung. Ich bin lieber hier, als im Bus *World of Warcraft* zu spielen, und was anderes machen wir zwischen Interviews und Vor-Ort-Terminen nicht.«

»Wow. Tut mir leid. Ich muss ja richtig …« Sie sah wieder auf ihre Zeichnung und biss sich auf die Lippe.

Heilige Mutter Gottes, wie gern hätte er sie in den Arm genommen und alles verscheucht, was ihr so zu schaffen machte. »Wer ist das? Hast du ihn kennengelernt, als du deinen Artikel über die Obdachlosen geschrieben hast?« Jetzt erkannte er, dass die Zeichnung genau das darstellte: einen obdachlosen Mann.

Sie zögerte einen Moment und strich mit den Fingerspitzen über die Bleistiftzeichnung, sodass sie ein bisschen verwischte. »Ja. Er heißt Jude und hat mir vieles beigebracht, aber als ich ihn später gesucht habe, konnte ich ihn nicht mehr finden. Immer, wenn ich in der Innenstadt von Tulsa bin, halte ich nach ihm Ausschau, aber ich habe ihn nie wieder gesehen. Ich hoffe, es geht ihm gut.«

»Hey, vielleicht ist er ja in dem Obdachlosenheim, das wir heute Nachmittag besuchen«, sagte Matt.

»Die hat er nie so gemocht. Aber ich könnte nach ihm fragen, wenn wir dort sind.«

Stille machte sich breit. Er musste irgendetwas tun, um die gedrückte Stimmung aufzuhellen. Er sah sich im Stadion um. »Weißt du, wer alles zu unseren Konzerten kommt?«

»Mädchen? Unmengen von Mädchen, nehme ich an?«, gab sie stirnrunzelnd zurück.

»Warte 'nen Moment.« Er lief zum Mischpult in der Mitte der Arena und fragte Jerry, ob er ihm *Not Tonight*, eins ihrer Up-Tempo-Stücke, auf die Lautsprecher legen könnte.

Als er zu Anya zurückkam, war sie aufgestanden und beobachtete ihn.

»Wenn man auf der Bühne steht, sieht man von den Zuschauern meistens nur etwa die ersten zehn Reihen, bis am Schluss das ganze Publikum ausgeleuchtet wird. Wer also vorne steht, macht die Stimmung des Konzerts aus.« Die Musik ging los. Laut, aber nicht so laut wie bei der Probe.

»Komm mit, ich zeig dir, wie das läuft.« Er nahm ihre Hand und führte sie in die Mitte der ersten Reihe. »An manchen Abenden sieht es so aus.« Er setzte sich auf einen der Plätze, lehnte sich zurück und verschränkte die Arme vor der Brust. »Also, wer bin ich?«

»Ich?«, sagte sie kichernd. »So werde ich wahrscheinlich dasitzen.«

Sehr gut. Sie vergaß allmählich ihre Angst.

Er versuchte eine empörte Miene aufzusetzen. »Was? Keine Chance, Schwester. Du wirst ein paar Tanzschritte hinlegen. Ich will dich jedes Mal tanzen sehen, wenn ich zu dir schaue. Wenn nicht, kriegst du am Ende jedes Auftritts eine Strafaufgabe. Nein, ich bin ein mittlerer Angestellter im Musikbusiness. Ich bin irgendwie an die Tickets gekommen und nur hier, damit ich allen erzählen kann, dass ich Erste-Reihe-Plätze bei *Seconds to Juliet* hatte, weil ich so wichtig bin.«

»Wow, so was gibt's?«, fragte sie.

»Öfter, als uns lieb ist, ja. Ich schwör dir, irgendwann breche ich den Song ab und sage denen, sie sollen gefälligst aufstehen und tanzen. Wahrscheinlich werde ich dafür gefeuert, aber o Mann, das wär's wert.«

Sie lachte. Der Klang vermischte sich mit der Musik und ihn durchströmte ein warmes Gefühl.

»Okay, wer bin ich jetzt?« Er wartete einen Beat ab und fing dann an, absichtlich unbeholfen und aus dem Takt zu tanzen.

»O Gott, wie Eltern, die versuchen cool zu sein.«

»Das glaubst du doch nicht wirklich. Vielleicht musst du es spüren. Komm, tanz mit mir.« Sie wich ein Stück zurück, doch er hielt ihre Hand fest. Er zog sie zu sich heran und in seine Arme. Himmel, fühlte sie sich gut an. Der Vanilleduft kam eindeutig von ihren Haaren und in dieser Haltung konnte er ihn richtig tief einatmen. Er unterdrückte ein Seufzen und öffnete die Pose wieder. Es sah hübsch aus, wie sie sich unter seiner Hand drehte. Dann brachte er sie dazu, so zu tanzen wie er.

»So etwa?«, fragte sie unter Gelächter. Sie ließ die Arme auf der Eins vorschnellen, begleitet von ein paar ein paar albernen Kicks.

»Du bist ein Naturtalent.«

»Wir sind die Eltern von irgendeiner ganz schön armen Seele, was?«, keuchte sie.

Er hörte auf zu tanzen. »Wäre möglich, stimmt«, gab er zu. »Aber eigentlich habe ich an LJ gedacht. Schau ihn dir heute Abend an, wenn du was geboten kriegen willst.

»Und wer bin ich jetzt?« Er presste sich gegen die Absperrung und kreischte so laut, dass es die Musik übertönte: »Ry-der! Ry-der! Ry-der, ich liebe dich!«

»Verrückte Fans, die Ryder an die Wäsche wollen?«, fragte sie.

»Das war vielleicht zu einfach. Wie wär's hiermit.«

Er schnappte sich Anya und zog sie eng an sich. O ja, er war ein böser Junge. Er hielt sie vorsichtig im Arm, eine Hand in ihrem Kreuz, mit der anderen hielt er ihre Hand. Er drehte sich mit ihr im Takt der Musik. »Okay, ich mache das jetzt nicht in echt, aber stell dir vor, ich würde mich voll an dir reiben, so als hätten wir praktisch genau hier Sex.«

»Ganz schön plump«, sagte sie lächelnd.

»Stell dir vor, du versuchst, ein Stück zu singen, und kannst einfach nicht weggucken. Tja, manche Typen benutzen uns, um bei den Mädchen zu landen. Sollen sie nur machen. Aber ganz ehrlich, manchmal wünsch ich mir, wir hätten für solche Leute 'nen Gartenschlauch auf der Bühne.«

Die Musik verstummte, es wurde still.

»Das muss ja ganz schön ablenken, so etwas während des Auftritts zu sehen.« Trotz der Stille im Stadion klang sie seltsam leise.

Er sah ihr in die Augen und zögerte. »Könnte sein, dass mich heute Abend etwas anderes ablenkt.« Wo zum Teufel war denn das jetzt hergekommen?

Das Blut schoss ihr in die Wangen, ihr Blick fiel auf seine Brust, dann sah sie wieder auf, trat einen Schritt zurück und hob mahnend den Zeigefinger. »Glaub ja nicht, dass du mich mit Schmeicheleien dazu kriegen kannst, dich mit Samthandschuhen anzufassen.«

»Erwischt!«, gab er zurück. Obwohl ... nein. Aber es war besser, wenn sie es für einen Witz hielt. Besser. Sicherer. Redlicher? Verdammt. Sie brachte ihn ganz durcheinander. Tat sie das mit Absicht? War diese Maske des schüchternen Mädchens nur eine Masche, um ihn, den Schüchternen an die Angel zu kriegen?

Komm schon, Matt. Du musst einen kühlen Kopf bewahren. Hör auf, dich selbst zu sabotieren. Halte sie ein bisschen auf Abstand.

Er boxte sie sanft gegen die Schulter, wie er es bei einer Schwester getan hätte. »Hast mich durchschaut. Aber im Ernst: Schau dir LJ heute Abend an. Du wirst es nicht bereuen. Das ist ein Anblick für die Götter. Und jetzt komm, gehen wir zum Van. Du wirst gleich Zeugin des blanken Irrsinns, wenn wir von der Kette gelassen werden.«

Irrsinn traf es ganz gut.

Während sich der Kleinbus durch die verstopften Innenstadtstraßen schlängelte, wurde die Fahrt von Autohupen und Leuten, die von außen gegen den Wagen schlugen, begleitet. Jedes Mal, wenn sich eine Gruppe Mädchen kreischend gegen die Türen warf, fuhr Anya vor Schreck fast aus der Haut. Das war ja, als wären die Hemsworth-Brüder in der Stadt. Oder ... nein, eigentlich gab es sonst nichts, was damit vergleichbar gewesen wäre.

Ihr kam es vor, als würde die Band selbst den ganzen Aufruhr, den sie verursachte, kaum mitbekommen. Die meiste Zeit hielten die Jungs die Köpfe gesenkt, die Blicke auf ihre Smartphones oder Tablets gerichtet.

Sie sollte die Zeit nutzen, um Dinge über Will in ihrem Notizbuch festzuhalten. Nichts Weltbewegendes, nur die Details, die sie für ihren Artikel verwenden konnte.

Inoffizielle Freundinnen?

Verrückte Fans.

»Sie haben eng zusammengehalten ...« Abseits von den anderen?

Gebratenes Brot.

Vegetarier?

Da Will auf der anderen Seite des Mittelgangs saß und Kopfhörer aufhatte, als Anya mit dem Schreiben fertig war, beobachtete sie die anderen, von denen jeder in seine eigene kleine Welt abgetaucht war. Sie überlegte, wer seiner Freundin schrieb und wer *Candy Crush* spielte. Will hörte offenbar Musik, und sie fragte sich, was er sich anhörte. So angestrengt sie auch lauschte, sie hörte nichts.

In einer Gegend, die Anya gut kannte, kam der Wagen mit kreischenden Bremsen zum Stehen. Das Obdachlosenheim St John's in the Vale. Es war eine kirchliche Einrichtung und grenzte auch direkt an eine Kirche aus rotem Backstein. Der Pfarrer kannte Anya. Er war immer um sie besorgt gewesen, und sie hoffte sehr, dass er ihre Tarnung nicht auffliegen lassen würde. Ihre Beklommenheit meldete sich wieder und schuf eine Leere in ihrem Magen, die sie inzwischen so gut kannte wie ihre Westentasche. Die Straße war komplett von Menschenmassen blockiert, brechend voll wie eine Shopping Mall am Black Friday.

Die Polizei hatte einen schmalen Durchgang geschaffen, durch den die Band in das Obdachlosenheim gelangen konnte.

»Bist du so weit?«, fragte Will sie, als er die Kopfhörer abnahm.

»Das ist verrückt.« Anya kniete auf ihrem Sitz und spähte aus dem Fenster. »Ich ... das ist echt beängstigend da draußen.«

»Was du nicht sagst. Lächle einfach, als wäre es das Natürlichste der Welt.« Er stellte sich mit den anderen in einer Reihe an der Tür auf.

Die Tourmanagerin sagte: »Zuerst die Jungs. Die Extras steigen aus, kurz nachdem die Jungs im Haus angekommen sind.« Anya setzte sich wieder hin. Sie und eine weitere Frau schienen die einzigen Extras zu sein. Als die Jungs die Stufen hinabstiegen, erreichte das Kreischen seinen Höhepunkt. Sofort wurde die Band von der Menge verschluckt und war nicht mehr zu sehen.

Ihr Blick fiel auf Wills Kopfhörer. Sie sah sich kurz im Bus um, nahm sie an sich und drückte an seinem iPod auf Play. Sie hielt sie sich ans Ohr und erkannte sofort den Song wieder, zu dem Will gerade im Stadion mit ihr getanzt hatte. Er hörte sich immer noch die Lieder seiner eigenen Band an? Das war … seltsam? Sie speicherte diese kostbare Information ab und nahm sich vor, Will zu fragen, welche Bands er sonst noch hörte.

»Extras, mir nach«, sagte die Tourmanagerin, als das Zischen der Automatiktür ertönte.

Anya folgte ihr. Die Menge war nicht mehr ganz so hysterisch, aber Anya sah mit Erschrecken, dass Leute ihre Handys auf sie richteten. Sie zog den Kopf ein. Das Letzte, was sie jetzt gebrauchen konnte, war, dass ihre Mutter sie hier sah. Oder, verdammt, jemand von *WowSounds*. Das wäre richtig übel.

Sie hatte sie zwar nicht direkt angelogen, sie aber auch nicht von dem Irrtum abgebracht, sie wäre über zwanzig. Weit über zwanzig, um genau zu sein. Und sie hätte schon für andere Formate geschrieben.

Außerdem war die Menge immer noch ohrenbetäubend laut. Es kostete Anya ihre ganze Selbstbeherrschung, sich nicht umzudrehen und unter dem Sitz zu verkriechen. Oder einfach davonzulaufen – irgendwohin, weit weg von den dicht gedrängten Menschen. Aber sie verließ den Bus und schritt durch den Korridor, den die Polizei ihnen geschaffen hatte, als würde sich ihr nicht der Magen umdrehen.

In der Unterkunft rief die vertraute Anordnung von Tischen und Feldbetten Erinnerungen wach. Jeder durfte hier drei Nächte am Stück verbringen, aber danach fühlte sich Pfarrer Howard verpflichtet, das Sozialamt anzurufen. Er nannte es das Dreitagesasyl. Danach war alles offen. Er sagte, er sei Gott und seinem Gewissen verpflichtet. Anya war seit dem vergangenen Winter überhaupt nicht mehr hier gewesen. Wenn es warm genug war, versuchte sie, auf der Straße zu bleiben. Da war es meistens leichter, sich unter die betrunkenen College-Studenten zu mischen und von der Polizei unbemerkt zu bleiben.

Will bedeutete ihr mit einem Nicken, zu ihm herüberzukommen. »Würdest du dieses Heim bitte namentlich erwähnen, wenn du darüber schreibst? Je mehr Publicity es kriegt, umso mehr Spenden kommen rein. Du kannst schreiben, ich bitte die Fans persönlich, Kleidung, Lebensmittel und Dinge des täglichen Bedarfs zu spenden. Damit sollten sie bis zum neuen Jahr versorgt sein.«

Ha, von wegen. »Bis ins neue Jahr? Das sind noch sechs Monate. Weißt du, wie viele Leute jede Woche hierherkommen? Wie viele Mahlzeiten hier gekocht werden müssen?«

Er runzelte die Stirn. »Ja, das weiß ich tatsächlich. Der Pfarrer hat es mir gerade gesagt. Als wir in Atlanta in einer ähnlichen Einrichtung waren und einen Spendenaufruf gestartet haben, konnten sie die Menge an gespendeten Gütern gar nicht unterbringen. Das Heim dort war doppelt so groß wie dieses, und sie mussten Spenden an andere Heime weitergeben.«

»Oh. Ich ...« Plötzlich schämte sie sich dafür, dass sie geglaubt hatte, mehr darüber zu wissen als er. »Mir war nicht klar ...«

»Schon gut. Bevor wir auf diese Tournee gegangen sind, hatte ich auch keine Ahnung, wie viel wir bewirken können. Unsere Fans sind fantastisch. Ich weiß, wir machen unsere Witze über sie und nennen einige von ihnen verrückt, aber die große Mehrheit derer, die uns keine Heidenangst einjagen, ist fantastisch.«

Als Anya sich umsah, saßen die übrigen Bandmitglieder auf Feldbetten und an Tischen und unterhielten sich mit den Menschen dort. Ihr drohten die Tränen zu kommen. Sie schniefte und wandte den Blick ab. Wie viele junge Männer würden so etwas machen? Wer würde es wichtig genug nehmen, um mehr zu tun, als einen Scheck zu schicken? Wie viele würden sich wirklich zu Menschen wie ihr setzen und mit ihnen über ihr Leben sprechen? Verdammt. Anscheinend hatte sie diese Jungs für viel zu oberflächlich gehalten.

»Fängst du jetzt an zu heulen?«, fragte Will grinsend.

»Was? Nein. Von wegen.« Anya riss die Augen weit auf, damit der Tränenfilm trocknete, bevor er überlief.

»Oooh, du bist so niedlich. Keine Sorge. Wir können auch totale Arschlöcher sein. Hilft dir das?« Er legte ihr einen Arm um die Schultern, doch sie schüttelte ihn ab.

»Haargenau, du bist ein Arsch. Ich heule nicht.« Sie wandte sich um und sah Pfarrer Howard, der sie über seine Halbrandbrille hinweg direkt ansah. Er nickte ihr zu, eine Aufforderung, in sein Büro zu kommen, und sie antwortete ebenfalls mit einem kurzen Nicken. »Ich bin gleich wieder da.«

»Okay. Ich warte hier und überlege mir, wie ich dir zeigen kann, was ich für ein Arschloch bin.« Er grinste.

»Mach dir deswegen keine Umstände. Das klappt auch so schon hervorragend«, gab sie zurück und wandte sich ab.

Pfarrer Howard saß an seinem kleinen Schreibtisch und blickte auf den alten Computerbildschirm. Als Anya hereinkam, machte er ihr ein Zeichen, die Tür zu schließen. Sie tat es.

»Anya. Was für eine Freude, dich zu sehen. Muss ich mir Sorgen machen, weil du mit dieser Boygroup hier auftauchst?« Er lehnte sich auf seinem Stuhl zurück und verschränkte die Arme über seiner Soutane.

Sie zog die Stirn kraus. »Wie meinen Sie das? Warum Sorgen?«

»Ich meine, als ich dich das letzte Mal gesehen habe, warst du in keinem guten Zustand. Und damit meine ich körperlich wie seelisch. Und jetzt kommst du hier mit den Jungs an, die nur für ein paar Tage in der Stadt sind. Ich möchte wissen, ob bei dir alles okay ist.«

»Oh. *Oh!* Nein, nichts in dieser Art. Sie wissen doch, dass ich letzten Monat einen Artikel für dieses Onlinemagazin geschrieben habe. Die haben mich gefragt, ob ich die Band einen Teil der Tournee begleiten will. Das ist alles.« Sie setzte sich in einen kleinen Sessel unter einem noch kleineren Fenster.

»Die bieten einer Sechzehnjährigen an, eine Band zu begleiten und darüber zu schreiben?« Seine Miene sagte deutlich, dass er ihr nicht glaubte.

»Nicht ... direkt. Erstens hatte ich letzten Monat Geburtstag. Ich bin jetzt siebzehn. Und auch wenn sie mich möglicherweise für älter halten, habe ich ihnen nie direkt *gesagt*, dass ich älter wäre. Ich habe nie jemanden von dem Magazin persönlich getroffen, das lief alles über E-Mail. Ich ... ich dachte nur, das würde mir helfen, wieder«, sie schniefte, »... auf die Beine zu kommen?«

»Oh. Okay. Na schön. Verhalte dich unauffällig, Anya. Wir wollen nicht, dass deine Mutter wieder nach dir sucht.«

Sie blies die Backen auf und atmete aus, während sie über seine Worte nachdachte. Ihre Mutter würde nie wieder nach ihr suchen. Aber das hatte sie Pfarrer Howard nie gesagt, weil er vielleicht glauben würde, es sei Anyas Schuld, dass sie keine Beziehung zu ihrer Mutter hatte. Irgendwie musste es so sein. Warum sonst hätte ihre Mutter sie mitten in der Nacht verlassen sollen, ohne sich darum zu kümmern, dass für ihre Tochter gesorgt war? Aber er sollte nicht schlecht von ihr denken, er sollte nicht glauben, dass sie etwas Unrechtes getan hätte. »Das will ich nicht. Wahrscheinlich ist sie nicht mehr in der Stadt. Wahrscheinlich ist sie inzwischen wieder in Kalifornien.«

»Hoffen wir's. Hör zu: Es gibt nichts, wirklich nichts, was ich lieber sehen würde, als dass du etwas aus deinem Leben machst. Das hast du verdient. Also sei vorsichtig mit diesen Jungs. Sie sind hergekommen, und das weiß ich wahrlich zu schätzen, aber es sind trotzdem Teenager.« Er bedachte sie mit einem strengen Blick, konnte allerdings das Funkeln in seinen Augen nicht verbergen.

»Ja, Pfarrer«, sagte sie, bemüht, nicht zu lächeln.

»Okay. Also gut.« Er machte ein Kreuzzeichen in ihre Richtung und sagte: »Möge Gott dich unterstützen.«

»Amen«, erwiderte sie so gehorsam, wie sie es an ihrer katholischen Schule gelernt hatte, bevor man sie dem Jugendamt übergeben hatte.

»Ich werde deinen Artikel über die Tournee lesen, junges Fräulein«, warnte er sie.

»Pfarrer Howard, darf ich Sie etwas fragen? Haben Sie Jude noch mal gesehen, irgendwann?« Beim letzten Wort brach ihre Stimme.

»O Anya.« Er nahm die Brille ab und legte sie behutsam vor sich auf den Tisch, als müsste er überlegen, was er sagen sollte. »Ich habe ihn seit letztem November nicht mehr gesehen. Ich hoffe, wenigstens das Veteranenamt sorgt für ihn.«

Ihr rutschte das Herz in die Hose. »Das glaube ich nicht. Ich glaube, wenn es ihm besser ginge oder er in Sicherheit wäre, hätte er nach mir gesucht. Ich gehe immer wieder zu seinem Platz unter der Brücke, aber da war er nicht mehr, und niemand hat ihn gesehen.«

»Nun, mach dir um Jude keine Gedanken. Er würde nicht wollen, dass du dir seinetwegen Sorgen machst, meinst du nicht? Jetzt geh da raus und schreib einen großartigen Artikel über dieses Heim.« Seine Augen funkelten, als er die Brille wieder aufsetzte.

»Ja, Pfarrer Howard. Danke.« Sie sprang auf. »Ich gehe jetzt besser, bevor die anderen ohne mich abfahren.«

Er nickte nur und wandte sich wieder seinem Computer zu. Er sah das Ding immer noch so an, als würde es ihn jeden Moment beißen. Manches änderte sich nie.

Als sie ins Obdachlosenheim zurückkam, war nur noch Will da. »Was ist passiert? Was habe ich verpasst?«

»Den Bus, zum Beispiel.« Er sah darüber nicht allzu erfreut aus.

»Sie sind ohne uns gefahren? Ohne dich?«, fragte sie.

Er verdrehte die Augen. »Das ist Miles' Lieblingsnummer. Sobald er im Bus ist, erzählt er der Tourmanagerin, dass einer von uns hinten im Bus schläft oder auf dem Klo hockt oder so, und sie ist meistens so zerstreut, dass sie dem Fahrer einfach sagt, er soll losfahren«

»Und was machen wir jetzt?«

Er zauberte eine zerkratzte Sonnenbrille hervor und einen Regenhut mit der Aufschrift *The Bruins*, der aussah wie ein umgestülpter Blumentopf. »Das ist meine Tarnung. Hat mir die Frau in der Küche gegeben.«

»Die ist gut. Wenn du so aussiehst, wird uns niemand zu nahe kommen.« Anya musste sich ein Lächeln verkneifen.

»Wir gehen hinten raus. Wenn der Routenplaner auf meinem Handy recht hat, können wir wohl einfach zu Fuß gehen. Es wird eine Weile dauern, aber ich kriege nicht mehr so oft die Chance, einfach durch die Gegend zu laufen.«

»Klar.« Sie ging ihr ganzes Leben lang zu Fuß, also machte es ihr überhaupt nichts aus. Vielleicht eine gute Gelegenheit, ihm ein paar Fragen zu stellen. »Könnte Spaß machen.«

»Dann mal los.« Mit einer Gentleman-Geste bot er ihr seinen Arm an und sie hakte sich bei ihm unter.

»Nach dir. Die große böse Welt wartet auf dich«, sagte sie.

»Was soll schon schiefgehen?«

Sie verdrehte die Augen, als sie seine gespielt besorgte Miene sah. »Na ja, wenn dich jemand erkennt, kommen wir da womöglich nicht lebend raus.« Sie sah ihn von oben bis unten an. »Oder zumindest nicht angezogen.«

Er zögerte einen Moment, als würde er darüber nachdenken, wie ihm mitten in Tulsa die Kleider vom Leib gerissen wurden. Ha! Sie hatte ihn aus dem Konzept gebracht. Auf der Unterlippe kauend, starrte er die Tür an, durch die sie gleich gehen mussten.

»Nee. Dazu wird es schon nicht kommen. Außerdem: Wer nicht gefährlich lebt, lebt gar nicht.«

»Ich werde dich an deine Worte erinnern.«

Kapitel 7

Anya wirkte wirklich angespannt, als sie die Obdachlosenunterkunft verließen. Unablässig sah sie sich um, und er fragte sich, ob sie schon mal in diesem Teil der Stadt gewesen war. Sie schien Angst zu haben. Er verspürte den unwiderstehlichen Drang, den Arm um sie zu legen und sie zu beschützen.

»Keine Sorge, wir sind bestimmt bald aus dieser Gegend raus. Ich lasse nicht zu, dass dich jemand belästigt.« Als sie das hörte, zog sie die Brauen zusammen und ließ sich etwas zurückfallen.

»Ich habe keine Angst. Ich habe hier sehr viel Zeit verbracht.«

Argh. Ich bin so ein Depp.

Natürlich hatte sie hier viel Zeit verbracht – sie hatte diesen langen Artikel über das Obdachlosenproblem in Tulsa geschrieben. »Tut mir leid. Hatte ich ganz vergessen. Das war ein toller Artikel. Ich hatte den Eindruck, du würdest diese Menschen seit Jahren kennen.«

Sie zog den Arm aus seiner Ellenbeuge. Was hatte er jetzt wieder Falsches gesagt?

Um den Finger wickeln, Matt. Verdammt.

Verrückterweise wollte ein Teil von ihm wirklich, dass sie ihn mochte. Dieser Teil wollte das Rätsel durchdringen, wollte, dass sich ihr Blick erwärmte, wenn sie ihn ansah. Herrje. Was war denn das für ein Mist? Verwandelte er sich gerade in seinen eigenen Bruder? Was war nur mit ihm los?

»Kommst du hier aus der Gegend?«, fragte er, weil ihm bewusst wurde, dass er bis auf ihre extrem ausgeprägte Leidenschaft fürs Essen eigentlich nichts über sie wusste.

»Aus der Nähe, ja«, antwortete sie mit gesenkter Stimme.

Er fragte sich, warum sie manchmal so lebhaft war, wenn sie über alberne Dinge wie Tanzen oder Heiratsanträge auf Plakaten sprach, aber so zurückhaltend, wenn er sie etwas über sie selbst fragte. »Hast du eine große Familie?«

Sie schien sogar noch leiser zu werden, sofern das überhaupt möglich war. »Eigentlich nicht.« Sie hob den Blick und sah ihn an. »Genau genommen gibt es nur noch mich, seit ich von der Schule gegangen bin.«

Ein eigenartiges Gefühl in der Magengegend beschlich ihn. War sie wirklich ganz allein? Sollte er das auf sich beruhen lassen? Oder weiter nachfragen? Er entschied sich für Letzteres. Es brachte doch sicher keinen Ärger, zu viel Interesse an einem Mädchen zu zeigen. Na ja, jedenfalls solange man es nicht stalkte.

»Also keine Geschwister?« Doch dann brach er ab.

Damit sie ihm nicht dieselbe Frage stellte, ließ er ihr erst gar keine Chance zu antworten. »Okay, vergiss es – was isst *du* am zweitliebsten zum Frühstück?«

Sie lächelte. Endlich. »Pizzareste. Am besten kalt.«

Er tat so, als müsste er würgen. »Bäh! Das ist eklig. Und widernatürlich. Pizza ist dazu da, dass man sich den Gaumen daran verbrennt. Kalt ist sie einfach nur …« Er suchte nach den richtigen Worten. »… wie ein feuchtes Handtuch mit kaltem, nassem Gemüse drauf.« Er schüttelte sich.

Sie warf ihm einen bedauernden Blick zu. »Tut mir leid, Will.« Sie blieb stehen und streckte ihm die Hand hin.

Reflexartig ergriff er sie, nur damit sie weitersprach.

»Wir können keine Freunde mehr sein. Deinen Standpunkt zu kalter Pizza kann man offen gesagt nicht anders als unamerikanisch nennen. Wir müssen von nun an getrennte Wege gehen.«

Sie schüttelte seine Hand und er riss sie lachend weg. »Du kannst mich noch nicht verlassen, du hast noch keine Story!« O Gott, warum hatte er das gesagt?

»Auch wieder wahr. Okay, ich bleibe. Aber nur so lange, bis ich hinter deine tiefsten, dunkelsten Geheimnisse gekommen bin. Deal?«

»Deal«, brachte er erstickt hervor.

Für einen kurzen Moment machte sich Stille breit, während er überlegte, was er sagen könnte. Es war ein warmer Tag, und in der Mittagshitze spazieren zu gehen, war vermutlich nicht die schlauste aller Ideen.

Eigentlich hätte er einfach ein Taxi nehmen, den alten Teufel LJ anrufen oder einen freundlichen Menschen bitten können, sie im Auto mitzunehmen. Aber das hatte er nicht getan.

»Darf ich dir ein paar richtige Fragen stellen, während wir gehen?«, frage sie und durchbrach damit die seltsame Anspannung zwischen ihnen.

»Klar. Du hast mich jetzt etwa eine Stunde lang ganz für dich. Wäre doch eine Schande, sich die Gelegenheit für ein herausragendes privates Interview entgehen zu lassen.«

»Eine Stunde, meinst du? Ich glaube, es wird sehr viel kürzer sein. Ich wette drei Dollar, dass sie über dich herfallen, bevor wir die Hälfte der Strecke geschafft haben.«

Er wollte gerade etwas erwidern, als ihm auffiel, dass sie im Vorbeigehen ganz automatisch in die Wechselgeldklappen aller Parkuhren griff. »Deine drei Dollar, sind die in Vierteldollar-Münzen?«

Sie sah erst ihn an und dann ihre Hand. Schnell zog sie sie aus der Parkuhr zurück, die sie gerade betatscht hatte, und zuckte die Achseln. »Ist doch auch Geld. Ich habe auch Dollarscheine.« Sie sah wirklich verletzt aus. Sehr seltsam.

»Die Wette halte ich. Also, hast du Fragen an mich?«

Drei Dollar? Total willkürlich.

»Klar. Fangen wir mit etwas Leichtem an. Wovor hast du am meisten Angst?«

Das war einfach. Sein Bruder hatte bei jeder Gelegenheit angegeben, dass er Nadeln hasste. »Nadeln. Die dürfen nicht in meine Nähe kommen, sonst kippe ich um. Mein Kinderarzt hat mich gehasst.«

»Was glaubst du, woher diese Phobie stammt?«, fragte sie.

»Keinen blassen Schimmer. Ich sehe es lieber als ganz normale Reaktion auf etwas, womit man zustechen kann.«

»Fällst du auch in Ohnmacht, wenn du ein Messer siehst?«

»Nein, aber mit Messern kann man auch andere Dinge machen, zum Beispiel ein köstliches Steak schneiden. Nadeln sind einfach nur zum Stechen da.«

»Also gut. Wer war deine erste Freundin?«

»Kinderleicht.« Mit elf hatte er seinen Bruder grün und blau geprügelt, weil der Dates hatte. »Alice Singleton, neunte Klasse. Sie war blond und hatte eine Brille.« Er spürte einen sehnsüchtigen Stich in der Magengegend, als er daran zurückdachte, wie unschuldig und glücklich sie beide gewesen waren, bevor Will entdeckt hatte, dass er singen konnte, und sich für diese verdammte Fernsehshow angemeldet hatte.

»Würdest du mit ihr ausgehen, wenn du sie heute wiedersehen würdest? Ich meine, sie weiß ja sicher, dass du jetzt berühmt bist.« Anya lächelte.

»Ich glaube nicht, dass Alice sich davon beeindrucken lassen würde. Damals war sie jedenfalls definitiv nicht von mir beeindruckt. Sie stand mehr auf die athletischen Typen und das war ich nie.«

»Wenn du zu Schulzeiten kein Sportler warst, was warst du dann?«

Er dachte daran, wie viele Stunden Will songschreibend in seinem Zimmer verbracht hatte, nachdem Alice ihn für einen Footballspieler verlassen hatte. »Ich war der unverstandene Poet.« Er verzog das Gesicht. Wie prätentiös klang das denn!

Ach ja. Es wäre ja Will, der blöd dastehen würde, nicht er selbst. Ha! Er könnte so viel mehr Spaß mit dieser Nummer haben, wenn es Will nur besser ginge. Unter normalen Umständen würde Matt seinem Bruder bei diesen Interviews absurdes Zeug unterjubeln, aus dem sich Will nach seiner Rückkehr irgendwie würde wieder rausmanövrieren müssen. Vielleicht, wenn es Will ein bisschen besser ging. Dann könnte er vielleicht behaupten, er habe angefangen, Japanisch zu lernen oder Klarinette oder so was. Er grinste vor sich hin. Er sollte eine Liste anlegen.

»Ein Poet? Hältst du das Zeug, das du heute schreibst, für Poesie?«

»Heute schreibe ich nicht mehr viel. Aber nein. Meine Poesie ist streng privat.«

»Wer war deine erste richtig ernste Beziehung?«

»Ich hatte noch keine richtig ernste Beziehung. Noch nicht.« Es wurde Zeit für ein Ablenkungsmanöver, damit sie seine Antworten nicht zu genau unter die Lupe nahm. Und weil er, ob es ihm gefiel oder nicht, verdammt noch mal mehr über sie erfahren wollte. »Ich habe eine Frage an dich.«

»Ich weiß zwar nicht, ob das so gedacht ist, aber okay.«

»Kommst zu mit zur nächsten Station der Tournee?«

»Ich glaube schon. Ich begleite euch zwei Wochen lang. Die nächste Station ist New Orleans, oder?«

»Ja. Aber das ist ’ne verrückte Stadt und wir wohnen wieder im Bus. Kein Hotel wollte uns exklusiv unterbringen, deshalb wird es eng und kuschelig in der Nähe der Arena. Ich weiß nicht, ob du dir das alles noch mal antun willst.«

»Mein Bus ist ziemlich leer, abgesehen von Natasha und ihren Klamotten. Na gut, eigentlich ist er damit ziemlich voll. Aber ich habe nicht viel Zeug, da bin ich mit meiner Koje ganz zufrieden. Ihr müsst die Hotels schließen lassen, damit ihr dort übernachten könnt?«

»Ja. Einmal waren wir in einem, das war total irre. Die Mädchen waren überall, die sind von einem Balkon zum anderen gesprungen und haben Zimmerservice-Uniformen geklaut. Das Management war absolut nicht darauf vorbereitet, was für eine Hysterie unser Konzert auslösen würde. Eine Dreizehnjährige ist vom Balkon gefallen und hat sich das Bein gebrochen. Es war schrecklich.« Will hatte zu Hause angerufen, er war sichtlich aufgewühlt gewesen und hatte fast geheult. Matt hatte an dem Schniefen am anderen Ende er Leitung erkannt, dass Will versuchte, nicht zu weinen. Die ganze Sache hatte ihn ziemlich mitgenommen. Er hatte keine Ahnung, wie die anderen damit klargekommen waren – oder ob. »Seitdem versuchen wir, uns im

Sicherheitsbereich der Veranstaltungsorte aufzuhalten. Oder in geheimen Hotels, wo wir es so einrichten können, dass wir die einzigen Gäste sind.«

Sie sagte nichts darauf, und er nahm an, dass sie vielleicht im Geiste ihren nächsten Blogbeitrag verfasste. Eine heiße Windbö wehte durch die Straße, trieb Abfall vor sich her und zerrte Anya die schwarzen Haare aus den Spängchen. Ihre Haare schienen lang zu sein, aber sie trug sie immer hochgesteckt, und er fragte sich, wie sie sich offen anfühlen würden. *Aussehen!* Aussehen, nicht anfühlen.

Er nahm sein Handy und fing an, die Alerts zu Nachrichten über die Band durchzusehen. Die Bilder vom Obdachlosenheim waren schon in den Newsfeeds. Sie mussten zurück zum Stadion. Es waren nur noch ein paar Blocks zu laufen, in der Zeit würde hoffentlich niemand die Kleidung, die er im Obdachlosenheim getragen hatte, an ihm wiedererkennen. Aber verdammt, warum hatte er bloß dieses ausgefallene T-Shirt mit dem gezeichneten Wal darauf angezogen? Das war ziemlich auffällig.

»Will Fray?«, rief jemand aus einem Geschäft.

O Scheiße.

Sie hatte heute also drei Mäuse verdient; sie schwamm praktisch in der Knete. Will packte sie an der Hand und zerrte sie die Straße entlang. Sie musste rennen, um mit ihm mitzuhalten. Was zum Teufel war hier los?

Sie wollte sich schon über die grobe Behandlung beschweren, doch nach wenigen Metern fingen die Leute an, mit dem Finger auf sie zu zeigen und zu rufen. Wow. Was für ein Ansturm.

Als sie wieder nach vorn sah, rannten die Leute mit gezückten Handys neben ihnen her.

»Achtung!«, rief sie einem Mann zu, der nicht guckte, wo er hinlief. Zu spät. Er rannte mit voller Wucht gegen eine Parkuhr, prallte davon zurück und landete im Rinnstein. Anya ließ Wills Hand los und wollte dem Mann gerade aufhelfen, als sie das Ausmaß der Menge erblickte, die ihnen folgte. »Tut mir leid«, keuchte sie und rannte weiter. Ihr Herz raste, aber sie spürte keine Angst; die Angst wurde von einem Schleier aus Euphorie verhüllt. Noch einmal warf sie einen Blick auf die Menschenmenge und konnte sich ein Kichern nicht verkneifen. Jedenfalls glaubte sie, dass es ein Kichern war. Sie hatte seit etwa fünf Jahren nicht mehr gekichert. Die Menge war jetzt so laut, dass sie außer dem Kreischen und Rufen der Fans nichts mehr hörte.

Endlich gewannen sie ein paar Sekunden Vorsprung vor ihren Verfolgern. Sie bogen um eine Ecke und Will zog sie in einen Ladeneingang. Es war ein nobles Herrenmodegeschäft. Offenbar waren sie schon in einem anderen Viertel gelandet, aber sie wusste aus Erfahrung, dass es in Tulsa manchmal schon ausreichte, eine Straße zu überqueren, um sich in einer völlig anderen Gegend wiederzufinden. Die Klingel über der Tür schepperte, und aus dem hinteren Teil des Ladens kam ein perfekt gestylter Mann in einem dreiteiligen Anzug – wow, aber ihm musste doch heiß sein. »Kann ich Ihnen …«, fing er an. Er sah Will genauer an und registrierte die am Schaufenster vorbeieilenden Menschen. Will duckte sich hinter einen Kleiderständer. Anya folgte seinem Beispiel.

Sie spähte zwischen den Tweedjacketts hindurch. Die Menschen strömten am Fenster vorbei. Und dann blieben ein paar Nachzügler stehen und sahen sich um. Keuchend fingen sie an, die Schaufenster der Geschäfte abzusuchen.

»Schnell, verstecken Sie sich da drin«, sagte der Ladenbesitzer. Er zeigte auf eine Tür. Will packte Anya an der Hand, rannte, immer noch geduckt, in das Zimmer und knallte die Tür hinter ihnen zu.

Dunkelheit. Absolute, völlige Dunkelheit.

»Wo sind wir?«, flüsterte Anya.

»In einem Herrenmodengeschäft in Tulsa, USA. Hast du dir den Kopf angeschlagen, oder was?«, flüsterte er zurück.

Sie wollte ihn schubsen, traf aber nur die Luft. »Das hab ich nicht gemeint. Wo bist du?«

»Hier bin ich. Wo ist der Lichtschalter?«, sagte er mit einem Lächeln in der Stimme.

Sie tastete nach der Wand, plötzlich bekam sie Platzangst. Ihr wurde heiß, und sie hatte das Gefühl, keine Luft mehr zu bekommen. Mist. Hektisch suchte sie nach dem Lichtschalter, aber die Wände waren komplett leer.

Sie fing an zu keuchen. »Ich kann ihn nicht finden.

Ich finde das Licht nicht.« Sie wand sich, als sie die Panik in ihrer Stimme hörte.

Draußen im Laden klingelte die Glocke über der Tür erneut, als jemand hereinkam.

»Psst«, sagte Will.

»Ich kann nicht ... ich kriege ...«, sagte sie. Ein Arm legte sich um ihre Taille, eine Hand hielt ihr den Mund zu.

»Psssst.«

Sie schüttelte seine Hand ab, konnte aber nichts gegen ihren keuchenden Atem tun. Sie klang ja furchtbar. Er zog sie an sich und strich ihr über den Rücken wie einem Baby, das getröstet werde musste. Aus irgendeinem Grund machte sie das wütend und sie riss sich los. »Ich bin kein Baby!«

Er ließ sie gewähren und plötzlich war ihr kalt in der Dunkelheit. Ihr entfuhr ein Wimmern, doch dann spürte sie die leichte Berührung seiner Finger auf ihrem Haar. Sie neigte den Kopf in Richtung dieser Zärtlichkeit. Plötzlich brauchte sie seine Berührung. Um sich nicht allein zu fühlen. Ihr Atem beruhigte sich. Sie trat einen Schritt zurück. Da ging die Ladentür erneut auf, das Schrillen der Klingel drang zu ihnen in den Raum.

»Tut mir ...«, hob sie an, doch wieder hielt er ihr den Mund zu.

»Pssst.«

Die Stimmen aus dem Laden drangen nur gedämpft zu ihnen, doch die Wörter *Will Fray* waren klar und wiederholt zu verstehen. Sie hielt still und lauschte angestrengt. Wie viele Leute waren dort draußen? Würden sie den Laden auseinandernehmen? Waren sie hier sicher? Bei den Occupy-Demonstrationen hatte sie mit eigenen Augen gesehen, wozu ein Mob in der Lage war. In der Gruppe schienen Menschen sehr viel schneller außer Kontrolle zu geraten.

»Heute Abend hast du bestimmt eine spannende Story für deinen Blog«, flüsterte er ihr ins Ohr. Diese Intimität weckte ein Kribbeln in ihrem Bauch – eine eigenartige freudige Aufregung, die sie seit jenem Heiligabend vor dem Verschwinden ihrer Mutter nicht mehr gespürt hatte. Sein Gesicht war so nah an ihrem, dass sie seinen Atem sacht auf ihrer Wange spürte.

Sie hätte nur den Kopf drehen müssen, um ihn zu küssen. Seine Lippen mussten direkt vor ihren sein. Dann merkte sie, dass er den Arm fest um ihre Taille gelegt hatte. Sie berührte ihn mit ihrem ganzen Körper.

Vielleicht sollte sie einen Schritt rückwärts machen. Vielleicht ans andere Ende des Zimmers gehen. Die Tür öffnen. Vielleicht ... Dabei schwelgte sie die ganze Zeit in dem Gefühl seiner Berührung. So nah war sie einem anderen Menschen nicht mehr gewesen, seit Jude sie vor einem halben Jahr zum Abschied kurz umarmt hatte. Beide hatten sich erschrocken, da ihnen Berührungen unangenehm waren. Sie hatte über die unbeholfene Umarmung gelacht und er hatte ihr ein seltenes, kurzes Lächeln geschenkt.

Inzwischen hatte sie sich immer noch nicht vom Fleck bewegt, doch als ihr bewusst wurde, dass sie auch gern den Arm um ihn legen wollte, machte sie sofort einen Schritt zurück. Ging auf sicheren Abstand. Wo sie nicht in Versuchung geriet, diesen … Fremden küssen zu wollen.

Was war nur mit ihr los? Eine ordentliche Mahlzeit und ein sicherer Schlafplatz für eine Nacht, und schon wurde sie ganz unruhig wegen eines Typen. Wie schwach. Und wie gefährlich.

Die Tür flog auf und der perfekt gekleidete Mann stand vor ihnen. Er trat zurück, um sie hinaustreten zu lassen, und sie sahen sich um. »Oh, tut mir leid, ich hätte Ihnen Licht anmachen sollen.«

Anya warf einen Blick in den Raum hinter sich, in den jetzt Tageslicht fiel. Es war eine sehr geräumige Umkleidekabine mit zwei gemütlichen Sesseln darin. Hätte er das Licht eingeschaltet, hätte es diese letzten eigenartigen, sehr intimen zehn Minuten nie gegeben.

»Ich konnte sie abwimmeln. Der Laden hat eine Hintertür, aber vielleicht sollten Sie jemanden anrufen und sich abholen lassen. Da draußen treiben sich noch eine Menge Leute rum, die Sie suchen.«

»Kein Problem«, sagte Will. »Vielen Dank für das Versteck. Kann ich Ihnen zum Dank irgendetwas schicken?«

»Verstehen Sie mich nicht falsch, aber könnten Sie mir ein signiertes Foto von dem Schwulen schicken? Miles heißt er, oder? Das wäre das perfekte Geburtstagsgeschenk für einen Freund von mir.«

Miles war schwul? War das die Exklusivstory, nach

der sie suchte? Plötzlich hoffte sie, dass dem nicht so wäre. Sie wusste nicht, was sie davon hielt, einen Jungen zu outen. O doch, sie wusste es: Sie würde es niemals tun.

»Natürlich. Kein Problem. Haben Sie eine Karte? Schreiben Sie mir den Namen Ihres Freundes auf, und ich kümmere mich darum, dass er eine persönliche Widmung bekommt.«

Der Mann kritzelte etwas auf die Karte und errötete, als er sie Will reichte. Irgendwie süß.

Ein paar Minuten später kam der Wagen. Will hielt Anya die Tür auf und ließ sie hinten einsteigen.

»Miles ist schwul?«, fragte sie. Sie hätte schwören können, einen neueren Artikel über eine Sandkastenliebe von ihm gelesen zu haben. Aimee, so hieß sie.

Will warf ihr ein verschmitztes Lächeln zu, während er sich anschnallte. »Nee. Er ist Brite. Aber das ist ein schmaler Grat, weißt du?«

Ein eigenartiges Gefühl stieg in ihrer Brust auf und ein lautes Grunzlachen brach aus ihrem geschlossenen Mund und ihrer Nase hervor. Entsetzt riss sie die Hände vors Gesicht. Klang sie so, wenn sie lachte? Sie hatte schon lange nicht mehr richtig gelacht, war aber sicher, dass es nicht derart demütigend geklungen hatte.

»Hast du gerade gegrunzt?« Er lachte. Bei ihm klang es natürlich perfekt. Kein Grunzen. Keine Angst, dass ihm der Schnodder aus der Nase laufen würde. »Klasse. Da denkt man gerade, der Tag kann nicht mehr besser werden, und dann grunzt du.« Er lehnte sich auf seinem

Sitz zurück und betrachtete die vorbeifliegenden Straßen. »Ich hab was gegen Miles in der Hand und jetzt auch gegen dich. Jepp, heute ist ein guter Tag.«

Sie wollte ihn gegen den Arm boxen, doch er fing ihre Hand ab, ohne den Blick auch nur vom Fenster abzuwenden. Einen Moment hielt er ihre Faust in seiner großen Hand, bevor er sich zu ihr umdrehte. Sie wollte die Hand wegziehen, doch seine Wärme und die plötzliche Verbindung zwischen ihnen ließ sie zögern. Warum? Sie hatte keine Ahnung. Sie zog die Hand weg.

»Also passiert dir so ein ... Irrsinn andauernd?«, fragte sie, weil sie immer noch Stoff für ihren Blogbeitrag brauchte. In Gedanken versuchte sie bereits, die Informationsbrocken, die sie in ihrem Blog verwenden konnte, von denen zu trennen, aus denen sie das richtig große Ding schreiben wollte. *Das richtig große Ding*. Nicht zu glauben, dass sie diese Wendung benutzt hatte. Sie war so typisch Jude.

Entschlossen richtete sie sich auf. Genau. Jude. Sie hatte nicht vor, es sich mit Will kuschelig zu machen. Sie brauchte ihre Exklusivstory. Das große Ding, für das sie genug Geld bekommen würde, um von der Straße runterzukommen und Jude, falls sie ihn fand, die wohlverdiente Hilfe zukommen zu lassen. Sie richtete den Blick aus dem Fenster und ärgerte sich über sich selbst, weil sie Zeit damit verschwendet hatte, Will in die Augen zu schauen, statt auf den Straßen nach Jude Ausschau zu halten.

Verdammt. Sie musste sich wieder auf ihren Auftrag konzentrieren.

Ran an die schmutzigen Geheimnisse, Anya.

Kapitel 8

Matt zermarterte sich das Hirn, wie es damals gewesen war, als Will zum ersten Mal in dieser bescheuerten Fernsehsendung aufgetreten war. »Am Anfang war es okay. Während die Sendung lief, standen viele Leute auf die anderen Teilnehmer, da war die Aufmerksamkeit nicht so groß. Aber je mehr von den anderen rausgewählt wurden, umso mehr stieg der Druck, dass wir Single, verfügbar, sichtbar und offen sein mussten, schätze ich.«

Der Wagen holperte durch ein Schlagloch, und fast wäre er auf ihren Schoß gefallen. *Supercool, Alter.*

»Ihr werdet unter Druck gesetzt, Single zu sein?«, fragte sie und sah ihn zum ersten Mal wieder an, seit er ihre Faust festgehalten hatte.

Mist. Durfte das jemand wissen? Er konnte sich nicht mehr erinnern. »Am Anfang schon. Ich glaube nicht, dass das jemanden gestört hat, ich meine, hey! Mädchen bei jeder Station der Tour? Wer hätte das nicht gern? Aber das letzte Jahr war wohl irgendwie seltsam. Die Jungs sind mit ihren Freundinnen zusammengekommen und ich habe es gar nicht so richtig mitbekommen. In einem Moment spielen wir noch alle zusammen *World of Warcraft*, und als ich das nächste Mal hinsehe, stecken sie alle in Beziehungen.«

O ja. Irgendwie seltsam. In Wirklichkeit hatte er so viel damit zu tun gehabt, Will zu beschützen, dass er es nicht mal mitgekriegt hätte, wenn das Land von Aliens erobert worden wäre.

»Also haben jetzt alle von euch eine Freundin?«, fragte sie.

»Außer Nathan und mir, glaube ich. Ich weiß es nicht genau.« Er fing an zurückzurudern. »Aber vergiss nicht, dass wir nicht darüber reden sollen, das ist also inoffiziell.« Wenn er eine Sache nicht gebrauchen konnte, dann mit der Aussage zitiert zu werden, keiner von den Jungs sei mehr zu haben. Was wäre es für ein beschissener Albtraum, wenn er so viele Monate lang den Rausschmiss seines Bruders verhindert hatte, nur um dann wegen irgendeiner Jungreporterin rauszufliegen. Jedenfalls sah sie jung aus. »Wie alt bist du eigentlich?«

Sie wandte den Blick ab. Huch. War sie in Wirklichkeit schon total alt? Oder total jung?

»Was ist los? Hat es dir ... das Alter verschlagen? Bist du schon fünfzig oder so?«

Ihr Kopf fuhr herum, ihr klappte die Kinnlade herunter. *Treffer.*

»Was? Fünfzig? Ich sehe aus wie fünfzig?« Und dann sah sie sein Grinsen und boxte ihn wieder auf den Arm. Diesmal ließ er es zu.

»Nein. Wie alt bist du wirklich?«

»Ich weiß nicht, was ich sagen soll. Bei meiner Ankunft meinte Natasha, LJ würde darauf bestehen, dass alle über fünfundzwanzig sind ... Ich weiß nicht ... weil er nicht will, dass jemand in Versuchung gerät, irgendwas Dummes mit euch Jungs anzustellen, nehme ich an.«

Bisher hatte er noch nichts von einer Altersbeschränkung für die Mitarbeiter gehört. Aber hier hatte LJ ausnahmsweise mal eine gute Idee gehabt. Denn es fiel Matt extrem schwer, nicht daran zu denken, was für Dummheiten er so mit Anya anstellen könnte.

»Dann erklären wir dein Alter zu einer ›Don't ask, don't tell‹-Angelegenheit«, sagte er.

»Abgemacht.« Sie sah so erleichtert aus, dass sich in seinem Kopf eine gewisse Besorgnis wegen ihres Alters einnistete. Hmmm.

»Also, dann sagst du vielleicht nichts darüber, dass wir Single bleiben müssen, und ich erwähne dein Alter nicht mehr. Aber du darfst sehr gern schreiben, dass Miles schwul ist.«

Sie grinste ihn an. »Das werde ich nicht tun.«

»Ach, komm schon. Dann erlasse ich dir eine deiner Aufgaben«, sagte er.

»Was für Aufgaben?« Sie runzelte die Stirn. »An so was kann ich mich nicht erinnern.«

»Heute Abend schaust du dir das Konzert vom Podest neben der Bühne aus an. Wenn ich zu dir raufschaue und du nicht tanzt, schuldest du mir eine Strafaufgabe. Ich weiß, dass ich pro Show mindestens auf drei kommen werde, und eine davon werde ich dir erlassen. Das ist alles.«

Sie verzog den Mund und kniff die Augen zusammen. »Das werden wir ja sehen«, schien ihr Blick zu sagen.

»Da wären wir.« Sie fuhren an den kreischenden Mädchen vorbei, die Security winkte sie durch. Vor *The One* hielt der Wagen an und sie stiegen aus. »Den Rest des Tages muss ich mich mental und physisch auf den Auftritt vorbereiten. Treffen wir uns anschließend?«

»Okay. Freust du dich drauf?«

Sie zu treffen? Er legte die Stirn in Falten. »Worauf?«

»Das Konzert.« Sie hing sich die Tasche über die Schulter.

»Ach ja. Klar. Darauf auch.« Er sah, wie sie rot wurde, und zwinkerte ihr zu, als er die Tür zuwarf.

Sie machte eine Drehung wie eine Tänzerin, hielt kurz inne und ging dann zum *Hanging-On*-Bus. Um ehrlich zu sein, hätte er sich am liebsten an sie drangehängt. Sie war ihm ein Rätsel. Je mehr sie sagte, umso weniger verstand er sie. Aber wenn sie zusammen waren, kam es ihm jedes Mal vor wie ein Date. Und als sie sich so nahegekommen waren … so nah … in dieser dunklen Umkleidekabine – er musste schlucken, als er sie in den Bus steigen sah –, da war auf jeden Fall ein Zelt in seiner Hose gewesen.

Weiß der Himmel, wie er sich hätte beherrschen sollen, wenn er sie tatsächlich geküsst hätte. Er war so kurz davor gewesen, Nägel mit Köpfen zu machen, aber es war so dunkel gewesen, und er hatte nicht riskieren wollen, leidenschaftlich ihr Kinn oder ihre Nase zu küssen. Einen Zungenkuss mit einer Nase konnte man nie mehr ungeschehen machen. Er war stolz auf seine Selbstbeherrschung.

Gereizt über sich selbst verdrehte er die Augen und stieg in den Bus. Gegenüber der Tür hing der Zeitplan für Make-up und Kostüm. Er war als Erster dran. Welche Freude. Das hieß, er war derjenige, der drei Stunden lang mit vollem Bühnen-Make-up und dem kratzigen ersten Outfit rumsitzen durfte.

Die Jungs stritten sich. Schon wieder. Zwar waren sie im Laufe des letzten Monats ruhiger geworden und meist besser gelaunt, aber an Konzerttagen kochten Spannungen und Emotionen jedes Mal hoch. In seinem Spickbuch warnte ihn Will, sich an Konzerttagen bloß nicht mit Ryder anzulegen. Er war von allen am nervösesten. Und auch ansonsten neigte er am ehesten dazu, einen Tourkoller zu kriegen und auf andere loszugehen.

»Ich schwöre bei Gott, wenn du diesen Tweet nicht sofort löschst, ist Zwitschern heute Abend das einzige Geräusch, zu dem du noch imstande bist. Kapiert?« Ryder hatte Miles am Kragen gepackt und schon mit der Faust ausgeholt, als würde er jeden Moment zuschlagen.

»Entspann dich«, sagte Trevin vom Sofa aus. »Er hat es nicht richtig getweetet. Es ist auf seinem privaten Account. Den kann niemand außer uns sehen. Schau, das ist der Account mit dem Schloss.«

»Wehe, das stimmt nicht, verdammte Scheiße.« Ryder

ließ Miles los und sah auf sein eigenes Handy. »Okay. Aber verarsch mich nicht noch mal, Sackgesicht! Sonst schlag ich beim nächsten Mal erst zu und stell anschließend die Fragen.«

»Mach dich mal locker ... war doch nur ein Witz.« Miles grinste.

Matt hatte keine Ahnung, wie sie es schafften, zusammengepfercht in diesem Bus nicht komplett wahnsinnig zu werden. Manchmal war es eine gute Gelegenheit, sich näher kennenzulernen, und manchmal machte es aus den Jungs tickende Zeitbomben. Und wenn man mit hundertzehn Sachen über einen Highway raste, konnte man nicht so leicht aussteigen. In einem Bus, an dessen Seite der eigene halb nackte Körper prangte. Er klappte einen Küchenschrank auf, zog die Mappe mit Miles' Porträts heraus und nahm sich das oberste Bild.

»Hier, unterschreib das für ...«, er holte die Karte aus seiner Tasche. »Für Chris.« Perfekt. Er würde garantiert denken, das sei ein Mädchen. »Du bist mir noch was schuldig, weil du mich vor dem Obdachlosenheim abgehängt hast.«

Miles lächelte milde. »Weißt du, das war gar nicht meine Idee. Aber schön zu wissen, dass jemand ein signiertes Foto von *mir* will. Ich bin schließlich der Frauenschwarm von uns.«

Matt grinste. Miles ärgerte die anderen hin und wieder gern mit seinem Frauenschwarm-Status. Aber das war nur gespielt. Er war garantiert nicht der Typ, der sich für unwiderstehlich hielt.

Die Jungs warfen nach ihm, was sie gerade in der Hand hatten. Binnen zwei Sekunden hatte Miles ein halbes Sandwich, ein Buch und eine Fernbedienung auf dem Schoß, nachdem das alles von seinem Kopf abgeprallt war. »Kommt damit klar, ihr Loser«, sagte er, schnappte sich das Foto und zog mit den Zähnen die Kappe von einem Stift.

Matt sah, wie er *Ich liebe dich, Chris* schrieb, bevor er seinen Namen daruntersetzte. Er musste sich so sehr das Lachen verkneifen, aber er sollte besser die Füße still halten, vor allem, weil es ja eigentlich nicht *seine* Füße waren.

»Danke, Kumpel.« Matt imitierte Miles' britischen Akzent. »Vielleicht sollten wir heute Abend auf der Bühne alle mit Miles' Akzent sprechen, wo ihn doch alle so lieben.«

»Famose Idee, Kumpel«, sagte Nathan in seiner viel geübten Miles-Parodie.

»Meine Fresse, bloß nicht, Jungs«, protestierte Miles, aber nur halbherzig. Er lächelte über irgendetwas auf seinem Handy. Noch vor Kurzem wäre er Matt dafür ins Gesicht gesprungen und hätte eine Entschuldigung gefordert, aber seit er sich mit der Schwester eines Roadies eingelassen hatte, war er ein richtiges Weichei geworden.

Einen Moment lang fragte sich Matt, wie es wäre, so sehr auf jemanden zu stehen, dass die ganzen Sticheleien und höhnischen Bemerkungen nichts weiter als Schlieren auf der Windschutzscheibe des Lebens waren. War bestimmt nett. Aber für sich selbst konnte er es sich nicht vorstellen.

Anya saß allein im Bus und versuchte herauszufinden, wie man das Tablet auflud, das sie von *WowSounds* bekommen hatte. Bis tags zuvor hatte sie noch nie ein Tablet benutzt und war noch ein bisschen unsicher, wie das alles funktionierte.

Endlich hatte sie es hochgefahren und steckte es in eine Steckdose neben dem Fernseher. Sie loggte sich auf der Website ein und öffnete den Eintrag vom Vorabend. Heiliger Strohsack. Das war doch nicht möglich, oder? Über tausend Kommentare. Sie scrollte nach unten. Wow. Da waren eine Menge Fragen. Und Doppel-Wow: Manche Leute waren dermaßen unhöflich. Und beängstigend.

Du bist eine Schlampe! Wenn du Will Fray auch nur anrührst, bringe ich dich um. Ich weiß, wo du wohnst.

Ha. Wohl kaum.

Die haben doch alle Geschlechtskrankheiten. Lass lieber die Finger von denen, das sind Versager.

Tja, keine Totalversager, wenn sie alle jemanden in die Kiste gekriegt hatten, nahm Anya an.

Ich hab eine Frage. Frag Miles, warum er nicht auf meine Briefe und Geschenke antwortet.

Anya erschauderte. Sie mochte sich gar nicht ausmalen, was für Geschenke die Band mit der Post bekam. Vielleicht konnte sie jemanden danach fragen und die Info in einen Blogbeitrag packen.

Einige stellten vernünftige Fragen, die sie an Will weitergeben konnte. Sie notierte sie in ihr Notizbuch, um sie ihm am nächsten Morgen stellen zu können. Nach dem Konzert würde er wahrscheinlich zu müde dafür sein.

In der unteren Randleiste blinkte ein Symbol auf. Ein Umschlag. Sie klickte darauf und ein ganzer E-Mail-Account öffnete sich. Sie setzte sich aufrechter hin und hatte plötzlich das Gefühl, einen richtigen Job zu haben. Wie eine richtige, echte Erwachsene.

Sie hatte fünf E-Mails bekommen. Vier davon drehten sich um Bürokram: den chaotischen Zustand des Kopierraums, ein gemeinsames Mittagessen, einen verloren gegangenen Tacker und sein mysteriöses Wiederauftauchen (er sei erschöpft, aber okay). Anya grinste. Sie kannte keinen dieser Menschen, aber sie schienen alle so nett miteinander umzugehen, dass Anya plötzlich auch zu dieser Bürofamilie gehören wollte.

Dann klickte sie auf die Mail von ihrer Redakteurin Cynthia Wilcox.

Liebe Mrs Anderson,
ich hoffe, das Tablet hat Sie erreicht – ich nehme es an, sonst würden Sie diese E-Mail nicht lesen. Ihr erster Blogeintrag war super und hat uns so viele Seitenaufrufe eingebracht, wie wir es seit der Tornado-Serie vor ein paar Jahren nicht mehr erlebt haben. Sie sind derzeit also meine Top-Reporterin vor Ort! Wenn Sie im angehängten Dokument Ihre

Bankverbindung, Ihre Sozialversicherungsnummer, etc. eingeben, kann ich Ihnen hundert Dollar per diem auf Ihr Konto überweisen. Außerdem möchte ich Sie persönlich besuchen kommen, entweder hier oder in New Orleans. Das hängt von meinen Terminen ab.
Herzliche Grüße,
Cyn

Bankverbindung? *Na toll.* Sie hatte gehofft, sie könnte *WowSounds* wieder zu einer Zahlung per Scheck überreden. Ihr war nie in den Sinn gekommen, dass Gehälter direkt auf ein Bankkonto gezahlt wurden. Ihre Post ließ sie an Mr Patel schicken, dem der kleine Lebensmittelladen in der 15ten Straße gehörte, er hatte ihr auch den Scheck für den Artikel über Obdachlose eingelöst. Vielleicht durfte sie über seine Adresse auch ein Konto einrichten.

Und dann war da die Sache mit dem Treffen. Hoffentlich kam es nicht dazu. Sicher würde Cynthia sofort sehen, dass Anya noch sehr jung war. Zu jung, um Autorin oder eine legale Mitarbeiterin oder sonst was zu sein. Und wenn es erst so weit war, würde es auch kein Geld mehr geben. Kein *per diem*, was auch immer das sein mochte, und kein Honorar für die größte Exklusivstory des Jahrzehnts.

Sie googelte es schnell. Was? *Per diem* war ein Betrag, der pro Tag für Spesen gezahlt wurde? Jeden Tag? Einhundert Dollar am Tag? Das Blut wich aus ihrem Kopf und sie legte sich in der Sitzecke auf den Rücken. Hundert Dollar am Tag? Wenn sie den Job in die Länge zog, konnte sie vielleicht genug sparen, um ein paar Monate in einem Motel zu wohnen. Vielleicht ging es jetzt bergauf.

Sie schnappte sich ihr Notizbuch und schlug die Seite mit Fakten über Will auf. Dort fügte sie hinzu:

Angst vor Nadeln – wird ohnmächtig!
Erste Freundin: Alice Singleton.
Will und Nathan sind als Einzige auf der Tour noch Singles.

Nachdem sie noch ein bisschen auf der Seite herumgemalt hatte, klappte sie das Buch zu, schrieb ihren Beitrag für den Abend und stellte die Veröffentlichung auf zehn Uhr abends ein. So konnte sie nach der Show noch Änderungen vornehmen, wenn sie wollte. Die Show. Will kam in ihre Gedanken geflattert. Wie er sich in der Umkleidekabine an ihren Hals geschmiegt hatte. Ihre Hand gehalten hatte. Eine verstörende Hitze breitete sich in ihr aus.

Sie zwang sich, wieder an das Konzert zu denken. Sie würde tanzen müssen. Bäh. Sie hatte keine Ahnung, ob sie überhaupt tanzen konnte oder ob sie richtig tanzte. Seit sie von zu Hause fortgegangen war, hatte sie niemanden mehr tanzen sehen. Und auch damals waren es nur Filme über Schulbälle gewesen. Wahrscheinlich tanzte sie noch immer wie eine Dreizehnjährige. Beklommen fragte sie sich, was die Strafaufgaben sein würden. Ihre Unsicherheit machte sich wieder bemerkbar, sie durchdrang die wohlige Entspannung, in die Wills Gesellschaft sie versetzt hatte. Bis jetzt war Anya überhaupt nicht aufgefallen, dass er sie darin eingehüllt hatte, wie in eine warme Decke.

Nun ja, er hatte nicht gesagt, sie müsste gut tanzen. Sie schloss die Augen und atmete tief ein und aus. Und dann noch mal. Und noch mal.

»Alles okay mit dir?«, rief eine Stimme.

Anya fuhr erschrocken hoch, wobei sie sich das Knie am Tisch anstieß, neben dem sie eingeschlafen war. »Au! Was?«

Natasha stand auf dem Sprung in der Tür, halb drinnen, halb draußen. »Kommst du mit zum Konzert? Geht jeden Moment los.«

Anya sah aus dem Fenster. Die Dämmerung war hereingebrochen. Himmel, wie lange hatte sie geschlafen? »Ich bin wach, ich komme.«

»Du bist garantiert der einzige Mensch, der eine Rock-Tournee zum Gähnen langweilig findet«, sagte Natasha schmunzelnd. »Na los. Wenn wir nicht gleich losgehen, kriegen wir nicht die Pole-Position auf dem Podest.«

»Die Pole-was?« Anya wollte sich aufrichten und stieß sich den Kopf am Ablagefach über der Sitzecke. »Au.«

»Ernsthaft? Na los, komm mal wieder zu dir. Du warst doch nicht im Koma.«

Da hatte Natasha recht. Anya war es gewohnt, innerhalb von Sekundenbruchteilen von Schlafen auf Wegrennen umzuschalten. Sie verlor ihren Biss. Zwei Tage weg von der Straße und sie war nicht mehr in der Lage, auf sich aufzupassen. »Komme.« Sie stopfte das Tablet in ihre Schlafkoje und rannte durch den Bus zu Natasha. »Okay, bin so weit.«

Natasha verdrehte die Augen und knallte die Tür hinter ihnen zu. »Hast du wenigstens was Schönes geträumt?«

»Weiß ich nicht mehr. Ich kann mich nicht mal daran erinnern, dass ich eingeschlafen bin.« Sie war so dermaßen aufgeschmissen. Früher wäre sie nie, nie, nie eingeschlafen, ohne vorher ihre Umgebung zu sichern. Aber es passte in ihren Schlafrhythmus. Auf der Straße versuchte sie, nachts wach zu bleiben und tagsüber zu schlafen. Das war weniger gefährlich.

Aus dem Stadion klang Musik. »Haben sie schon angefangen?« Anya beschleunigte ihre Schritte.

»O nein. Das ist nur die Vorband. Sister Act. Also, die heißen nicht wirklich so. Vor denen sind wir gestern aus dem Make-up-Trailer geflohen. Die Band heißt *Cherry*. Sister Act nennen wir sie nur, um sie zu ärgern. Zumindest um die ältere Schwester zu ärgern. Paige. Sie ist ein Miststück. Gerate bloß nie zwischen sie und einen Spiegel.«

»Häh?«

Natasha flüsterte: »Wir glauben, dass der Spiegel zu ihr spricht. So etwas wie: ›Finde Schneewittchen und töte sie‹.«

Beide kicherten.

»Die Band hat mehrere Vorbands, aber Cherry ist inzwischen am berühmtesten, deshalb treten sie direkt vor *S2J* auf«, erklärte Natasha und strich sich im Gehen den Rock glatt. Sie trug einen glitzernden Minirock und ein weit geschnittenes schulterfreies T-Shirt über einem Racerback-Top. Anya wünschte, sie hätte noch Zeit gehabt, sich etwas Konzerttauglicheres anzuziehen. Allerdings besaß sie eigentlich gar nichts, das diesen Namen verdient hätte. Sie hatte sich sechs Outfits zusammengestellt – aus dem Zeug, das sie hatte zusammenraffen können, bevor die Gerichtsvollzieher alles abgeholt hatten, und aus Spenden an Obdachlosenheime. Letzte Woche hatte sie in einer Kleiderstube 7,50 Dollar ihres Artikelgeldes in einen Jeansrock investiert. Das war ihr unglaublich extravagant vorgekommen. Und jetzt? Eher nicht so.

Na ja, bei zwanzigtausend kreischenden Fans in der Arena würde wohl niemand – am allerwenigsten Will – darauf achten, was sie anhatte.

Natasha führte sie durch dasselbe Labyrinth von Backstage-Gängen, durch das sie auch mit Will gegangen war, und genau wie er platzte sie in den Catering-Raum. Auch sie nannte ihn den Green Room, obwohl nichts daran grün war. Vor allem nicht das Essen. Das war dieses Mal alles entweder frittiert oder gezuckert oder beides. »Willst du was essen, bevor wir raufgehen?«, fragte Natasha, die sich schon übers Büffet beugte und sich einen weiß glänzenden Teller füllte.

Natürlich wollte sie. Mist, schon wieder hatte sie ihre Tasche nicht dabei, um Essen zu bunkern. Aber es sah aus, als wäre dieses Festessen immer hier. Anya nahm sich große Stücke frisch gebackenes Körnerbrot, das war sättigender als Chips mit Dip. Dazu legte sie Käse- und Schinkenscheiben auf ihren Teller, setzte sich auf dasselbe Sofa, auf dem sie und Will sich von ihrem Wettessen erholt hatten, und schlang ihr riesiges Sandwich hinunter.

Jubel und Pfiffe drangen durch die Stadiongänge in den Green Room. Anya sah kurz zu Natasha hinüber und fragte sich, ob sie noch genug Zeit hatten aufzuessen.

»Keine Sorge, das ist nur Jim, einer der Tontechniker. Der wird immer zwanzig Minuten vor den Jungs auf die Bühne geschickt, um die Menge einzuschätzen und anzuheizen. Eigentlich prüft er nur, dass alle Instrumente sicher an die Verstärker angeschlossen sind, mehr nicht. Das ist der Höhepunkt seines Tages. Bis ... warte ...«

Eine Sekunde später schallten Buhrufe zu ihnen ins Zimmer. Anya grinste.

»Jepp. Jetzt haben sie gemerkt, dass er keiner von der Band ist, sondern ein älterer Mann«, sagte Natasha, den Mund voll irgendwas.

Dann aßen beide schweigend auf. Natasha nahm ihr den Teller ab und warf ihr eine riesige Wasserflasche zu. »Nimm die mit. Da draußen wird's heiß zugehen. Du wirst es bereuen, wenn du nicht genug trinkst.«

»Ja, Mom«, sagte Anya, ohne nachzudenken. *O verdammt. Was hatte sie da gesagt.*

»Du hast Nerven!«, gab Natasha zurück und reckte die Nase ein klein wenig in die Luft. Dann grinste sie. »Irgendjemand muss ja auf den Neuling hier aufpassen.« Sie sprach weiter, während sie Anya die Tür aufhielt. »Natürlich sind manche Neulinge noch unreifer als andere.« Sie rempelte Anya an, als diese an ihr vorbeiging, und Anya rempelte zurück, bis sich beide gleichzeitig durch die Tür quetschten.

Kichernd traten sie in den Korridor.

Die Tür fiel hinter ihnen zu und der Boden und die Wände um sie herum wurden von einem lauten Wummern erschüttert. Das Publikum stampfte mit den Füßen.

»Oh, Beeilung«, sagte Natasha. »Das machen sie immer während des Licht-Displays. Das liefert den Countdown, bis die Band auf die Bühne kommt.« Sie nahm Anyas Hand und rannte durch eine Tür, vorbei an einigen Verdunklungsvorhängen und mehrere Metalltreppen hinauf. Das Podest. Vier Menschen waren schon dort, aber zwei davon hatten Headsets auf, die waren also wohl nicht wegen der Aussicht da. Natasha zog Anya zum vorderen Plattformrand über der Bühne.

Anya hielt sich an dem Metallgeländer vor sich fest; die Plattform erzitterte unter dem Stampfen der Menge. Bei jedem Stampfen schoss ein Lichtblitz über die Bühne. Die Blitze folgten immer schneller hintereinander, bis es schließlich einen lauten Knall gab, das Licht anblieb und die Bühne in gleißendes Licht tauchte.

In der nächsten Sekunde sprangen die fünf Jungs, von einem Mechanismus in die Höhe katapultiert, unter der Bühne hervor. Die Menge drehte total durch. Die Leute kreischten und riefen und jubelten und klatschten und stampften.

Anya hörte noch nicht einmal Musik, doch ihr Herz schlug im dem Beat der Menge. Ein Lächeln stahl sich auf ihr Gesicht. Und wurde immer breiter. Und als dann endlich die Musik losging, fing sie an, im Takt auf und ab zu wippen. Es war, als hätte sie keine Kontrolle mehr über ihren Körper. Die Musik war lauter als alles, was sie je zuvor gehört hatte. Die Dunkelheit im Backstagebereich, die Hitze der Bühnenscheinwerfer und die ansteckenden Emotionen der Menge ... Das löste die seltsamsten Impulse in ihr aus.

Sie wollte weinen, tanzen, herumspringen. Sie wandte sich zu Natasha um, deren Augen leuchteten und die aussah, als würde sie genau wie Anya jeden Moment explodieren. Ihre Blicke trafen sich und sie fielen sich in die Arme. Sie waren wie schwerelos vor Glück. Es war die reine Euphorie.

Nachdem sich Anya ein bisschen an die Gefühle gewöhnt hatte, von denen sie durchflutet wurde, suchte sie auf der Bühne nach Will. Er stand am anderen Ende der Bühne, ganz vorne an einem der Mikrofone. Alle Jungs hatten die linke Hand an den Mikrofonständer gelegt und schoben ihn Richtung Publikum, so als sollten die Zuschauer hineinsingen. Diese gehorchten. Anya wünschte, auch sie würde die Texte der Songs kennen.

Dann traten die Jungs auf den Fuß ihres Mikrofonständers, um ihn in einer einstudierten Bewegung herumzuwirbeln, woraufhin wieder alle kreischten.

Es war unglaublich. Noch nie hatte Anya so etwas gesehen. Noch nie in ihrem Leben. Genauso gut hätte sie eine Alien-Invasion mit ansehen können, so neu war das alles für sie. Die Band stapfte im Takt der Musik über die Bühne, und Anya hatte das Gefühl, ihr würde das Herz aus der Brust springen.

Zweimal kam Will zum Bühnenrand und sah zu ihr hinauf und beide Male durchströmte sie ein Hochgefühl. Und als er sie anlächelte, wäre sie am liebsten vom Podest gesprungen und hätte ihn an Ort und Stelle für sich allein gefordert.

Sie kannte keine Worte für das, was mit ihr passierte, aber es erinnerte sie an Judes Beschreibung, wie es war, high zu sein.

Ein langsames Lied fing an und die Zuschauer hielten ihre Handys hoch und schwenkten sie im Takt der Musik. Was für ein wunderschöner Anblick, wie Glühwürmchen im Dunkeln.

Dann schnappte sich Ryder, der mit den vielen Tattoos, das Mikro und sagte mit fürchterlichem britischem Akzent: »Wer von euch hat Lust, nass zu werden?« Plötzlich wusste sie, dass dies das Ende des Konzerts sein musste. Die Menge kreischte, und Anya fragte sich, ob sie wirklich wussten, was er da fragte.

»Ich fasse es nicht, dass du keine Bilder machst«, schrie Natasha.

»Ich hab meine Kamera nicht dabei«, rief Anya zurück. Natasha hatte recht, es war eine Schande.

»Dann aber beim nächsten Mal. Oder bring einfach dein Tablet mit.« Sie malte mit den Fingern ein Rechteck in die Luft.

Ach ja. Richtig. Da war wahrscheinlich eine Kamera dran. Anya nickte. »Nächstes Mal«, sagte sie und wandte sich wieder zur Bühne.

Als die ersten Takte von *Wet* erklangen, erschien ein riesiger Torbogen am hinteren Bühnenrand und rollte langsam vorwärts, bis er Anya fast die Sicht nahm. Sie rutschte weiter nach links, um besser sehen zu können, was Natasha zum Lachen brachte. »Dann hast du also schon gehört, dass das die heißeste Nummer der ganzen Show ist!«

Wie gebannt starrte Anya auf die dramatische Vorstellung, die sie bisher nur in der Probe gesehen hatte. Donnerkrachen und elektrisches Knistern drang aus den Lautsprechern. Dann blitzte Licht auf, Regen strömte auf die Band herab und durchnässte sie völlig. Will war jetzt von ihr aus gesehen der Zweite auf der Bühne und sie sah ihn lächeln – mit einer für *den Schüchternen* unglaublichen Selbstsicherheit. Allerdings kaufte sie ihm diese Schüchternheit kein Stück ab. Nicht so, wie er sich bewegte. Es war, als wartete sein wahres Ich in seinem Inneren und er könnte es nur auf der Bühne rauslassen. Das blaue Hemd klebte ihm an der Brust, und als er sich drehte, flogen Wassertropfen im Halbkreis aus seinen Haaren. Sie rang nach Luft und fasste sich an die Brust. Er sah … *toll* aus? *Sexy? Unglaublich heiß?* Ahem. Er sah ganz okay aus.

Wieder fing er ihren Blick auf, und sie hätte schwören können, dass er ihr zuzwinkerte. Ihr war ganz schwindelig von den Gefühlen, die sie nicht vollständig in Worte fassen konnte.

Die Jungs sangen und bespritzten im Takt der Musik die Menge und sich gegenseitig mit Wasser, als würden sie Fußball spielen. Plötzlich wollte Anya auch dort unten sein, mit Wasser spritzen und Spaß haben. Die Nummer zog sie in ihren Bann. Das ganze Konzert zog sie in seinen Bann.

Die Musik verklang und die Jungs gingen unter Verbeugungen und Kusshänden von der Bühne. Sie musste ihren Text für heute Abend umschreiben. Nichts in ihren siebzehn Lebensjahren hatte sie darauf vorbereitet, wie sie auf die Musik, die Menge und die Energie reagieren würde.

»Ich muss zurück und meinen Blogartikel schreiben!«, schrie sie Natasha ins Ohr.

Die schüttelte den Kopf. »Nein, dann verpasst du das Beste!«

»Wie, das Beste? Es ist doch vorbei«, rief sie.

»Du musst Will jetzt sehen.«

»Warum? Ist er nicht müde?« Sie runzelte die Stirn. Sie musste wirklich dringend verhindern, dass dieser lahme Text online ging. Ob sie wohl die richtigen Worte finden würde, um zu beschreiben, wie großartig dieser Abend gewesen war?

»Machst du Witze? Er wird so aufgekratzt sein, dass man ihn eher an die Leine legen müsste. Genau wie die anderen. Das wird lustig.«

Ein Schub Realität fuhr ihr in die Glieder. Aufgekratzt bedeutete unkontrollierbar. Aufgekratzt bedeutete gefährlich. Aber sie war hier nicht auf der Straße. Hier war sie bestimmt in Sicherheit.

Sie nahm sich vor, etwa eine halbe Stunde mit ihm zu verbringen, dann blieb ihr noch genug Zeit, ihren Beitrag umzuschreiben.

Bericht von der Tour

Heute Abend habe ich mein erstes richtiges Seconds-to-Juliet-*Konzert gesehen. Ja, ich hatte schon eine kurze Probe vom berühmten Finale gesehen. Ja, ich habe gewusst, dass die Show sexy sein würde – das war ja klar, nicht? Wenn so viele Mädels (und Jungs, gebt's ruhig zu, ich hab euch auch kreischen sehen) offenbar von der Band besessen sind. Und ich muss sagen … es war ziemlich gut. Vielleicht habe ich sogar für einen Moment aufgehört zu tanzen, um den Anblick auf der Bühne zu würdigen. Ich habe gehört, dass sie dieses Finale, dieses besondere Finale, über das ich zu Stillschweigen verpflichtet bin (ja, ihr müsst es euch selbst ansehen, wenn ihr im Glanz von S2J baden wollt), nicht bei jedem Konzert zeigen. Also, wenn ihr das erleben dürft, seid auch ihr etwas ganz Besonderes.*

Davon abgesehen, falls du Alice Singleton heißt und in der Highschool mit einem Footballspieler ausgegangen bist ... ich wette, du beißt dir jetzt ziemlich in den Hintern. Könnte das sein?

Kapitel 9

Matt sprang von der Bühne. Er konnte sich kaum noch auf den Beinen halten. Der Rausch des Angehimmeltwerdens jagte durch seinen Körper wie ein Blitz durch eine Stromleitung.

»Yeah!«, rief er.

»Saugeil, Alter.« Miles wollte bei ihm einschlagen, langte total daneben und hätte ihm fast auf den Kopf gehauen. Beide lachten, als hätten sie gerade den witzigsten Witz am internationalen Witzetag gehört.

Dieses Gefühl wurde nie langweilig. Dieser pure Adrenalinrausch, wenn sie von der Bühne kamen.

Ryder stieß die Faust in die Luft und tänzelte wie ein Preisboxer.

»Was machen wir heute Abend noch, Jungs?«, fragte Nathan aufgekratzt und mit gerötetem Gesicht.

»Du warst so verflucht gut, Nath.« Matt rubbelte dem armen Kerl mit den Handflächen über die Wangen. »Verdammt, wir haben das so was von gerockt.«

»Wir waren die Killer, Mann. War das krank!«, rief Ryder. »Und sogar Will konnte den Scheißtext.«

In derart derben Worten ging es weiter, bis LJ hereinkam und ihnen anerkennend zunickte. »Gute Show, Jungs. Gute Show. Jetzt zieht euch was Trockenes an und schlaft euch aus. Ich fahre schon heute Abend nach New Orleans. Morgen Abend sehen wir uns dort.«

»Nacht, LJ«, brummten die Jungs, nur Matt brachte es nicht über sich, höflich zu dem Kerl zu sein, wenn es nicht unbedingt nötig war.

Sie hatten einen freien Abend. Einen komplett freien Abend. Normalerweise mussten sie, wenn sie den Auftrittsort wechselten, direkt nach dem letzten Vorhang in den Bus und losfahren. Die Polizei von Tulsa hatte angefragt, ob sie nicht erst am Morgen aufbrechen könnten, damit sie nicht ihre gesamte Nachtschicht für die Sicherung der Abreise einsetzen mussten. Sie hatten also die ganze Nacht, um Unfug anzustellen, schlafen konnten sie schließlich auch noch unterwegs.

Nur war es mit dem Unfug nicht mehr allzu weit her, da drei von fünf Jungs abends offenbar nur noch mit ihren besseren Hälften telefonieren wollten.

Als die Handys gezückt wurden, beschloss Matt deshalb, die Flucht zu ergreifen und nach Anya zu suchen. Er war auf etwa fünf Male gekommen, die sie nicht getanzt hatte. Vielleicht fand sie die Musik ätzend, aber er hatte vor, jene Aufgaben einzufordern und zu seinem Vorteil zu nutzen. Vielleicht, um Fragen zu vermeiden, die ihn auffliegen lassen könnten. Aber hey, im Moment hatte er das Gefühl, sich perfekt im Griff zu haben. Er war ein Teil dieser Band. Selbst Ryder, Miles und Nathan hatten keinen Schimmer, dass er nicht Will war.

Im Flur unterhielt sich Natasha mit einem der Techniker. Sie fing Matts Blick auf und hob die Faust. »Super Show!«

»Danke«, sagte er und stieß seine Faust gegen ihre.

»Der Killer«, sagte Nick.

»Danke, Mann. Hey, hat einer von euch Anya gesehen?«

»Sie ist zurück zum *Hanging On*, um irgendwas mit einem Blogbeitrag zu machen. Sichern? Abfangen? Irgendwas halt.« Sie schlürfte ihren Cocktail durch einen Strohhalm.

»Danke.«

Er rannte aus dem Stadiongebäude und zurück zu den Bussen. Plötzlich wollte er sie unbedingt sehen und sich vergewissern, dass ihr die Show gefallen hatte. Er wollte sehen, was sie schrieb.

Musste er sich Sorgen machen, weil sie etwas am Blogbeitrag ändern wollte? Sollte er ihr was zu trinken mitbringen? Vielleicht trank sie nicht. Wahrscheinlich sollten sie alle lieber nicht trinken. Vielleicht sollte er ihr etwas anderes mitbringen? Essen? Blumen?

Moment mal … was?

Herrgott, sein Hirn war schon genauso im Arsch wie sein Herz. Das musste am Adrenalin-High liegen. Will hatte ihn gewarnt, nach der Show nie etwas Impulsives zu tun. Aber Will verstand das nicht. Matt hatte das im Griff.

Er rannte zwei Stufen auf einmal nehmend in den Bus, und stieß die Tür mit so viel Schwung auf, dass der ganze Bus wackelte.

Anya war da. Sie hing praktisch unter der Decke. Als die Tür knallte, sah er, dass er sie tierisch erschreckt hatte. Sie war aufgesprungen und hielt sich beide Hände schützend an den Kopf. Ganz schön schreckhaft.

»Tut mir leid, ich bin's nur. Ich konnte dich nicht finden. Willst du was trinken? Hat dir die Show gefallen?« *Scheiße, mach langsam, Kumpel.*

Sie ließ sich wieder auf die Sitzbank sinken, auf der sie gesessen hatte. Er setzte sich ihr gegenüber. »Was machst du?«

»Der Blogartikel ist schon online gegangen. Der ist echt ziemlich armselig. Ich werde einen ganz neuen Text schreiben müssen, um wieder wettzumachen, wie ... lahm dieser hier ist. Ich habe ihn geschrieben, bevor ich die Show gesehen hatte.«

»Du hast was? Ernsthaft? Du hast über etwas gepostet, bevor es passiert ist?« Er sah sie stirnrunzelnd an. So funktionierte Journalismus nicht, oder?

Anya ließ den Kopf auf den Tisch sinken und schlug ihn leicht auf die Platte. Einmal, zweimal, und als sie es offensichtlich noch ein drittes Mal tun wollte, schob er seine Hand zwischen ihre Stirn und die Tischplatte, um ihre Verzweiflung abzudämpfen.

Sie ließ den Kopf auf seiner Hand liegen und in dem Moment geschah etwas in ihm. Etwas veränderte sich.

Er hob ihren Kopf an und rutschte von der Bank, die

Hand immer noch an ihrem Gesicht. Er ging neben ihr in die Hocke, führte seinen Mund an ihre kirschroten Lippen und küsste sie. Er brachte sie dazu, die Lippen für ihn zu öffnen, und sie stöhnte auf, als sich ihre Zungen berührten. Hitze loderte in seinem Körper und setzte eine Zündschnur in Brand, die sich nicht mehr austreten ließ.

Außer, indem sie ihn wegstieß. Und das hart. Er landete auf dem Hosenboden und sie sprang auf und lief auf dem kurzen Teppich zwischen der Küchenzeile und den Sitzbereichen hin und her.

»Was war das denn? Was zum Teufel sollte das? Du kannst doch nicht einfach hingehen und ohne Vorwarnung irgendwelche Leute küssen. Das macht man nicht. Das ist unverschämt. *Du* bist unverschämt.« Sie lief weiter hin und her und er musste lächeln. Sie war genauso aufgedreht wie er.

Er sprang auf. »Tut mir leid. Ich bin so auf Adrenalin. Ich … weiß nicht, was in mich gefahren ist. Aber was es auch ist, es scheint ansteckend zu sein.« Er machte eine Pause, während sie weiter im Bus auf und ab marschierte. »Hast du vor, ein Loch in den Teppich zu laufen?«

Sie blieb vor ihm stehen, auf ihrem Gesicht lag ein Ausdruck tiefster Verwirrung. Verdammt, er wollte sie noch einmal küssen. Stattdessen hielt er ihr die Hand hin. »Lass uns von hier verschwinden. Wir brauchen frische Luft.«

Ohne ein Wort zu sagen, strich sie sich ein paar Haarsträhnen aus dem Gesicht und nickte. Gut drei Sekunden lang betrachtete sie seine Hand, und als er sie gerade fallen lassen wollte, ergriff sie sie. Für einen kurzen Moment sah sie ihm in die Augen und er rutschte tiefer in dieses ... was eigentlich? Er hatte eine Menge Erfahrungen mit einer Menge Mädchen gemacht, so etwas aber hatte er noch nie empfunden.

Aus Angst, sie könnte in seinen Augen etwas lesen, wofür er keine Worte hatte, senkte er den Blick und musste schlucken. Dann hob er den Kopf wieder, rang sich ein Lächeln ab und sprang aus dem Bus. Anya zog er mit sich.

Sie liefen zurück ins Stadiongebäude, doch gleich hinter der Eingangstür bog er scharf rechts ab – zur Backstage-Feuertreppe. Er rannte mit ihr bis ganz nach oben und stieß dort die Tür auf.

»Wow.« Anya keuchte vor Anstrengung.

»Ich liebe Dächer. Den Sternen so nah und so hoch über allen anderen.« Lachend setzte er sich hin und rutschte auf dem Hintern nach vorn, bis seine Beine vom Dach baumelten und die Arme über das Metallgeländer hingen. Sie setzte sich neben ihn und schob die Arme ebenfalls durch das Geländer. »Fall nicht runter. Ich bin nicht sicher, ob unsere Versicherung das abdeckt«

»Werd mir Mühe geben«, sagte sie trocken.

Als er ihren Blick auffing, stellte er erleichtert fest, dass sie lächelte.

Er legte sich auf den Rücken und blickte in die Sterne. Was hatte Will für ein Glück. Für Matt war es eine aufregende Erfahrung gewesen, und wenn Will zurückkam und es mit seiner Karriere vernünftig weiterging, würde er das für immer haben können. Und deshalb war Matt froh, dass er sich auf diesen Rollentausch eingelassen hatte. Auch wenn ihm nicht viel anderes übrig geblieben war. Aber trotzdem. Es war schon ziemlich cool gewesen, für eine Weile dieses Leben zu führen – immer mit der Option, sich wieder zurückzuziehen und wieder der Bruder des Stars zu sein.

»Einen Penny für deine Gedanken.« Anya legte sich neben ihn.

»Ich wüsste zu gern, was das alles für Sterne sind. Ich glaube, das wäre jetzt eine gute Anmache, wenn ich sie alle aufzählen könnte.«

Sie hob einen Arm und zeigte auf eine Anordnung von Sternen. »Siehst du die da? Das ist Orion. Er ist ein Krieger. Man sieht seine Rüstung und seinen Gürtel, und wenn du auf seine Schulter guckst, siehst du am Blickfeldrand den Dolch an seinem Gürtel.«

Meinte sie das ernst? »Das ist ja toll. Zeig mir noch eins.« Wie cool war sie denn, bitte?

»Das da, das aussieht wie eine Bratpfanne, ist der Große Bär oder der Große Wagen. Die Ecken der Pfanne«, sie deutete senkrecht nach oben, »weisen direkt auf den Polarstern, den Stern, an dem sich die antiken Seefahrer orientiert haben.«

Huch. Er drehte sich auf die Seite und stützte sich auf dem Ellbogen ab. »Ich hatte recht.«

»Was meinst du? Womit hattest du recht?«

»Das ist eine großartige Anmache.«

Seit dem Kuss hatte Anyas Herz nicht mehr aufgehört zu hämmern. Sie wusste nicht, warum er das getan hatte, aber sie wollte, dass er es wieder tat. Ihr erster Kuss. Das hieß, wenn man Jimmy Madden in der Fünften nicht mitzählte, und das tat sie nicht. Jedenfalls jetzt nicht mehr. Nicht mehr seit zehn Minuten. Seit sie wusste, was ein richtiger Kuss war.

Sie drehte sich ebenfalls auf die Seite und suchte in seinem Blick nach etwas, von dem sie selbst nicht wusste, was es war. Doch hier oben war es so dunkel, dass sie nur seine Umrisse erkennen konnte.

Er sagte als Erster etwas: »Entschuldige, dass ich dich vorhin geküsst habe. Das war das Adrenalin nach dem Auftritt. Das ist immer noch da, aber wenn ich von der Bühne komme, habe ich das Gefühl, ich könnte fliegen. Als wäre mein Körper zu klein für alles, was darin ist. Als würde ich explodieren.« Er hielt inne, drehte sich wieder auf den Rücken, hob die Hände zum Himmel und streckte sich. »Hey, wir können doch von Glück sagen, dass du gerade da warst und nicht LJ, was?«

Ihr Herz kullerte zur Seite und zog sich zu einem vertrockneten Klumpen aus Wiebittewas?! zusammen. Wenn sie nicht da gewesen wäre, hätte er also einen alten Mann geküsst? Was für ein Volldepp. Da schwelgte sie gerade in ihrem ersten Kuss und dann hätte sie auch jeder andere sein können. Jeder, der zufällig gerade in Reichweite gewesen wäre. Was für ein …

»Also jedenfalls, wenn du es doof gefunden hast und willst, dass ich dich nie wieder küsse. Falls es dir aber – ein kompletter Schuss ins Blaue – gefallen hat, dann muss ich sagen …« Er drehte sich wieder zu ihr und pikte ihr ziemlich fest in die Rippen. »… dass ich ganz sicher lieber dich küssen würde als LJ. Na ja, so gut wie sicher.«

Idiot!

»Waas?« In einem Ansturm von Erleichterung und Wut sprang sie auf ihn, sodass er »uff« machte. Sie rammte ihm die Finger in die Rippen, während er vergeblich versuchte, ihre Hände festzuhalten. »Ich und LJ sind also austauschbar, ja? Vielleicht sollte ich ihn küssen und dir dann sagen, wie das ist, hm?«

Er packte ihre Handgelenke und setzte sich auf, sodass sie auf seinem Schoß saß. »Hör auf. Komm her«, flüsterte er und beugte sich zu ihr.

Sie kam ihm auf halbem Weg entgegen und schloss die Augen, als er zärtlich ihr Kinn küsste. Der Wind, der über das Dach flatterte, strich seinen Lippen gleich über ihr Gesicht. Er zog sich ein wenig zurück, und als sie kurz darauf die Augen öffnete, sah sie, dass er sie anstarrte. Langsam strich er ihr eine Haarsträhne hinters Ohr. »Du bist so schön«, sagte er schlicht.

Sie wandte den Blick ab, sie wollte nicht akzeptieren, dass er das ehrlich meinte. Mit den Fingerspitzen hob er ihr Kinn an, langsam senkten sich seine Lippen auf ihre. Sie hatte das Gefühl zu schmelzen, ihre Beine, ihr Bauch und auch ihr Kopf, der keinen einzigen Gedanken mehr fassen konnte. Minutenlang bestand die Welt nur noch aus Will und seinem Kuss.

Er nahm den Kopf zurück, stöhnte an ihrer Wange »LJ« und duckte sich dann lachend weg, bevor sie ihm wieder die Finger in die Rippen rammen konnte.

Kichernd stieg sie von seinem Schoß und sprang auf die Füße. Hier oben waren sie so allein wie in einer ganz eigenen Welt. Sie beugte sich über das Geländer. »Guck mal, da unten sind immer noch Leute.« Von hier aus waren sie nur Punkte, genauso klein wie die Sterne über ihnen.

Er trat neben sie und sah ebenfalls nach unten. »Ein paar Nachzügler gibt es immer.« Er zeigte auf einige Männer auf der Bühne. »Sie brauchen etwa fünf Stunden, um das Set abzubauen, dann fahren sie es zu unserem nächsten Auftrittsort. Morgen früh um sieben wird es aussehen, als wären wir nie hier gewesen. Manchmal kommt es mir vor, als wären wir eine Fata Morgana, die nirgends wirklich ist.«

Einen Augenblick lang herrschte Stille, und Anya beobachtete die Leute da unten in dem glückseligen Bewusstsein, dass einer der berühmtesten Jungen der Welt auf sie hinunterschaute – zusammen mit ihr, einem obdachlosen Mädchen, das rein gar nichts besaß. Sie wartete darauf, dass sich die altbekannte Beklommenheit wieder in ihr breitmachen würde, doch alles, was sie spürte, war die Freude darüber, dass sie hier mit Will stand und dass er sie so geküsst hatte.

»Also. Ich muss dir etwas Wichtiges sagen.« Er drehte

sich um und lehnte sich mit dem Rücken ans Geländer. Seine Miene war ernst. »Ich habe dich beim Konzert beobachtet und hab dich fünf Mal dabei ertappt, dass du nicht getanzt hast. Was heißt, du schuldest mir fünf Strafaufgaben.«

Als sie überlegte, was er wohl von ihr fordern würde, spürte sie ein Ziehen im Bauch. Immer noch keine Beklommenheit. »Na ja, vielleicht verlange ich einfach mein Geld zurück. Denn wenn ich ganze fünf Mal nicht getanzt habe, kannst du so gut nicht gewesen sein.«

»Das Argument wäre sehr viel überzeugender, wenn du für dein Ticket bezahlt hättest.« Er verschränkte die Arme und stieß sie mit der Schulter an.

»Stimmt«, räumte sie ein,

»Aber es hat dir gefallen, oder?« Er klang eine klitzekleine Spur unsicher.

Von der Bühne her hallte ein lautes Klirren durchs Stadion und drang zu ihnen herauf. Beide drehten sich nach dem Geräusch um, und Anya schrak zusammen, als er den Arm um sie legte.

»Wie bist du je zu dem Ruf gekommen, der Schüchterne der Band zu sein? Du bist vermutlich der am wenigsten schüchterne Mensch, dem ich je begegnet bin«, sagte sie vor sich hin lächelnd. Nicht gerade eine Topstory.

Er zog den Arm weg und wich einen Schritt zurück. Einen Moment lang sagte er nichts, und sie sah, wie er den Kopf hängen ließ und von einem Bein aufs andere trat. »Okay, du bist schrecklich schüchtern.« Sie lachte über sein erbärmliches Schauspiel. »Also, was ist meine erste Aufgabe?«

»Hab mich noch nicht entschieden, aber die Nacht ist ja noch jung, nicht?«

»Ich weiß nicht, ich habe keine Uhr«, gab sie zurück. Wie spät mochte es sein?

»Tja, ich habe vor, dich wach zu halten, bis die Sonne aufgeht. Schlafen können wir, wenn wir tot sind.« Er riss die Arme hoch, als hätte er gerade ein Tor geschossen, und drehte sich im Kreis, den Blick zum Himmel gerichtet.

Sie schüttelte den Kopf. »Und was wollen wir machen?« Sie fragte sich, was er genau vorhatte. Trinken? Mehr knutschen? Mehr als das? Was, wenn er seine Aufgaben für etwas verwenden wollte, das mit ... Sex zu tun hatte?

»Zuerst spielen wir mal Uno. Weißt du, wie das geht?«

Was? »Äh, kann sein? Ich glaube, das habe ich zuletzt mit sieben gespielt.«

»Prima. Dann bist du leicht zu schlagen. Warte hier, ich bin in zehn Minuten wieder da. Geh nicht weg.« Er rannte zur Tür, blieb dort stehen, die Hand schon auf der Klinke, machte kehrt und rannte noch einmal zu ihr zurück. Er fasste sie an der Taille und drückte ihr einen Kuss auf die Lippen. »Zehn Minuten, okay? Vergiss mich nicht.« Dann lief er wieder davon.

»Vergiss du *mich* nicht«, sagte sie zur zufallenden Tür.

Kapitel 10

Zwanzig Minuten später war Matt das Uno-Spielen langweilig geworden. Er lief auf dem Dach hin und her. »Wollen wir zu mir in den Bus gehen?«, fragte er. *Wie klang das denn? Ziemlich schlimm.*

»Nein. Du hast mir gesagt, das ist nicht erlaubt.«

»Stimmt.« Er ging weiter auf und ab.

»Kann ich dich was fragen? Für meine Blogposts?« Sie stand auf und versuchte mit ihm Schritt zu halten. »Sollen wir vielleicht nach unten gehen und ein bisschen im Stadion rumlaufen? Wäre das vielleicht besser?«

Äh. Konnte nicht schaden. »Klar. Warum nicht. Inzwischen müssten die anderen auch alle weg sein.«

Sie gingen die Treppen hinunter und gelangten auf den Parkplatz, der das Stadiongebäude umgab. Dort verfielen sie in ein Tempo, das irgendwo zwischen Schlendern und Stehenbleiben lag.

Anya brach das Schweigen. »Also, was sind das für Geschenke, die euch die Mädchen schicken? In einem Kommentar zu meinem Beitrag stand, da hätte dir ein

Mädchen Briefe und Geschenke geschickt, und du hättest nie geantwortet.«

»Ach Gott, Anya. Du solltest doch wissen, dass man die Kommentare nicht lesen darf. Aus demselben Grund bekommen wir die Briefe und Geschenke gar nicht erst zu sehen, solange wir die Absender nicht kennen. Das führt nie zu etwas Gutem.« Plötzlich verunsichert, wurde er langsamer. »Was haben sie sonst noch gesagt?«

»Eine hat gedroht, mich umzubringen, wenn ich Will Fray auch nur anrühre.«

Er blieb stehen. »Was?«

»Sie meinte, sie wüsste, wo ich wohne.« Anya lächelte, als wäre ihr das egal.

»Besteht die Möglichkeit, dass sie wirklich weiß, wo du wohnst?«, fragte er. »Soll Beau sich darum kümmern?«

»Wer ist Beau?« Sie lief weiter, er blieb immer noch stehen.

»Unser Security-Chef. Hey. Komm zurück.«

Da hielt sie an und merkte, wie weit er hinter ihr zurückgebelieben war. Sie machte kehrt und stellte sich so dicht vor ihn, dass sich ihre Zehen berührten. Ihre Haare waren so schwarz, dass sie in der Flutlichtbeleuchtung des Parkplatzes dunkelblau aussahen, und ihre Augen blitzten in einem helleren Blau. Sie raubte ihm buchstäblich den Atem. Sie neigte den Kopf zur Seite.

»Was ist los? Kriegst du nicht ständig Morddrohungen von verrückten Mädchen? Vor einem Mädchen mit einem Computer habe ich keine Angst. Angst hätte ich vor einem Mädchen ohne Computer, vor einem Mädchen, das nichts zu verlieren hat.«

Plötzlich wurde ihm bewusst, dass er sie überhaupt nicht kannte. Im Sinne von *überhaupt nicht.* »Wer bist du, Anya?«, fragte er, als er ihr eine wehende Haarsträhne hinters Ohr strich. Sobald sie in seiner Reichweite war, wollte er sie anfassen. Ihre Augen weiteten sich ein klein wenig.

»Ich bin einfach nur ich.« Ihre Zunge schnellte hervor und fuhr über eine Stelle an ihrer Unterlippe. Herrgott, war sie sexy. Sie war ganz klar der interessanteste Mensch, dem er je begegnet war. Dabei hatte er doch gar keine Ahnung, ob sie interessant war. Vielleicht war sie auch total langweilig.

»Erzähl mir was über dich. Warum hast du die Haare immer hochgesteckt? Warum hab ich dich noch nie mit einem Handy gesehen? Wo wohnst du? Wo kommst du ursprünglich her? Katzen oder Hunde? Stubenhocker oder Rumtreiber?« Ihm war dunkel bewusst, dass er verzweifelt klang, wusste aber nicht genau, warum.

»Wow.« Sie wich einen Schritt zurück. »Wo soll ich anfangen?«

Er schluckte und versuchte, es mit einem Lachen zu überspielen. »Deine erste Strafaufgabe. Mach die Haare auf. Also nimm diese … Dinger da raus, mit denen du sie hochsteckst.«

Ein Schatten glitt über ihr schönes Gesicht. Dann zuckte sie die Achseln und lächelte. »Wie gut, dass ich sie heute Morgen gewaschen habe.« Sie zog einige lange

Haarnadeln heraus und steckte sie in die Tasche. Ihre Haare waren schulterlang und zottelig geschnitten. Wahrscheinlich hatte es ein teurer Friseur so aussehen lassen, als hätte sie sich die Haare auf einer einsamen Insel selbst abgesäbelt.

Er folgte ihr den Schritt, den sie zurückgewichen war, und berührte ihre Haare mit der Fingerspitze. Ein Finger nur, auf einer glänzenden Haarsträhne. Erst als sie die Augen schloss, bemerkte er, dass er mit der ganzen Hand in ihre Haare gegriffen hatte und sie vom Scheitel bis zu den Spitzen glatt strich. Es war ein Gefühl wie Seide. Schwere, kühle Seide. »Das fühlt sich unglaublich an.«

Er griff etwas fester zu, zog ganz sacht an ihren Haaren, bis sie den Kopf zur Seite neigte. Sie hielt die Augen geschlossen und er küsste sie. Weil er es konnte. Weil er es nicht lassen konnte. Und dann war auch seine andere Hand an ihrem Gesicht und er zog sie enger an sich. Er musste sie näher bei sich spüren. Mit jedem Kuss wollte er sie mehr. Brauchte er ihre Nähe. Ihre Stille.

»Will? Bist du das?« Er hörte die Worte, doch er verstand sie nicht. Anya wich zurück und senkte den Kopf, als wäre es ihr peinlich, bei einem Kuss mit ihm erwischt zu werden.

»Will?« Ach ja. Er war Will.

»Mrs Carlisle?«

»Ich würde sagen, die junge Dame sollte sich jetzt verabschieden, meinst du nicht? In einer Stunde fahren die Busse ab.«

Erschießt mich bitte. »Ja, Ma'am. Ich begleite sie nur noch zurück.«

»Also gut. Gute Nacht« Sie zog sich in Richtung der Busse zurück.

»Wer war das?«, fragte Anya, als Matt ihre Hand ergriff und sie in die Richtung gingen, in die Miles' Mutter verschwunden war.

»Eine der Mütter. Sie spielt den Anstandswauwau. Auf der Tour muss jeder unter achtzehn einen Elternteil dabeihaben, um aufzupassen, dass wir brav in der Spur bleiben.«

»Klingt vernünftig, würde ich sagen«, gab sie zurück.

»Es nervt tierisch«, murrte er.

Sie erwiderte nichts. Er brachte sie zu ihrem Bus und gab ihr einen Handkuss wie so ein bescheuerter Ritter der Tafelrunde. Was war nur in ihn gefahren? Doch das Lächeln, das sich auf ihrem Gesicht breitmachte, als er sich zum Gehen wandte ... Vielleicht sollte er es mit mehr Ritterlichkeit probieren? Sie verschwand im Bus und er hätte sich am liebsten in den Hintern getreten. Das hier war keine Beziehung. Das war ... ein Mittel zum Zweck oder so etwas in der Art. Er lenkte sie von ihren Interviews ab, mehr nicht.

Mehr nicht.

Natasha war noch nicht zurück und so hatte Anya den Bus für sich allein. Vielleich war sie bei ihren Verwandten in diesem Nobelhotel, das sie erwähnt hatte. Wäre Anya dann auf der Fahrt nach New Orleans allein mit dem Fahrer? Es war ein merkwürdiges Gefühl, nachts mit einem Mann allein zu sein. Vielleicht sollte sie versuchen, wach zu bleiben. Eigentlich sollte sie es gewohnt sein, nachts wach zu sein, aber der Zeitplan hier brachte ihre Routinen durcheinander.

Sie holte ihr Notizbuch unter dem Kopfkissen hervor und schlug den Abschnitt über Will auf. Sie fand ihn schnell, weil das die meistbenutzte Seite war.

Mag Höhe. Mag Dächer.

Eigentlich nicht schüchtern, mag aber nicht darauf angesprochen werden.

Statt ins Bett zu gehen, schaltete sie das Tablet ein. Es hatte tatsächlich eine Kamera. Sie spielte mit der Fotofunktion herum und fotografierte den Busfahrer beim Einsteigen. Er führte sich auf wie ein Pilot, hängte eine durchsichtige Straßenkarte an die Sonnenblende und rief per Funkgerät die anderen Busse, um einen Funkcheck zu machen.

»*The One*. Laut und deutlich.«

»*Not Tonight*. Laut und deutlich.«

Und so ging es weiter bis zu den Bussen, die nicht nach Liedtiteln benannt waren, sondern nur Nummern hatten. Anya kam auf fünfzehn Stück. Plötzlich fühlte sie sich unheimlich einsam.

Ihr letzter, minimal verfrühter Blogeintrag hatte schon über dreihundert Kommentare. Als sie den ersten las, wurde ihr klar, dass sie sofort einen neuen Eintrag verfassen musste.

Echt? Das Konzert war »ziemlich gut«? Was hast du

da überhaupt zu suchen, wenn du nicht mal ein Fan bist?

Wer auch immer *Anon98* war, er oder sie hatte recht: Sie musste als Fan hier sein. Die Leserinnen und Leser mussten das Gefühl haben, selbst mitzuerleben, was Anya hier erlebte. Und im Lauf des letzten Tages hatte sie eine ganze Menge erlebt. Ihre Gedanken schweiften zum ersten Kuss mit Will zurück. Ihr erster Kuss überhaupt. Zum ersten Mal seit Jahren hatte sie etwas anderes als Angst und Beklommenheit empfunden. Und er war so gut gewesen, dass ihre Knie zu Pudding geworden waren. Allein beim Gedanken daran schlug ihr Herz schneller.

Der Blogpost floss ihr nur so aus den Fingern. Alles, was sie während des Konzerts empfunden hatte, alles, was sie über die Band wissen wollte, und alles, was sie den Lesern von *WowSounds* hoch und heilig herauszufinden versprach.

Sobald der Beitrag gesendet war, lehnte sie sich zurück und erlaubte sich, wieder an Will zu denken. Sie nahm sich fest vor, mehr über ihn in Erfahrung zu bringen. Er schien ziemlich gut darin zu sein, Fragen auszuweichen und nicht von sich zu sprechen. So kam sie bestimmt nicht an ihre Topstory. Sicher, das Geld, was sie für Spesen bekam, würde ihr schon weiterhelfen. Aber wenn sie auch Jude von der Straße holen wollte, war es nicht genug. Und das wollte sie unbedingt. Erst als sie ihn verloren hatte, war ihr wirklich bewusst geworden, wie wichtig es war, dass sie ihm half.

In der Woche, nachdem sie aus ihrer ersten und letzten Pflegefamilie abgehauen war, hatte er ihr buchstäblich das Leben gerettet. Damals war sie mit gesenktem Blick an ihm vorbeigegangen, wie an allen anderen auch, hatte sich jedoch aus irgendeinem Grund noch einmal umgedreht. Er blieb stehen und sah sie mit vollkommen ausdruckslosem Gesicht an. Sie bekam Angst, lief schneller und bog in eine schmale Gasse ein. Der schlimmste Fehler ihres jungen Lebens.

In der Gasse befanden sich drei Männer, die irgendetwas untereinander austauschten, und als sie Anya sahen, kam Leben in sie. Ohne eine Sekunde zu zögern, umzingelten sie sie, fragten nach ihrem Namen, fassten ihre Haare an. Sie schloss die Augen, wusste nicht, wie sie entkommen sollte, und wäre am liebsten auf der Stelle gestorben, damit sie nie erfahren musste, was ihr diese Männer antun würden. Fast im selben Moment hörte sie ein Ächzen. Jude griff die Männer an, attackierte sie mit Schlägen und Tritten, wie Anya sie nur aus dem Fernsehen kannte.

»Lauf«, sagte er, als einer der drei versuchte, wieder hochzukommen.

Sie rannte los, wartete jedoch an der nächsten Ecke auf ihn. Als er sie einholte, ging er geradewegs an ihr vorbei, als würde sie gar nicht existieren. Sie musste rennen, um mit seinen langen Schritten mitzuhalten, und wollte sich bei ihm bedanken, doch er sprach nicht mit ihr. Schien sie nicht einmal wahrzunehmen. Endlich wurde er langsamer und fing an zu zittern. Ein Zittern wie bei 40 Grad Fieber.

Er redete wirres Zeug, das Anya nicht verstand. Weil sie sich dafür verantwortlich fühlte, was gerade mit ihm passierte, zog sie ihn mit sich in eine Tiefgarage, wo er sich in eine Ecke auf den Beton kauerte. Sie hatte sich einfach neben ihn gesetzt und zum ersten Mal seit zwei Tagen geschlafen.

Anya riss sich aus dieser Reise in die Erinnerung. Das war jetzt fast zwei Jahre her. Jude hatte ihr gezeigt, wie man auf der Straße überlebte, und nie danach gefragt, warum sie dort war. Im Gegenzug hatte auch sie nie Fragen gestellt, jedoch später in der Obdachlosenunterkunft erfahren, dass er Veteran war. Sie war ihm etwas schuldig. Jetzt mehr denn je. Jetzt, da sie mit Essen und Getränken ohne Ende versorgt war und warm und sicher in einem Bus saß. Sie ballte die Fäuste. Sie würde diese Sache hinkriegen, damit sie beide von der Straße kamen.

Die Bustüren seufzten und Natasha sprang herein. »Geschafft!«, keuchte sie.

»Aber gerade so«, sagte Anya in einem Ton, als käme Natasha immer erst in letzter Sekunde. Für einen kurzen Moment fürchtete sie, Natasha könnte das in den falschen Hals kriegen, doch diese lächelte. Vielleicht hatte sie es wirklich ernst gemeint, als sie sich und Anya zu Instant-Freundinnen erklärt hatte.

Natasha warf sich auf den Sitzplatz ihr gegenüber. »Also, wie geht's?«

»Gut, danke. Wo bist du gewesen?«

»Meine Familie hat mich versetzt, angeblich Jetlag.

Da hab ich mit Nick rumgehangen. College-Student. O Mann, ich liebe es, wie College-Jungs küssen.« Sie lächelte verträumt.

Anya lachte. »Wow. Magst du ihn?«

»Klar, heute schon. Hier gelten Tour-Regeln. Was auf der Tour passiert, bleibt auf der Tour. Also keine Beziehungen für die Ewigkeit. Ha! Eher Beziehungen für eine Nacht.«

»Wie viele Leute hast du seit Beginn der Tournee schon geküsst?«, fragte Anya, die sich sehr für diese Spielchen interessierte. Vielleicht konnte sie auch über die Menschen hinter den Kulissen schreiben.

»Ich hab aufgehört zu zählen, Süße. Lass mal sehen. Da war wohl Danny vom PR-Team«, sie zählte mit den Fingern, »drei Roadies: Steve, Matt und Ryan. Und der Erste war natürlich Will.«

Ein eisiger Stoß fuhr Anya in den Rücken.

Natasha sprach weiter. »Er war so süß. Ein paar Tage lang waren wir ganz wild aufeinander, und dann hat er sich am Knie verletzt und war eine Woche weg, und dann hat er irgendwie so getan, als würde er mich nicht mehr kennen. Also hab ich das abgehakt und bin weitergezogen. Sieh mich nicht so an. Ja, er ist jung, ich weiß. Aber er war süß. So süß. Und außerdem haben wir uns nur geküsst. Warte kurz, ich muss mal pinkeln.«

Sie verschwand in dem winzigen Badezimmer, und Anya blieb mit dem Bild vor Augen zurück, wie Will Natasha küsste. Und dann so tat, als würde er sie nicht mehr kennen. Etwas Kaltes und Hartes stieg in ihrem

Magen auf, und für einen Moment glaubte sie, ihr würde schlecht werden. Verdammter Kerl. Und verdammt, dass sie auf seine Küsse hereingefallen war. Natasha hatte recht, er war süß. Und sie war dämlich. *Dämlich.*

Sie spürte ein Kribbeln in der Kehle: Ihr Körper wollte, dass sie weinte. Sie weigerte sich. Nach allem, was sie in den letzten Jahren durchgemacht hatte, würde sie jetzt nicht wegen irgendeines Boygroup-Arschs heulen. So was von nicht. Er hatte also nur mit ihr gespielt? Das konnte sie genauso gut. Wenigstens wusste sie jetzt, was Sache war.

Sie zog den kleinen Vorhang zu ihrer Schlafkoje auf, setzte sich auf die Kante und kramte in ihrer Tasche nach Zahnbürste und Zahnpasta. Schnell schlüpfte sie in Shorts und ein Tanktop, das Einzige, was sie zum Schlafen dabeihatte, weil man Schlafanzüge oder Nachthemden auf der Straße nur selten brauchte.

Natasha ließ sich reichlich Zeit im Bad, also putzte sich Anya die Zähne an der Küchenzeile und schlüpfte ins Bett. Sie zog den Vorhang zu und schaltete das kleine Licht ein. Und das Notizbuch kam wieder zum Vorschein.

Hat am Anfang der Tournee Natasha geküsst.

Na bitte. Es war nur ein Fakt für eine Geschichte. Sie zog die Nase hoch und verstaute das Buch wieder in seinem Versteck. Nichts, worüber man sich aufregen müsste. Nichts, worüber man betrübt sein müsste. Nur ein Fakt.

Kapitel 11

Sobald die Fahrer für eine Pinkelpause anhielten, schlüpfte Matt aus seiner Koje. Einen Moment lang zögerte er und überlegte, ob er Zeit genug hatte, das Schnarchen aufzunehmen, das aus einer der anderen Kojen kam, fand dann aber, dass er Wichtigeres zu tun hatte.

Er war auf einer Mission.

Erst wartete er, bis sich alle Fahrer am Raststellengebäude versammelt hatten. Sie nannten es zwar Pinkelpause, aber eigentlich war es eine Raucherpause. Dann huschte er aus dem Bus, suchte den *Hanging On* und öffnete ihn mithilfe des Griffs an der Außenseite. Er sollte Spion werden. Während er vorsichtig die Tür hinter sich zuzog, dachte er über die beste Eröffnung nach.

Bist du öfter hier?

Was macht so ein hübscher Ort wie du an einem Mädchen wie diesem?

Vielleicht sollte er sie einfach wach küssen. Aber das kam ihm irgendwie ... nicht richtig vor.

Außerdem wollte er, dass sie wach war, wenn er sie

küsste. Er wollte die Berührung ihrer Lippen spüren, wie sie sich für ihn öffnete, die Haut an ihrem Hals ...

Komm wieder runter, Junge!

Bei zwei Schlafkojen war der Vorhang zugezogen. Mist. Er hatte das nicht zu Ende gedacht. Wenn er nun Natasha aufweckte? Er musste nach einem Hinweis suchen. Und dann seufzte jemand, drehte sich um und streckte den Fuß unter dem Vorhang hindurch. Die Zehennägel waren korallenrot lackiert, das war also nicht Anya. Puh. Gott war eindeutig auf seiner Seite.

Er stupste Anya durch den Vorhang hindurch an. Einmal, ein zweites Mal und wollte gerade zu einem dritten Mal ansetzen, als eine Hand hinter dem Vorhang hervorschoss und seinen Finger packte. Fast hätte er einen Herzinfarkt gekriegt.

»Was machst du da?«, zischte sie ihn an, während sie den Vorhang aufzog und gleichzeitig mit einem Ruck kräftig an seiner Hand zog.

»Rausfinden, dass ich in einem Horrorfilm als Erster draufgehen würde. Ich hab mir vor Schreck fast in die Hose gemacht.« Na super. Jetzt stand er da wie ein Weichei.

»Woher hast du gewusst, dass ich es bin und nicht Natasha?«, fragte sie vorwurfsvoll.

»Guck doch. Sie hat ihren Hobbitfuß rausgestreckt.« Er zeigte auf ihre Koje.

Anya stand von ihrem Bett auf und baute sich vor ihm auf. Ohne Schuhe war sie noch kleiner, und o Gott, in diesem langen Trägertop und den Shorts sah sie verflucht sexy aus. Er versuchte, den Blick auf ihr Gesicht zu richten, obwohl seine Hormone nur auf ihre Brüste starren wollten.

Reiß dich zusammen, Matt.

»Sie hat keine Hobbitfüße. Das ist einfach nur gemein.« Es fehlte nicht viel und sie hätte mit dem Fuß gewippt.

»Tut mir leid. Das sollte witzig sein. Komm mit.« Er deutete zum hinteren Ende des Busses und Anya runzelte die Stirn. Um vor möglichen Einwänden einfach wegzulaufen, drehte er sich um und ging nach hinten. »Himmel, was ist das alles für Zeug?« Kisten stapelten sich vor der Tür, von der die meisten Leute annahmen, dass dahinter das Gepäck aufbewahrt wurde.

Er schob alles beiseite und öffnete die Tür. Statt nach unten, führte eine Treppe nach oben. Er stieg sie hinauf und riskierte einen flüchtigen Blick hinter sich. Sie folgte ihm, gut. Offenbar war sie nicht der reine Sonnenschein, wenn man sie weckte, aber das war okay. Er hatte das Gefühl, er würde auch die mürrische Anya mögen. Nicht, dass er sie mögen sollte. Er sollte sie um den Finger wickeln, um sie abzulenken. Nicht mehr und nicht weniger.

Matt schaltete das Licht ein. Der Raum, der sich am oberen Ende der Treppe befand, war ein bisschen anders als der im Bus der Band. Zum einen lag er hier ein paar Stufen erhöht, während er bei ihnen auf derselben Ebene lag. Außerdem gab es keinen mit Getränken gefüllten Kühlschrank und anstelle des vornehmen

Naturfaserteppichs in ihrem Wagen zierten den Teppich hier Brechreiz auslösende grüne Wirbel.

»Wow«, sagte Anya, als sie aus dem schmalen Treppenaufgang trat. Da hatte jemand seine miese Laune offenbar vergessen.

In dem Raum – obwohl kaum größer als ein Kleiderschrank – befanden sich zwei Stühle und ein kleines Sofa, aber der eigentliche Blickfang war die getönte Heckscheibe, die sich vom Boden bis weit über ihre Köpfe erstreckte.

»Wie schön! Nicht zu fassen, dass ich nichts davon gewusst habe.«

Sie setzte sich aufs Sofa, Gott sei Dank, und starrte hinaus an den Nachthimmel. Sie schlug die Beine zum Schneidersitz übereinander und legte sich ihr Notizbuch auf den Schoß. Er setzte sich neben sie – allerdings in respektvollem Abstand. Wozu sollte er sie bedrängen. »Wann hast du das Notizbuch geholt?«, fragte er.

»Während du Natashas Kisten durch die Gegend geschmissen hast.« Sie warf ihm einen irgendwie komischen Blick zu, als hätte er etwas falsch gemacht, aber er hatte keine Ahnung, was. »Aber egal. Ich habe einen Haufen Fragen an dich, zu denen ich bisher noch nicht gekommen bin. Und weil du mich so unsanft geweckt hast, dachte ich, das wäre doch ein guter Zeitpunkt.« Sie reckte ein wenig das Kinn, lächelte aber gleichzeitig auch irgendwie. Mädchen waren so verwirrend.

»Du kannst mich alles fragen.« Er verschränkte die

Arme vor der Brust, lehnte sich auf dem Sofa zurück und drehte sich so, dass er sie ansehen konnte.

Sie blätterte in ihrem Notizbuch. »Du wirkst auf mich überhaupt nicht schüchtern. Wie bist du zu diesem Spitznamen gekommen?«

»Was für einem Spitznamen? Der Hengst? Meinst du den?« Die Ablenkung sollte ihm helfen, die Antwort in seinem Kopf zurechtzulegen.

»Der Schüchterne. Wie bist du dazu gekommen, wenn du in Wirklichkeit gar nicht so schüchtern bist?« Sie legte den Kopf schief, und er konnte nur noch daran denken, die Lippen auf ihre zu pressen.

»Entschuldige bitte, was? O ja. Der Schüchterne. Das liegt an den Medien. Wenn ich vor vielen Menschen stehe, vor Menschenmengen und in Interviews bin ich viel schüchterner.« Er setzte sich so, dass er einen Zentimeter näher zu ihr rücken konnte. »In Einzelinterviews bin ich einfach besser.«

Es war offensichtlich, dass sie nicht auf seinen Charme hereinfiel. »Vor etwa einem Monat hattest du einen Unfall. Was ist passiert?«

Verdammt. »Das war ein tragischer Synchrontanzunfall«, sagte er mit undurchdringlicher Miene. »Sehr, sehr tragisch.«

Sie verdrehte die Augen, aber ihr Lächeln war jetzt echter als noch vorhin. Mist. Fing er wirklich an, ihr Lächeln zu zählen und zu kategorisieren?

»Nein, im Ernst. Was ist passiert?«

Er nickte ergeben. »Okay. Es war eigentlich nichts.

Wir haben den WET-Auftritt ohne die Gummimatten einstudiert. Es gab ein Raster aus Klebeband, aber einer der Streifen hatte sich abgelöst, mein Fuß ist darin hängen geblieben, und ich bin gestürzt und hab mir dabei das Knie verdreht. Mein Kreuzband war gedehnt, aber der Arzt sagte, ich könnte mit der Operation noch warten. Und das mache ich jetzt.« Er rieb sich zur Untermalung das rechte Knie.

»Aber ich habe in einem Artikel gelesen, dass du dir das Kreuzband *gerissen* hast und eine Not-OP nötig war, damit du die Tournee fortsetzen konntest. Stimmt das nicht?« Sie zog ihren Stift aus der Spiralbindung ihres Notizbuchs und zog die Kappe mit den Lippen ab. Mit ihren weichen, süßen Lippen. Dann stand sie auf, um aus dem Fenster zu schauen, und alles, was er sah, waren ihre langen Beine in Shorts.

Reiß dich zusammen, Matt.

»Schon wieder die Medien. Denen darf man nichts glauben. Anwesende ausgenommen.«

Sie drehte sich zu ihm um und zog die Augenbrauen hoch, als plötzlich der Bus mit einem Ruck anfuhr, sie das Gleichgewicht verlor und mit aufgerissenen Augen direkt auf ihn zustürzte. Instinktiv wollte er sie auffangen, stieß sich beim Aufstehen aber den Kopf an der schrägen Decke. Er fiel zurück aufs Sofa und riss sie mit sich.

»Autsch. Bist du okay?«, fragte sie mit besorgter Miene.

Anya saß praktisch rittlings auf seinem Schoß. Es

hätte ihm gar nicht besser gehen können. Er beugte sich vor zu ihr, er wollte, dass sie ihn küsste. Zum ersten Mal zögerte sie, bevor sie ihn küsste. Im ersten Moment fühlte es sich falsch an, und er wollte sich schon zurücklehnen und fragen, was los war. Aber dann seufzte sie irgendwie und küsste ihn wieder wie beim letzten Mal. Warm und innig, fast schon drängend. Hitze rauschte durch seine Adern wie Adrenalin.

Er schob sie behutsam ein Stück zur Seite, damit sie nicht so auf seinen ... Schoß ... drückte, und löste sich aus dem Kuss. Er fuhr mit den Händen durch ihre Haare und betrachtete, wie sie auf ihren Hals fielen. »Du bist unglaublich.«

Sie rückte ein winziges Stück von ihm ab und lachte schnaubend. »Ich wette, das sagst du zu allen Mädchen.«

»Welchen Mädchen? LJ hält uns so an der kurzen Leine, das ich kaum ein Mädchen zu Gesicht bekommen habe, seit ich auf Tour bin. Hey, vielleicht liegt es daran. Vielleicht stehe ich gar nicht so sehr auf dich, wie ich glaube, sondern brauche einfach nur sehr verzweifelt weibliche Gesellschaft.« Er grinste frech. Der Satz war ziemlich geschmeidig gewesen.

Aber sie saß viel zu aufrecht.

Was zum Geier ...?

»Keine Mädchen, seit du hier bist, ja? Das glaube ich dir nicht«, sagte sie. »Aber okay. Wenn du den Unschuldigen spielen willst ...«

Das ließ ihn die Stirn runzeln. Was sagte sie da?

»Dass ich unschuldig bin, habe ich nie behauptet. Ich habe nur gesagt …«

»Ich weiß, was du gesagt hast.«

Er hatte das Gefühl, in einen Kaninchenbau gefallen zu sein. Mit beiden Händen fuhr er sich durch die Haare, lehnte sich zurück. »Hast du noch mehr Fragen an mich?«

»Natürlich habe ich die. Mach's dir bequem.« Dabei lächelte sie ganz natürlich und er entspannte sich ein wenig. »Was machst du am liebsten, wenn du nicht auf der Bühne stehst?«

»Das weiß ich schon gar nicht mehr so richtig. Ich kann mich nicht erinnern, was ich früher gerne gemacht habe. Jetzt, auf Tournee, hänge ich gern mit den Jungs rum, und wir sind alle ziemliche Cracks in *World of Warcraft*.«

»Und bei einem Date? Was machst du am liebsten, wenn du ein Date hast?« Sie war noch damit beschäftigt, *World of Warcraft* aufzuschreiben, und er sah, wie sie ein Fragezeichen daneben malte. Seltsam.

»Erstes Date, ja? Ist das offiziell oder inoffiziell?« Er grinste.

»Alles, was du zu mir gesagt hast, ist offiziell. Wie kommst du auf die Idee, es könnte je inoffiziell gewesen sein?«

Sein Lächeln fiel in sich zusammen, während er sich daran zu erinnern versuchte, was er ihr alles erzählt hatte. Er meinte, ziemlich vorsichtig gewesen zu sein. Wenn er sich mit ihr gutstellte, würde sie mit der Veröffentlichung der Story vielleicht warten, bis Will wieder da war. Dann sollte der sich damit befassen.

Ein schmerzlicher Stich fuhr ihm in den Magen, und ihm wurde klar, dass er seinen Bruder verdammt noch mal umbringen würde, falls er Anya auch nur anrührte. Und das ergab absolut null Sinn, weil Matt sie genauso wenig haben konnte. Wie sollte das funktionieren?

»Was ist los?«, fragte sie. »Du guckst wie das Kaninchen vor der Schlange.« Sie rückte ein Stück von ihm ab, bis sie auf der Armlehne des Sofas hockte, die Füße auf dem Polster.

»Was? Nichts. Erste Dates also.« Er stand auf, wobei er diesmal darauf achtete, nicht gegen die gebogene Fiberglasdecke zu stoßen, streckte sich und drückte die flachen Hände über sich an die Scheibe. »Ich würde sie wohl am Nachmittag abholen und vielleicht auf einen Kaffee oder Eistee einladen. Dann würden wir spazieren gehen, und nach ein paar Minuten würde ich ihre Hand nehmen, um zu sehen, ob ihr das gefällt. Wenn es den Anschein hat, dass sie das mag, würde ich vielleicht versuchen, den Arm um sie zu legen.« Er schloss die Augen und stellte sich ein echtes erstes Date mit Anya vor. »Wenn sie den Arm nicht wegschiebt, wäre es nur noch eine Frage der Zeit, bis … ich sie zum Essen einlade. Und dann, wenn ich sie nach Hause begleite, würde ich sie vielleicht küssen. Wenn sie mich lässt.«

Schweigen.

Anya wusste, dass sie ihn angaffte, aber sie konnte

nichts dagegen tun. Seine tiefe, hypnotische Stimme gab ihr das Gefühl, dass sie es war, mit der er dieses Date hatte. Dass sie es war, die er küsste. Ihr Stift schwebte über dem Papier, die ganze Zeit hatte sie ihn nur angestarrt, während er mit geschlossenen Augen gesprochen hatte.

Sie wäre vor Schreck fast vom Sofa aufgesprungen, als er sie beim Starren erwischte. Er bewegte sich nicht, sondern senkte die Lider. Er streckte den Arm nach ihr aus. »Komm her, Engel.«

Wie konnte er es wagen? Sie war nur irgendein Mädchen für ihn. Eine wie Natasha oder … weiß der Himmel wer. Sie versuchte, Empörung auszustrahlen, doch ihr Körper ließ sie im Stich: Sie rutschte zu ihm, ließ sich von ihm in den Arm nehmen und an seine Brust ziehen. In Sicherheit. Nicht allein. Sie kämpfte die aufsteigenden Tränen nieder. Sie würde nicht weinen.

Er war so groß und stark und sie fühlte sich bei ihm unglaublich sicher. Sie spürte seinen Herzschlag an ihrem Ohr. Zögerlich legte sie die Hand auf seine Brust und spürte seine Wärme unter ihrer Handfläche. Sie atmete im selben Rhythmus wie er, und während er ihr den Rücken streichelte, entspannte sie sich. Vielleicht konnte sie es einfach genießen, solange er sie mochte. Bis er die Natasha-Nummer mit ihr abzog.

Was tat sie da? Es gefiel ihr gar nicht, dass diese dämlichen hundert Dollar Spesen pro Tag ihre Gier auf die Exklusivstory etwas gedämpft hatten. Noch immer hatte sie nicht die leiseste Spur gefunden. Abgesehen von Alice Singleton und Natasha. Sie fragte sich, wie Alice ausgesehen hatte. Natasha und Anya hätten unterschiedlicher nicht sein können, sowohl physisch als auch ... na ja, vom Alter her. Und doch war sie jetzt hier und kein Teil von ihr wollte fort von ihm. Keine Faser ihres Körpers drängte sie zu gehen.

Seine Hand glitt von hinten unter ihr Tanktop. Zuerst verspannte sie sich und er hielt inne. Die Berührung war so intim, aber nein, sie wollte nichts tun, das die Berührung mit seiner Haut beenden würde.

Sie entspannte sich wieder und er streichelte sie weiter. Das war gar nichts. Nichts im Vergleich zu dem, was sie Leute auf der Straße hatte tun sehen, wenn sie sich unbeobachtet fühlten.

Er ließ die Hand auf ihrem Kreuz liegen und streichelte sie ganz langsam, streichelte und streichelte sie, bis seine Nähe, seine Hand auf ihrer nackten Haut, ihr das Gefühl gaben, langsam den steilen Anstieg einer Achterbahn hinaufzufahren. Sie hörte das Blut in ihrem Körper pulsieren, während sie darauf wartete, in den Abgrund zu stürzen.

Plötzlich war es ihr egal, wer sie war und warum sie hier war. Ihr ganzer Körper verlangte danach, ihn genauso zu berühren, wie er sie berührte. Damit er dasselbe empfand wie sie jetzt. Die Stille zwischen ihnen verstärkte jedes Gefühl, jeden Gedanken und jede Empfindung.

Ohne ein Wort zu sagen, setzte sie sich auf. Er folgte ihr mit den Blicken, als sie aufstand, einen Moment lang zögerte, als würde sich ihr Körper über die plötzliche

Distanz zwischen ihnen beschweren, dann legte sie eine Hand auf seine Schulter und setzte sich auf seinen Schoß, die Knie links und rechts von seinen Beinen. Seine Oberschenkel waren genauso fest wie seine Brust. Hitze durchströmte sie. Anya holte tief Luft. »Wie es aussieht kann ich an nichts anderes mehr denken als daran, dich zu küssen.«

»Jesus«, flüsterte er.

»Nein. Ich bin's, Anya«, hauchte sie zurück. Warum war er so unwiderstehlich? Warum war sie bei ihm so schwach? Sie fühlte sich wie ein völlig anderer Mensch. War das vielleicht sie? Ihr wahres Ich, dass sie seit Jahren unterdrückte? Oder war das eine ganz andere Anya?

Er griff in ihre Haare und zog sie sanft an sich. »Das hat noch nie jemand zu mir gesagt.« Sein Blick hing an ihren Lippen.

»Was? Dass er dich küssen will?« Sie wurde immer näher an ihn gezogen.

»M-hmmm«, mehr sagte er nicht, ehe sich ihre Lippen wieder trafen.

Sie öffnete sich für ihn, doch er zog sich eine Spur zurück und strich mit der Unterlippe über ihre. Sie spürte seinen Atem in ihrem Mund, und als sie einatmete, kam es ihr vor, als würde er in ihr drin wohnen. Ihr ganzer Körper schien in der Erwartung seines Kusses zu beben.

Dann riss er sie an sich und presste den Mund auf ihren, und es durchfuhr sie wie ein elektrischer Schlag. Sie konnte ein Stöhnen nicht unterdrücken, als er sie wild küsste. Mit beiden Händen fuhr er ihr unter dem Tanktop über den Rücken, und sie drängte sich seiner Berührung entgegen, immer tiefer in das Gefühl, seine Haut auf ihrer zu spüren.

Plötzlich riss er sich von ihren Lippen los und hielt sie auf Armeslänge von sich. »Tut mir leid. Wir können das nicht tun. Ich habe nichts dabei.«

»Nichts dabei? Wie meinst du das?«

»Ich habe keine Kondome dabei. Ich hätte nie damit gerechnet …«

Sie machte einen Satz zurück, sprang von seinem Schoß auf den Boden und versuchte, ihr heftiges Keuchen unter Kontrolle zu bringen. »Was? Was? Nein!«

Er schnappte sich ein Kissen vom Sofa, stopfte es sich auf den Schoß und starrte sie verwirrt an.

Oh. *Ooooh.* »Tut mir leid, ich wollte nicht …«, fing sie an.

»O Gott, nein. Das war wirklich anmaßend von mir, oder? Tut mir leid. Ich habe wohl fünf Schritte auf einmal genommen, das ging viel zu schnell.« Er sah ehrlich beschämt aus, und sie fragte sich, ob sie genauso rot im Gesicht war wie er.

Sie holte tief Luft und setzte sich im Schneidersitz vor ihm auf den Boden, ganz ohne ihn zu berühren, doch dann beugte sie sich vor und lehnte die Stirn an sein Knie.

»Tut mir leid. Ich war so hin und weg davon, wie gut du dich anfühlst …«

Er grinste verlegen, ließ sich aufs Sofa zurückfallen

und atmete tief durch. »Wie auch immer, was ich sagen will, ist: Sorry, mein Fehler.«

Sie spürte das Bedürfnis, ihm etwas wirklich Aufrichtiges zu sagen: »Bei dir fühle ich mich irgendwie anders. Ich meine, ich habe mich noch nie so gefühlt wie mit dir, wenn ich dich küsse. Aber ... *das* habe ich noch nie getan.«

»Schon okay, ich auch nicht«, sagte er lächelnd.

»Ist das gelogen?« Sie wusste, dass es so war, und schnitt ihm eine Grimasse.

»Ertappt. Du solltest dich damit nicht allein fühlen.«

Ein paar Sekunden lang saßen sie schweigend da und sahen einander nur an. Dann räusperte Will sich und drückte das Sofakissen fester auf seinen Schoß.

Anya musterte ihn einen Moment lang verständnislos, ehe sie sich kichernd auf den Boden fallen ließ.

Sein Lachen war warm und echt, als er in ihres einfiel. Sie lag da, blickte zum Himmel hinauf, ihre nackten Füße auf seinen, und betrachtete die Sterne und die Wolken, die über ihnen vorbeizogen.

Konnte es noch perfekter sein?

Kapitel 12

Der nächste Tag war vollgepackt mit Checks und Tests. Das hatte die Band an jedem neuen Auftrittsort zu erledigen. Jedes Bandmitglied musste dafür Sorge tragen, dass seine Outfits backstage vollzählig waren und registriert wurden, dass ihre Gästelisten auf dem neuesten Stand waren und dass sie die Bühnenein- und -ausgänge, die Verkabelung und die Beschaffenheit des Bühnenbodens kannten.

Es war ein Tag, den sie fast ausschließlich untereinander verbrachten und an dem sie alle Abläufe und Setlisten durchgingen. Ryder war mit Halsschmerzen und geschwollenen Lymphknoten zum Arzt gegangen, und die anderen hockten auf der Bühne und warteten auf seine Rückkehr, um sich zu vergewissern, dass er am Abend würde singen können.

Matt ertappte sich dabei, dass er außerdem nach Anya Ausschau hielt. Seine Augen suchten nach einem Aufblitzen ihrer schimmernden Haare oder dem Stapfen ihrer Stiefel. Nada. Hoffentlich hatte er es gestern Abend nicht verbockt. Noch nie im Leben war er von einem Mädchen so hin und weg gewesen. Er wollte sie auseinandernehmen, um zu sehen, wer sie im Inneren war, und sie dann wieder zusammensetzen. Ihm war schmerzlich bewusst, dass er in seinem Kopf allmählich wie ein fieser Serienkiller klang. Nicht, dass es unfiese Serienkiller gegeben hätte.

»Was meinst du, Will?«

Er wurde aus seinem Tagtraum gerissen. »Was?«

»Wenn Ryder nicht singen kann, kannst du dann den Lead-Gesang in *Hanging On* übernehmen?«, fragte Trevin von seinem Aussichtspunkt auf einem der großen schwarzen Verstärker vor dem Schlagzeug.

»Glaub schon.« Scheiße, er würde den Tag mit Proben verbringen müssen. Was bedeutete, dass er nicht nach Anya suchen konnte. »Kriege ich vor dem Konzert eine Durchlaufprobe?«

»Du Memme, wozu brauchst du eine Durchlaufprobe?« Ryder kam von der Seite auf die Bühne. »Davon abgesehen geht's mir gut. Ich soll nur gurgeln und mir irgendwas Salziges in den Rachen spritzen.« Er zeigte ihnen eine große Flasche mit einem Medikamentenetikett.

Alle lachten, nur Nathan sah verständnislos aus. »Keine Sorge, das verstehst du schon noch, wenn du älter bist«, sagte Miles und gab dem armen Kerl eine Kopfnuss.

»Und was läuft mit dir und der Reportertussi?«, fragte Trevin, und Matt hörte an seinem Tonfall, dass die Frage mehrdeutig gemeint war.

»Die hab ich unter Kontrolle, keine Sorge.«

»Die?« Miles fuhr herum und schob sich die Sonnenbrille in die Stirn. »Du hast sie unter Kontrolle? Wie das denn?«

»Ich meine das. Ich habe das unter Kontrolle.« Anya hätte er nicht weniger unter Kontrolle haben können. Im Kopf hatte er sie, und zwar ständig. Kontrolle sah anders aus.

»Sei einfach charmant. Und wirf ihr keinen von uns zum Fraß vor. Kein Wort von unseren Geheimnissen«, mahnte Miles.

»Ich habe keine Geheimnisse«, sagte Nathan achselzuckend.

Der Glückspilz.

Trevin stand auf. »Okay. Dann wär's das also für den Moment. Nathan, ich glaube, du musst heute als Erster in die Maske, aber schau zur Sicherheit noch mal auf den Plan.«

Matt lief zum Bühnenrand und sprang hinunter.

»Deinem Knie scheint's ja echt besser zu gehen«, rief LJ aus der dritten Sitzreihe. Wo war der denn hergekommen? »Wirklich eine erstaunliche Heilung.« Sein Gesicht war unbewegt. Keine Emotion. Keine Freude über seine Genesung. Scheiße. Hatte er wirklich einen Verdacht?

Einen Augenblick lang zögerte Matt, dann ging er weiter. »Danke schön«, sagte er, als er an dem Kerl vorbeieilte, der dafür verantwortlich war, dass sein Bruder jetzt in der Entzugsklinik hockte.

Hau ihm keine rein. Hau ihm keine rein.

Er wiederholte sein Mantra, bis er den Zuschauerbereich verlassen hatte und wieder im Bus war.

Er warf einen Blick auf den Aushang für die Maske, und tatsächlich stand Nathans Name ganz oben, gefolgt von seinem eigenen. Matt nahm sein Handy aus der Tasche und ließ sich auf eine der Sitzbänke fallen. Er rief Instagram auf, dann seinen privaten Twitter-Account, und dann konnte er es sich nicht verkneifen, auf *WowSounds.com* zu gehen.

On the Road

Vielen Dank für die vielen tollen Kommentare, einige davon werde ich Will vorlesen, vielleicht hat er ja Lust, darauf zu antworten. Malt euch die Lippen an, Mädels, es könnte sein, dass er gerade EUCH (also euren Kommentar) anschaut!
Die Euphorie nach der Show hält lange an, wie sich zeigt. So richtig lange. Wenn ihr gestern Abend unter den Letzten wart, die das Stadion verlassen haben, besteht die Chance, dass Will euch von oben auf dem Dach beobachtet hat. Anscheinend mag der Kerl die Höhe und den Himmel und kennt sogar das eine oder andere Sternchen mit Namen (Nathan, Ryder, Miles und Trevin nicht mitgezählt).

Matt grinste und nahm sich vor, ein paar Sternbilder zu googeln, um sie Anya beim nächsten Mal zeigen zu können.

Als Fan von World of Warcraft steht ihr direkt auf Wills Liste. Er ist ein Meister in diesem Spiel wie offenbar auch der Rest der Band. Sie spielen online unter Pseudonymen, also, wer weiß? Vielleicht habt ihr ja schon mal gegen sie gespielt!
Und die besten News des Tages: Ich habe den Auftrag, Fotos zu machen … also freut euch auf ein paar ungestellte Bilder von Will, dem Nicht-ganz-so-Schüchternen. Wobei werde ich ihn erwischen? Wobei soll ich ihn erwischen? Lasst es mich wissen! Kein Schweinkram, bitte.
Morgen mehr aus New Orleans! Bleibt dran, hier auf WowSounds.com!

Fotos? Vielleicht ließ sie ihn ja auch Fotos von sich machen? Er wünschte, er hätte schon eines, das er sich ansehen könnte. Genau! Seine Mission für heute Abend war es, an Fotos zu kommen. Heute Abend. Hmm. Er wusste, ein paar von den Jungs würden heimlich abhauen, um sich die Bourbon Street im French Quarter anzuschauen. Vielleicht würde er Anya dorthin mitnehmen. Es wäre schön, mal rauszukommen. Ryder hatte ihnen versichert, dort sei es immer so voll, dass sie sich mit minimaler Tarnung prima amüsieren konnten.

Oder vielleicht wollte er sie lieber ganz für sich haben.

Das war so merkwürdig. Es gab sogar Fotos von ihm im Internet mit einem Verband am Knie. Sie klickte sich durch die Seiten der Fanpage. Sie konnte nur darüber staunen, dass sie tatsächlich mit dem Mann geknutscht hatte, der auf so vielen Fotos und in so vielen Zeitschriften abgebildet war. Es war verrückt. Wenn sie zusammen waren, kam er ihr gar nicht berühmt vor. Und wenn sie getrennt waren, konnte sie den Foto-Will und den Will, den sie kannte, nicht zusammenbringen. Es war, als wären es zwei verschiedene Wills.

Sie nahm ihr Notizbuch und blätterte bis fast zum Anfang zurück. Will war in Jacksonville, Florida aufgewachsen und irgendwo hatte sie sich auch den Namen seiner Highschool notiert. Da: Joseph Hood Memorial High School.

Langsam unterstrich sie den Namen. Sollte sie? Nein. Das wäre doch total stalkermäßig. Es war eine Tournee-Affäre, mehr nicht. Und nach allem, was Natasha gesagt hatte, war es vielleicht nur eine Angelegenheit von wenigen Tagen. Sie sollte sich keinen Illusionen hingeben. Sie sollte nicht wissen wollen, wie Alice Singleton aussah. Ach, wer würde schon davon erfahren? Schnell suchte sie im Internet nach seiner Schule und klickte sich jahrgangsweise durch die Fotogalerie.

Okay, letzte Chance aufzuhören. Aber sie wollte nicht. Sie klickte auf das Jahr, in dem er in der neunten Klasse gewesen war, und überflog die Namen unter den Fotos. Singleton, Singleton, Singleton. *Da!*

Sie sah wirklich hübsch aus. Glatte blonde Haare, mit einem Haarreifen zurückgehalten. Das passte. Sie sah Natasha ein bisschen ähnlich. Fein geschnittene Gesichtszüge und sehr helle Haut.

Kein bisschen wie Anya.

Sie schlug die Seite über Will in ihrem Notizbuch auf und notierte sich weitere Fakten.

Hat sich das rechte Knie verdreht.
Behauptet, auf der Tournee noch niemanden geküsst zu haben. (gelogen)
Küsst definitiv beim ersten Date (siehe Natasha).
Hatte schon Sex. Fragt sich, mit wem.

Sie schüttelte die Gedanken ab, schloss die Website der Schule und trommelte mit den Fingerspitzen auf den Tisch. Ihr E-Mail-Postfach blinkte und sie öffnete es.

Mrs Anderson,
könnten Sie es einrichten, dass wir uns am Donnerstag im Café Rendezvous im French Quarter treffen? Ich würde mich freuen, Sie dort zu sehen, sagen wir um 13 Uhr? Bitte geben Sie mir Bescheid, ob Ihnen das recht ist. Ich werde Ihre Schecks mitbringen, wir können besprechen, wie lange Sie auf der Tournee bleiben und wie lange Ihr Mann und Ihre Kinder ohne Sie auskommen können.
Herzliche Grüße
Cynthia

Anya wurde vollkommen starr, ihre Muskeln verkrampften sich. Sie zog die Schultern hoch, um die Verspannung zu lösen. Nein, nein, nein. Cynthia würde auf den ersten Blick wissen, dass Anya keine verheiratete Mutter war. Mit ihrem Job wäre es vorbei und wahrscheinlich würde sie ihren Backstage-Pass zurückgeben müssen. Wahrschcinlich? Garantiert. Heute könnte ihr letzter Tag mit Will sein. Ihre letzte Chance, an die Superstory zu kommen. Die letzte Chance, so viel wie möglich mit ihm zu knutschen. Ihr wurde kalt und sie schlang sich die Arme um die Taille.

Ein Müsliriegel traf sie am Kopf. »Iss was«, sagte Natasha. »Du siehst total blass aus. Geht's dir gut?«

»Klar, mir geht's prima«, brachte Anya matt hervor.

»Und ich bin Beyoncé. Willst du sehen, wie ich mit dem Arsch wackeln kann?« Natasha drehte sich um, zog ihr Shirt hoch und schwenkte ihren Hintern mit schätzungsweise 100 km/h.

Anya lachte, ihr blieb gar nichts anderes übrig. »Wie geht's Nick?«

»Nettes Ablenkungsmanöver, Süße. Was ist los?« Natasha setzte sich auf den Platz ihr gegenüber und beugte sich vor. »Bin ganz Ohr.«

»Ehrlich, es ist nichts.« Anya fing an, an ihrer Nagelhaut herumzuzupfen, merkte aber sofort, wie verräterisch das war. Sie sah auf und setzte sich auf ihre Finger.

»Ist es wegen Will?«, fragte Natasha. »Ich will mich ja nicht einmischen, aber ich hab euch gestern Abend in dem Zimmer da hinten reden hören. Ich wusste nicht, dass was zwischen euch ist, sonst … sonst hätte ich nichts davon gesagt … du weißt schon.« Mitfühlend legte sie den Kopf schief.

»O Gott.« Anya stöhnte auf und ließ den Kopf auf die Tischplatte fallen.

»Na komm, ist schon okay. Erzähl es Tante Tasha. Ich bin älter und weiser.«

Anya hob den Kopf vom Tisch. »Du meinst, du gibst dich für älter aus.«

»Ach Süße. Du kannst sagen, was du willst, aber mit dreiundzwanzig bin ich immer noch ein gutes Stück älter als du, oder nicht?«

Anya brachte kein Wort heraus. Alles um sie herum schien zu implodieren.

»Okay, Schluss jetzt. Ich habe eine Stunde Zeit, bevor Nathan in die Maske kommt. Lass uns von hier verschwinden und irgendwo 'nen Kaffee trinken. Wir können reden. Ehrlich. Ich bin eine tolle Freundin, wenn du mir eine Chance gibst.« Ihre Stimme klang weich und der Ausdruck in ihren Augen hätte nicht aufrichtiger sein können.

Vielleicht brauchte sie eine Freundin. Natasha hatte ihr versichert, dass sie jetzt Freundinnen wären. Sogar Familie. Und sie hatte nichts getan, was den Eindruck hätte erwecken können, sie wären *keine* Freundinnen. Aber Anya lebte jetzt schon so lange damit, dass sie sich nur auf sich selbst und Jude verließ. Und mit Jude sprach sie eigentlich nie. Selbst wenn er physisch für sie da war, war er geistig meist irgendwo anders. Sie wollte – musste – Natasha einen Vertrauensvorschuss geben. Anya nickte, stand auf und hoffte inständig, dass sie gerade nicht den größten Fehler ihres Lebens beging.

Wenige Minuten später sprudelte es nur so aus ihr heraus. Ein Teil jedenfalls. Es hätte keinen Sinn gehabt, Natasha mit den Problemen ihres kläglichen Lebens zu langweilen, aber sie erzählte von dem geplanten Treffen mit ihrer Chefin bei *WowSounds*, die Anya für eine verheiratete Mutter hielt. Als sie geendet hatte, starrte Natasha sie gut zehn Sekunden lang mit aufgerissenen Augen an.

Und dann lachte sie. Zuerst war es ein beinahe ungläubiges Schnaufen. Dann prustete sie los, um im nächsten Moment so schallend zu lachen, dass sie sich buchstäblich an der Tischkante festklammern musste.

Anya war baff. Aber dann erwachte ein Funken Galgenhumor in ihr. Es war immer noch besser zu lachen, als zu weinen. Sie brachte ein Lächeln zustande. Und dann lachte sie mit. Wenn auch eher darüber, dass Natasha sich offenbar nicht mehr auf ihrem Stuhl halten konnte.

»O Gott, tut mir leid. Ich lache nicht über dich. Es ist nur ... Wo hast du dich na nur reingeritten?« Natasha schüttelte den Kopf. »Wirst du dich mit ihr treffen?«

»Ich weiß es nicht. Ich kann wohl kaum eine Vierundzwanzig-Stunden-Tollwut vorschieben. Oder?«

»Gibt es so was? Möglich wäre es schon«, sagte Natasha. »Aber Spaß beiseite: Du musst hingehen und so tun, als wärst du, sagen wir ... vierundzwanzig? Jünger geht wahrscheinlich nicht, wenn du vorgeben willst, einen Göttergatten und Kinder zu haben.«

»Ich hab ja nicht einmal etwas zum Anziehen, das für

jemanden in diesem Alter angemessen wäre.« In Gedanken ging sie ihre Garderobe durch, was etwa 0,3 Sekunden dauerte.

»Komm zu mir, bevor du dich mit ihr triffst. Ich schau mal, ob ich ein Outfit für dich zusammenstellen kann, mit dem man dir das abkauft. Und wenn das nicht hinhaut, geh ich an deiner Stelle. Ich hab alle deine Blogbeiträge gelesen, ich weiß also, was sie erwartet. Mach dir keine Sorgen. Siehst du? Tante Tasha kriegt alles wieder hin. O Gott, mir wird gerade klar: Wenn du gefeuert wirst, kommst du gar nicht mehr zurück, oder? Kein Will mehr, keine Artikel mehr. Scheiße, das ist echt ätzend. Ich lasse mir auf jeden Fall was einfallen, ja?«

»Okay.« Es war beinahe ein Flüstern. Natasha hatte recht, nie wieder Will. Anyas Kopf weigerte sich, diese Information zu verarbeiten. Und ihr Herz erst recht. Sie musste alles tun, um bleiben zu dürfen. Sie tat das für Jude, oder? War es moralisch verwerflich, wenn sie auch daran dachte, Will nicht verlieren zu wollen?

Natasha umarmte sie ungeschickt über den Tisch hinweg, und Anya fehlten die Worte, um die in ihr aufsteigende Emotion zu beschreiben. Jemand wollte für sie da sein. Jemand wollte ihr helfen. Das war unfassbar. Ihre Mutter hatte im letzten Monat, in dem sie noch halbwegs bei sich gewesen war, von nichts anderem gesprochen, als dass alle hinter ihr her seien und Anya niemandem vertrauen, sich auf niemanden verlassen dürfe. Wenn sie ehrlich war, hatte sie sich diesen Rat zu

Herzen genommen – mal abgesehen, was Jude betraf. Sie merkte, dass Natasha sich wieder hingesetzt hatte. »Vielen, vielen Dank.«

»Gern geschehen, Süße.«

Eine Weile nippten sie schweigend an ihrem Kaffee, dann wurde die Tür so heftig aufgestoßen, dass die ganze Imbissbude erzitterte. Natasha verdrehte die Augen und flüsterte Anya unauffällig zu: »Sister Act.«

»Was hast du gesagt?«, fragte das ältere der beiden Mädchen. Sie war groß und perfekt geschminkt, auch wenn sie zu jung wirkte, um so viel Camouflage nötig zu haben. Sie stemmte die Fäuste in die Hüften, ihre Augen blitzten.

Die Jüngere der beiden huschte mit gesenktem Kopf an ihnen vorbei, zu der Frau, die den Kaffee machte.

Natasha grinste. »Zu dir? Gar nichts«, erwiderte sie gedehnt.

»Ich kann dafür sorgen, dass du in null Komma nichts gefeuert wirst, also pass lieber auf.« Wow, sie war so ... *fies*.

»Und wie vielen Leuten hast du damit heute schon gedroht, Schätzelein? Zehn? Zwanzig? Es verliert seine Wirkung, wenn das alles ist, was du draufhast. Probier's doch zur Abwechslung mal mit Nettsein.«

»Ich brauche nicht nett zu sein. Ich bin berühmt«, gab das Mädchen höhnisch zurück, und Anya nahm an, dass sie damit wohl recht hatte.

»Warum ziehst du nicht Leine und terrorisierst jemand anderen? Wir sind fertig miteinander.« Natasha stand auf und Anya beeilte sich ihr zu folgen. Auf keinen Fall wollte sie mit Cruella de Vil allein bleiben.

Draußen musste Anya einfach etwas sagen. »Ich glaube, mir ist noch nie jemand begegnet, der so fies zu anderen ist.«

Natasha seufzte. »Oh ja, ich weiß. Jemand sollte ihr sagen, dass es im richtigen Leben nicht zugeht wie in einer Seifenoper. Aber ich mach das nicht. Ich brauche meinen Job. Und es ist ein klasse Job.«

»Danke noch mal, dass du mir hilfst«, sagte Anya, als sie sich auf den Rückweg zum Parkplatz machten.

»Gern geschehen. Ehrlich, es ist schön, dich um mich zu haben. Man könnte also sagen, was ich mache, ist reiner Egoismus.«

Natasha drückte Anyas Arm und ihr drohten die Tränen zu kommen. Menschen waren nett. Na ja, außer Cruella vielleicht. Vielleicht gab es noch mehr Menschen da draußen, die ihr helfen würden. Vielleicht würde sie nicht ihr ganzes Leben allein verbringen müssen. Sie würde darüber nachdenken.

»Hey, komm in etwa einer Stunde im Make-up-Wagen vorbei. Dann müsste ich gerade mit Will zu Gange sein.« Sie schüttelte den Kopf. »Also nicht in *dem* Sinne. Du weißt schon. Sein Make-up machen.«

Über diese plötzliche Besorgnis musste Anya einfach lachen. »Schon gut. Ich weiß, was du gemeint hast. Ist gut, ich komm vorbei.«

»Ich glaub, das wird dir gefallen. Die Maske ist so was wie ein Beichtstuhl. Wollen wir doch mal sehen, was wir für deine Blogbeiträge aus ihm rauskriegen. Ich liebe die übrigens.« Sie zwinkerte ihr zu und ließ Anya vor dem *Hanging-On*-Bus allein.

Kapitel 13

Als Zweiter in die Maske zu müssen, war ziemlich ätzend. Nicht so schlimm, wie als Erster dran zu sein, natürlich. Aber diese Dreiviertelstunde extra war nicht genug, um irgendwas zu machen, außer ständig auf die Uhr zu gucken, damit man nicht zu spät kam. Wegen Zuspätkommens die Zeit in der Maske zu überziehen machte einen bei den anderen nicht gerade beliebter. Während seiner Zeit bei der Band hatte er das einmal verbockt und der Auftritt an dem Abend war die Hölle gewesen.

Aber zu früh wollte er auch nicht auftauchen, weil Natasha immer ein bisschen komisch zu ihm war. Fünf Minuten vor seinem Termin ging er in den Make-up-Trailer.

Nathan saß noch auf dem Stuhl und unterhielt sich mit Natasha und Anya. Sofort fühlte er die körperliche Anziehung. Aber dann fiel ihm ein, dass sie ihn gleich in der Maske sehen würde. Verdammt. Es war absolut nichts sexy daran, einem Kerl dabei zuzusehen, wie er geschminkt wurde. Da war er sicher.

»Sorry, Will. Wir sind ein bisschen spät dran.« Bevor er Nathan einen bösen Blick zuwerfen konnte, fuhr sie fort: »War meine Schuld. Ich konnte meine letzte Tube wasserfeste Grundierung nicht finden und musste erst die neue Lieferung holen gehen.«

Er spürte, wie ihm die Hitze in die Wangen stieg. Er hatte das angebrochene Make-up am Abend ihres letzten Auftritts aufgebraucht. Er hatte immer noch eine Menge zu verbergen.

Matt senkte den Kopf und setzte sich auf einen Platz, der so weit wie möglich von Anya entfernt war. Er hoffte, dass er nicht ernsthaft rot wurde, aber zum Glück war das Licht hier im Trailer ziemlich mies – abgesehen von der Ecke, in der Natasha arbeitete. Die war grell ausgeleuchtet. Damit man jeden Makel umso besser sah.

Er hob den Blick und lächelte Anya an. Sie wurde rot. Prima. Die Situation war ihnen beiden peinlich.

»Hat LJ Ärger gemacht, als du von der Bühne bist? Ich hab gehört, dass er was zu dir gesagt hat, als du gegangen bist«, fragte Nathan von seinem Stuhl aus.

Anyas Kopf fuhr hoch. Wahrscheinlich dachte sie, es ginge um sie.

»Es ist einfach die reine Freude, in seiner Nähe zu sein. Das kann ich dir sagen«, antwortete Matt ausweichend. Er verlagerte das Gewicht und versuchte, in Anyas Gesicht zu lesen. War ihr das mit gestern Abend peinlich? Was sie getan hatten? Dass sie rumgemacht hatten? Es war ziemlich intensiv gewesen. Er beschloss zu handeln. Sie vor Natasha und Nathan zu einer Reaktion zu zwingen.

Er stand auf, setzte sich neben Anya und legte den Arm um sie. *Nimm das, Peinlichkeit!* In diesem Augenblick wurde ihm bewusst, dass er nicht mehr nur mit Anya flirtete. Er wollte mehr von ihr. Er wollte mehr über sie erfahren. Nein, er wollte *alles* über sie erfahren.

Nathan und Natasha erstarrten für einen Sekundenbruchteil, als sie ihn im Spiegel betrachteten. Dann war ihr Geheimnis jetzt wohl aufgeflogen. Tja, zu schade. Er wollte es nicht geheim halten. Anya versteifte sich kurz, aber dann lehnte sie sich an ihn und legte die Hand auf seinen Schenkel. Gut. Also war noch alles in Ordnung. »Siehst du dir das Konzert heute Abend an?«, fragte er sie.

Sie zögerte. »Das kommt drauf an, wie viele Strafaufgaben ich noch habe.«

Matt lachte. »Nicht zu glauben, dass ich davon gestern Abend nicht mehr eingefordert habe.« Er drückte ihre Schulter. »Du hast erst eine abgearbeitet. Sind also noch vier übrig. Und ja, bevor du fragst, ich werde weiterzählen. Du musst also immer noch tanzen.«

»Natasha?«, rief sie. »Schaust du dir das Konzert heute an?«

»Klar mach ich das, Süße. Lass ich mir fast nie entgehen«, gab sie aus ihrer Ecke zurück.

»Können wir zusammen hingehen?«

»Aber ja! Mit wem soll ich mich sonst über Sister Act lustig machen?«

»Sister Act?«, fragte Nathan.

»Cherry.«

»Autsch. Lass das nicht Paige hören. Die war in letzter Zeit nicht allzu gut drauf«, sagte Nathan.

Natasha lachte. »Schätzchen. Wann hatte die jemals gute Laune?«

»Na ja, als sie was mit Miles hatte, da war sie ziemlich happy.« Nathan zuckte die Achseln.

»Aber nur, weil sie die Weltherrschaft geplant hat und Kinder und so«, erwiderte Natasha. »Das wisst ihr doch alle.«

»Stimmt«, sagte Nathan »Gut, dass wir sie durchschaut haben, bevor er sich in sie verliebt hat. Ich glaube, sie hatte diese verrückte Vorstellung, dass sie irgendwie Mitglied des Königshauses wird, wenn sie Miles heiratet. Nur weil er Engländer ist. Weißt du noch, Will? Sie fing an, Diademe zu tragen. Überall, nicht nur auf der Bühne.«

Matt schrak hoch. »Das weiß ich nicht mehr.« Er konnte sich auf nichts anderes konzentrieren als auf die Kreise, die Anya mit den Fingerspitzen auf sein Bein malte.

Nathan sagte: »Wie kannst du das nicht mehr wissen? Du hast dich vor ihrer Nase darüber lustig gemacht, sie würde Königin von England werden, und sie gefragt, wie viele Kammerzofen sie haben würde. Ich wusste nicht mal, was Kammerzofen überhaupt sind. Weißt du das echt nicht mehr? Du hast mir gesagt, ich soll mir *Die Tudors* anschauen, was ich gemacht hab, und meine Mom hätte mich fast gekillt.« Er grinste verschmitzt. »Da hab ich's einfach auf dem Handy weitergeguckt.«

»Was sind *Die Tudors*?«, fragte Anya.

»Du hast noch nie von *den Tudors* gehört? Das war eine Serie über Henry VIII. von England und seine sechs liebreizenden Frauen«, sagte Matt.

»Und warum war deine Mom deswegen sauer? Klingt doch, als könnte man da was lernen«, fragte sie Nathan.

»Tjaaaa. Das darfst du jetzt übernehmen, Will«, sagte Nathan zwischen den Zähnen hindurch, während Natasha ihm um die Lippenkonturen so einen merkwürdigen Bräunungsstift auftrug.

»Es ist weniger lehrreich, als ... wie soll ich das ausdrücken?«, überlegte Matt.

»Pornografisch? Ist das das Wort, nach dem du suchst?«, warf Natasha ein.

»Vielleicht ein bisschen pornografisch, aber auch lehrreich, ehrlich«, sagte Matt. Als er Nathans grinsendes Gesicht im Spiegel sah, fing er an zu lachen, und Nathan musste Natashas Hand wegschieben, damit sie ihm nicht das ganze Gesicht vollmalte, während er lachte.

Natasha gab ihm einen Klaps auf die Schulter. »Halt still, du kleiner Perversling, sonst schafft es keiner von euch pünktlich auf die Bühne.« Sie drückte ihm ein Kosmetiktuch in die Hand, und er wischte sich die Lachtränen ab, die sein Make-up verschmierten.

Matt wandte sich an Anya. »Okay, bevor ich das mache, musst du mir versprechen, dass du mich mit Make-up nicht eklig findest.« Er hielt ihr den kleinen Finger hin. »Ehrenwort?«

Sie verschränkte ihren kleinen Finger mit seinem. »Ehrenwort. Ehrlich gesagt finde ich es sogar ziemlich attrakt... cool, meine ich. Hat was von *Cabaret*.«

»Was ist *Cabaret?*«, fragte Matt, obwohl in gut drei Vierteln seines Hirns nur das Wort attraktiv widerhallte.

»Einen Moment. Hier.« Sie rief ein paar Youtube-Clips auf, in der eine Frau in einem verrauchten Club mit einem Mann tanzte, der eine Riesenmenge Augen-Make-up trug. Es war auf eine elegante Art anrüchig. Und tatsächlich attraktiv. Auf eine düstere Art.

»Woher kennst du das? Wer ist diese Frau?«, fragte er.

»Ist ein uralter Film. Der war schon alt, als meine Mom ihn immer geguckt hat. Die Frau ist Liza Minelli. Sie ist sagenhaft in diesem Film.«

»Vielleicht können wir ihn uns heute Abend nach dem Konzert ansehen. Ich wette, wir finden ihn auf Netflix.«

Sie zog die Stirn ein wenig kraus, als würde er Wörter benutzen, die sie nicht verstand, stimmte aber zu. »Klar. Wenn du glaubst, du kannst nach der Show still sitzen.«

Bevor er antworten konnte, bürstete Natasha Nathan ab, schickte ihn in die Garderobe und schwenkte den Stuhl für Matt herum. »Gnädiger Herr«, sagte sie und wedelte mit einem kleinen Handtuch.

Er sah sie augenrollend an und setzte sich. Sie steckte ihm die Haare zurück und verteilte mit einem Wattebausch Lotion auf seiner Haut.

»Wie ich sehe, hast du dich nett um Anya gekümmert, seit sie hier ist. Der reinste Gentleman«, sagte sie mit ihrem Südstaatenakzent.

»Ich bin der vollendete Gentleman.« Er lächelte Anya im Spiegel an. Dem zumindest konnte sie nicht widersprechen. Aber er sah, dass beide ein wenig enttäuscht aussahen. Anya suchte kurz Natashas Blick und sah dann wieder auf ihr Tablet. »Was? Was habe ich gemacht?«

Es entstand eine kurze Stille, bevor Natasha sagte: »Nichts, Schätzchen. Überhaupt nichts.«

»Er war wirklich sehr gentlemanlike zu mir, versprochen«, sagte Anya.

»Dann ist ja gut.« Stille.

»Was hast du als Nächstes vor?«, fragte Matt Natasha.

»LJ hat mich vor ein paar Wochen gefragt, ob ich mit auf Welttournee komme. Deshalb versuche ich, alle anderen Aufträge zu verschieben, um mitkommen zu können.«

»Oh. Ich wusste gar nicht, dass ihr auf Welttournee geht. Sollte ich wahrscheinlich wissen, oder? Wohin geht es?«, fragte Anya.

Matt sah erwartungsvoll Natasha an, doch die sah genauso erwartungsvoll ihn an. Aber er kannte die Antwort nicht. Bei den Plänen für die Welttournee hatte er kein Stück zugehört, weil er damals schon gewusst hatte, dass er nicht daran teilnehmen würde. Bis dahin würde Will zurück sein. »Europa?«, riet er.

Sie verdrehte die Augen und trug etwas auf, das sie Primer nannte. »Es ist hauptsächlich eine Europa-Tour, aber weil wir auch ganze zehn Auftritte in Japan haben, können wir es offiziell Welttournee nennen. Ich hab auch Gerüchte über Australien gehört, das wäre cool.«

»Klingt aufregend«, meinte Anya.

»Ich bin aufgeregt«, sagte Natasha. »Eine Bekannte hat mich an eine Frau vermittelt, die traditionelles Geisha-Make-up macht und sagt, sie würde es mir beibringen. Jetzt spare ich Geld, um mir vor Ort die Originalprodukte kaufen zu können.«

»Wie cool«, sagt Anya. Matt hätte gern gewusst, ob sie darüber nachdachte, wie es mit ihrer Beziehung weitergehen würde. Wenn er doch nur hätte sagen können: Keine Sorge, im Herbst geh ich aufs College. Aber das konnte er nicht. Er konnte ihr keine Gewissheit geben. Er wusste ja nicht mal, ob sie das überhaupt wollte.

»Jupp«, stimmte Matt zu, obwohl er nicht ganz sicher war, was Geisha-Make-up war.

Natasha klopfte behutsam sein Gesicht ab. »Schon komisch. Seit deinem Unfall …« Sie verstummte, und er sah im Spiegel, wie Anya ruckartig den Kopf hob.

Was ist hier los?

»Was ist seit meinem Unfall?« Er zog die Brauen zusammen.

Natasha zögerte einen Moment und zuckte dann die Achseln. »Du musst ziemlich heftig aufs Gesicht gefallen sein. Seit du wieder da bist, hat sich dein Knochenbau verändert. Nichts Großes, nur ein paar Millimeter hier und da. Das ist irre. Ich hätte nicht gedacht, dass ein schlimmer Sturz solche Verschiebungen bewirken kann. Aber anscheinend ist es möglich.« Sie zückte eine riesige Puderquaste. »Luft anhalten.«

Während er darauf wartete, dass sich die Puderwolke legte, überlegte er, was er jetzt sagen sollte. Zumindest hatte sie ihm schon selbst eine Erklärung dafür geliefert, warum sein Knochenbau sich von dem seines Bruders unterschied.

»Du willst also sagen, ich sehe jetzt besser aus als vorher?«

Bevor sie antworten konnte, klingelte sein Handy. Er sah aufs Display. Es war seine Mutter.

Er wischte mit dem Finger über den Bildschirm und gab Natasha ein Zeichen, die nickte und ihre Pinsel sortieren ging, um ihn allein zu lassen.

»Hey Mom.« Er verschwand im Bad.

»Wie läuft's bei dir, Schatz?«

»So weit, so gut. Wie geht's euch allen so?«

»Ich habe tolle Neuigkeiten. Er ist fertig mit dem Entzug. Er hat die Kurve gekriegt und ist jetzt wieder ganz gesund. Er glaubt, er kann wieder in die Tour einsteigen.«

Matts Herz fing an zu rasen. Er spähte zu Anya, die sich draußen mit Natasha unterhielt. »So schnell? Seid ihr sicher, dass das eine gute Idee ist?« Matt wand sich. Er ließ zu, das seine Gefühle für Anya alles andere überlagerten.

»Ich bin mir ziemlich sicher. Das sind fantastische Nachrichten, Matt. Das heißt, du kannst dein eigenes Leben weiterführen. Freust du dich denn gar nicht?«

»Doch. Das sind tolle Nachrichten. Gib ihm 'ne Kopfnuss von mir, ja?«

»Er meldet sich bald bei dir, um den Rücktausch zu planen, okay?«

»Okay.«

»Hals- und Beinbruch für heut Abend.«

»Danke. Hab dich lieb.«

»Ich dich auch, mein Schatz.« Sie legte auf.

Noch einmal sah er Anya im Spiegel an und es überlief ihn kalt. Ihm blieben nur noch wenige Tage mit ihr, und dann musste er verschwinden und sie in dem Glauben lassen, sie hätte eine Beziehung mit Will.

Am Anfang hatte er nur ein bisschen Spaß mit ihr haben wollen. Aber jetzt war er weit darüber hinaus. Er hatte sich in sie verliebt. Er hatte sie geküsst. Und letztendlich würde ihm nichts anderes übrig bleiben, als sie zu vergessen. Oder es zu versuchen. Bei der Vorstellung, dass Will an dem Punkt übernehmen würde, an dem Matt ausstieg, drehte sich ihm der Magen um.

Wahrscheinlich hätte er sich das alles gründlicher überlegen sollen.

Anya hatte also nicht mehr herausgekriegt, als dass Jungs eben Jungs waren, selbst die niedlichen, von denen man nie denken würde, dass sie *Die Tudors* auf dem Handy gucken. Sie wusste noch nicht, wie sie das in ihren Artikel einflechten konnte und ob sie Nathan Ärger mit seiner Mutter einbrocken wollte.

Für so etwas war sie einfach nicht geschaffen. Ihr Artikel über Obdachlose war von Herzen gekommen und ihr Text hatte niemandem geschadet. Aber für Geld eine private Story aufdecken? Menschen in die Scheiße zu reiten? Menschen, die sie kannte? Das kam ihr so falsch vor.

Ihre Skrupellosigkeit hatte sich in dem Augenblick in Luft aufgelöst, als Anya den ersten Schritt in den luxuriösen Bus gesetzt hatte, der im Moment ihr Zuhause war. Nicht, dass sie einen der Jungs wirklich gekannt hätte. Nicht einmal Will, der ihr immer irgendwie ein kleines bisschen seltsam vorkam. Auf der Bühne wirkte er wie der selbstbewussteste Mensch der Welt, aber sonst war er zögerlich, fast, als müsste er alles überdenken, was er sagte oder tat. Bis dann die Anspannung von ihm abfiel, und dann konnte man sich praktisch nicht mehr vorstellen, dass er je schüchtern gewesen war.

Fast, als wären es zwei unterschiedliche Personen.

Aber so etwas gab es nur in Kinofilmen. Außerdem wusste er, dass sie hier war, um ein paar schmutzige Geheimnisse aufzudecken. Wer wäre da nicht nervös?

Anya konnte sich nicht vorstellen, jemanden in der Öffentlichkeit bloßzustellen. Weder zum Spaß noch für Geld. Das war falsch, und sie wollte nie im Leben ein Mensch sein, der so etwas tat.

Nachdem Will in die Garderobe gegangen war, sagte

Natasha, Anya solle wiederkommen, nachdem das letzte Bandmitglied für diesen Abend fertig geschminkt war. Als es so weit war, schraubte Natasha gerade die Deckel auf Kosmetiktuben und ordnete ihre Utensilien.

»Setz dich, jetzt bist du dran«, sagte sie grinsend.

»Was? Nein, nein, schon gut. Mach dir keine Umstände.« Sie wollte Natasha keine Schwierigkeiten bereiten, nachdem sie ihr für den kommenden Tag ihre Hilfe angeboten hatte.

»Es macht mir keine Umstände. Im Gegenteil, es hilft uns für morgen. So bekomme ich ein Gefühl für deine Haut und die Farben, die dir stehen. Setz dich.« Natasha schwenkte den Stuhl herum und deutete auf die Sitzfläche.

»Ja, Ma'am.«

»Du sollst heute Abend zauberhaft aussehen. Es wird eine heiße Nacht und du und ich werden das Beste daraus machen.« Sie schnappte sich ein paar Tuben und Wattebäusche und machte sich an die Arbeit.

»Was meinst du mit heiß?«, fragte Anya.

»Es ist warm und schwül und auf uns wartet ein Abenteuer. Spürst du das nicht? Wir haben Backstage-Pässe für die derzeit angesagteste Band der Welt, wir sind mittendrin. Und wir haben die besten Plätze im ganzen Haus. Lässt das dein Herz nicht höherschlagen? Also meins schon. Vielleicht ist New Orleans meine spirituelle Heimat, aber vielleicht liegt auch einfach etwas in der Luft.«

»Okaaay«, sagte Anya gedehnt, aber wenn sie ehrlich

war, spürte sie es auch. Doch es lag nicht an New Orleans. Ihr wurde bewusst, dass sie gerade miterleben durfte, wie Geschichte geschrieben wurde. Vielleicht keine weltverändernde Geschichte, aber dennoch etwas Wichtiges. Und Natashas Begeisterung war ansteckend.

»Erzähl mir etwas über dich, das niemand sonst weiß«, sagte Natasha, einen Make-up-Pinsel zwischen den Lippen.

Anya schmunzelte. »Das ist leicht. Niemand weiß irgendwas über mich!« Warum hatte sie das gesagt? Doch noch während sie die Worte aussprach, streifte ein hauchdünner Lichtstrahl ihre Seele. *Vielleicht war die Wahrheit befreiend?*

Natasha nahm den Pinsel aus dem Mund. »Wie meinst du das?«

»Als ich fünfzehn war, hat mich meine Mutter in unserem Haus zurückgelassen. Seitdem bin ich allein.« Der Lichtstrahl in ihr wurde breiter. War es die Lösung, ihre Geheimnisse mit jemandem zu teilen? Was das Treffen mit ihrer Chefin anging, war Natasha, ohne zu zögern, auf ihrer Seite gewesen. Vielleich war es das Richtige, sich ihr anzuvertrauen. Allein die Überlegung, ihr alles zu sagen, ließ das, was Anya mit sich herumschleppte, um Kilos leichter erscheinen.

»Was? Ach, Süße. Was ist mit dir passiert? Wo wohnst du jetzt?« Natasha ging vor ihr in die Knie, auf ihrem Gesicht zeichnete sich Besorgnis ab.

»Im Moment wohne ich hier im Bus. Alles, was ich besitze, ist in meinem Rucksack. Morgen treffe ich mich mit meiner Chefin, die glaubt, ich wäre siebenundzwanzig, verheiratet und Mutter. Wenn sie mich sieht, wird sie wissen, dass ich nichts von alldem bin. Und wenn ich morgen meinen Job verliere, muss ich nach Tulsa zurücktrampen und mir ein Obdachlosenheim suchen.«

»Du lieber Himmel. Was? Nein, nein, nein. Das lasse ich nicht zu. Wenn du gefeuert wirst, denken wir uns irgendwas aus, okay? Oh, du Arme, du Arme! Wie alt bist du wirklich?«

Anya schluchzte. »Siebzehn.« Tränen rollten ihr von ganz allein über die Wangen. Wie sollte eine beliebige Person, ein einzelner Mensch, dem sie etwas bedeutete, ihr Leben retten?

Natasha schloss sie in die Arme und strich ihr über die Haare. »Du arme, arme Seele. Du bist so tapfer. Ich werde jetzt auf dich aufpassen, okay? Ich mach dich morgen zurecht und du rockst das Treffen mit deiner Chefin und bleibst für den Rest der Tournee bei uns. Wir machen unser eigenes Sister-Act-Ding.« Sie schüttelte den Kopf. »Ich habe keinen Schimmer, wie du das alles überlebt hast, aber ich bin froh darüber. Zusammen finden wir eine Lösung. Und jetzt hör auf zu weinen, sonst kann ich dich nicht schminken, damit du heute Abend umwerfend aussiehst.«

Anya lachte und fühlte sich so frei, dass ihr schwindelig wurde. »Danke, Natasha. Danke, dass du so nett zu mir bist.«

»Gern geschehen«, erwiderte diese schlicht. »Siehst du, der Make-up-Platz wird nicht umsonst Beichtstuhl genannt. Es hat noch jedes Mal funktioniert.« Sie lächelte Anyas Spiegelbild an.

Zum ersten Mal seit etwa fünf Jahren überkam Anya ein Gefühl von Freiheit. Genau genommen hatte sie sich schon jahrelang um ihre Mutter kümmern müssen, bevor diese verschwunden war. Ihr war nicht bewusst gewesen, wie schwer das auf ihrer Seele gelastet hatte. Wie es sie erdrückt hatte, wie angespannt und nervös sie deswegen gewesen war. Ein großer Teil dieser Last war jetzt weg.

Im Spiegel sah sie Natasha bei der Arbeit zu. Wie konnte jemand so offen dafür sein, einer völlig Fremden zu helfen? Pfarrer Howard tat es, aber er war auch religiös, er musste sich so verhalten. Und Jude. Der war in derselben Lage gewesen wie sie. Aber sonst hatte ihr niemand, absolut niemand Hilfe oder Unterstützung angeboten. Bis auf Natasha. Gab es da draußen noch mehr Menschen wie sie? Dieser Gedanke war Anya bisher nie in den Sinn gekommen. Denn wenn es so gewesen wäre, hätte es keine Obdachlosigkeit gegeben, oder?

Aber was war mit Will? Konnte sie es ihm erzählen?

Sie wollte es so sehr, aber was, wenn er mit einer falschen, heimatlosen Journalistin nichts zu tun haben wollte? Was, wenn er sie dann so behandelte, wie er es mit Natasha machte? Wenn er einfach so tat, als wäre nichts zwischen ihnen? Oder dafür sorgte, dass sie rausflog. Oder ihr das Herz brach.

Einen Moment lang schloss Anya die Augen und spürte den Herzschmerz, der direkt hinter dem Horizont lauerte. Nein. Nein. Sie konnte nicht riskieren, es ihm zu erzählen. Es war zu gefährlich. Zu ... alles.

Natasha war eine Sache. Will eine völlig andere.

Entschlossen öffnete sie die Augen wieder. »Du wirst niemandem etwas davon sagen, oder?« Sie verabscheute, wie kläglich sie klang.

Natasha runzelte die Stirn. »Nein, Süße. Keiner Menschenseele. Solange ich lebe. Okay?«

»Danke«, sagte Anya erleichtert.

»Ich dreh dir die Haare auf, ja? Das wird so hübsch aussehen, wenn du sie mal offen trägst.«

»Okay.« Ihr fiel wieder ein, wie sehr sie Will offen gefallen hatten.

Mit dem Lockenstab legte Natasha ihr die schulterlangen Haare in Locken und Wellen, sodass sie kürzer aussahen und ein bisschen, als ob sie gerade erst aufgestanden wäre. Aber in Kombination mit dem kompletten Make-up sah es wild und aufregend aus. Natasha tauchte einen weichen Pinsel in ganz feines Glitzerpuder und strich damit an einigen Stellen vorsichtig über Anyas Haarspitzen. Sie gab ein wenig Spray darüber und trat einen Schritt zurück, um ihr Werk zu bewundern.

»Fantastisch. Muss mich selber loben.«

Anya betrachtete sich. »Stimmt. Du kannst Wunder vollbringen.«

»Nee. Ich hatte einfach gutes Ausgangsmaterial. Aber jetzt müssen wir was zum Anziehen für dich finden. Warte hier.« Sie lief aus dem Trailer, Anya blieb zurück, drehte und wendete sich vor dem Spiegel und betrachtete, wie der Glitzer in den Spitzen ihrer Locken aufblitzte.

Als Natasha zurückkam, hielt sie ein golden glitzerndes Sommerkleid in der Hand. »Hier. Ich hab uns was geborgt. Das passt bestimmt perfekt zu deinem Teint.«

»Wem gehört das? Wohl niemandem aus der Band, nehm ich an?«

»Ha, du würdest dich wundern! Nee, nur Spaß. Das war eins von Paiges Kostümen, die es nicht geschafft haben. Wir benutzen ständig Kleider, die sie nicht wollte. Sie mag enge, tief ausgeschnittene Sachen, und die erste Kostümbildnerin hatte eher Outfits mitgebracht, die ihrem Alter entsprachen, aber Paige wollte älter aussehen. Na los, geh es anprobieren.« Sie zeigte zum Bad.

Das Kleid war aus einem steifen, brokatähnlichen Stoff, was dem etwas altmodischen, schulterfreien Schnitt Halt verlieh. Der Goldton war heller, als Anya zunächst gedacht hatte. Der Ausschnitt verlief über ihre Brust und ihre Oberarme und der Rock fiel ihr von der eng anliegenden Taille bis auf die Knie. Sie schloss die Augen und versuchte, sich einzuprägen, wie sie in diesem Kleid aussah. Es war perfekt. Und Will würde sie darin lieben. Verdammt, sie selbst liebte sich darin.

Und weil es wie ein Sommerkleid geschnitten war, konnte sie ihre schlichten schwarzen Flipflops dazu tragen, ohne dass es komisch aussah. Ihren Jeansrock und das T-Shirt in der Hand, kam sie aus dem Bad.

»O Gott, ich bin ein Genie«, flüsterte Natasha, als

Anya herauskam. Sie sprang auf und stieß die Faust in die Luft. »Ehrlich. Ich bin einfach saugut! Du siehst wahnsinnig toll aus.«

Sie ging in die Küche und holte ein Kleid, das unter einer Schutzhülle auf einem Bügel hing. »Jetzt bin ich dran. Bin gleich wieder da.«

Es dauerte nicht lange, bis sie in einem figurbetonten, ärmellosen schwarzen Kleid zurückkam; in der Mitte war es mit großen roten Blumen bedruckt, was ihre Taille winzig wirken ließ. »Wow! Was für ein tolles Kleid!«

»Danke, Süße. Bereit für die Show?« Natasha schlüpfte in ein Paar Sandalen mit unendlich hohen Absätzen und stemmte die Fäuste in die Hüften. »Wir werden einen unglaublichen Abend haben, und wenn wir dafür jemanden umbringen müssen. Okay?«

»Okay. Wollen wir hoffen, dass wir nicht so weit gehen müssen.«

»Dann mal los, Sister!«

Anya bemerkte die Blicke, die sie beide auf dem kurzen Weg zum Stadion auf sich zogen. Roadies und Backstage-Leute, die sie bisher nie eines zweiten Blickes gewürdigt hatten, konnten die Augen plötzlich nicht mehr von ihnen abwenden. Vielleicht lag es nur an Natasha. Sie sah aus, als wäre sie gerade dem Titelblatt einer Zeitschrift entstiegen.

»Oh-oh. Schlechtes Timing.« Natascha wurde langsamer. Am anderen Ende des Parkplatzes schritt das Mädchen, das in der Cafeteria so gemein zu ihnen gewesen war, auf ihren Trailer zu. Sie hatte eine ganze Meute im Schlepptau. Gerade als Anya zu ihr hinübersah, fing Paige ihren Blick auf und funkelte sie düster an. Und dann verzog sie höhnisch den Mund. Oder war es vielleicht ein Lächeln? Was es auch war, es jagte Anya einen Schauer über den Rücken.

»Das ist, als würde man einem Hai ins Gesicht sehen«, murmelte Natasha und schüttelte sich. »Okay, konzentrieren wir uns auf das Ziel.« Sie schien den Weg durch das neue Stadion zu kennen, allerdings hätten sie auch einfach dem Lärm folgen können.

Diesmal war das Podest so gut wie leer. Wahrscheinlich kamen zum ersten Auftritt in einer neuen Stadt noch nicht so viele Gäste. Natasha grüßte zwei junge Frauen und umarmte sie kurz, doch als sie ihnen Anya gerade vorstellen wollte, legte die Band los. Natasha zuckte die Achseln und alle lächelten und nickten einander zu.

Natasha hatte recht gehabt. An diesem Abend lag wirklich Magie in der Luft. Sie fühlte sich leicht und die wummernden Bässe ließen ihren Körper erzittern. Sie wollte tanzen und schreien und rufen und herumspringen wie ein Kind, das auf Weihnachten wartet. Ein *normales* Kind, das auf Weihnachten wartet.

Die Musik war so mitreißend wie beim letzten Mal, auch wenn die Band diesmal ein leicht verändertes Set spielte. Durch die Kulissen hindurch konnte sie das Publikum sehen; die Zuschauer trugen Neonbänder an Kopf und Handgelenken, hüpften und sprangen und reckten der Band die Arme entgegen. Nicht zu glauben, dass sie tatsächlich dazugehörte, ein Teil von alldem war. Wie viele dieser Mädchen würden töten, um jetzt an ihrer Stelle zu sein?

Vielleicht war dieser Auftrag ihre Rettung. Nicht wegen der Exklusivstory, die sie schreiben würde, sondern weil sie freundliche Menschen kennengelernt hatte und einem, vielleicht sogar zwei von ihnen wirklich etwas bedeutete. Mehr war womöglich gar nicht nötig, um von der Straße wegzukommen.

Anya machte einige Fotos mit ihrem Tablet, dann nahm Natasha es ihr aus der Hand und machte eine Reihe Aufnahmen vom Publikum und den beiden jungen Frauen, die mit ihnen auf dem Podest waren. Einmal, als Will auf ihre Seite der Bühne kam, sah er zu ihr nach oben, blieb abrupt stehen, fasste sich ans Herz und klopfte sich in schnellem Rhythmus an die Brust, als würde sein Herz gleich explodieren. Ihre Knie wurden weich wie flüssiger Honig.

Sie erwiderte sein Lächeln, dann strahlte sie übers ganze Gesicht und fing an, auf und ab zu hüpfen, und schließlich kreischten sie und Natasha euphorisch. Er mochte sie. Er mochte sie wirklich. Diese unglaublichen Küsse hatten etwas bedeutet. Sie tanzte, wirbelte im Kreis, fiel Natasha und den beiden anderen Mädchen um den Hals, die sich genauso gut zu amüsieren schienen wie sie.

Bei diesem Konzert gab es kein Regentanz-Finale. Sie spielten den gleichen Song zum Abschluss, *WET*, aber diesmal wurde die Bühne ein Stück ausgefahren, sodass sie weiter ins Publikum hineinragte und die Fans die Band aus größerer Nähe zu sehen bekamen. Was leider auch hieß, dass man vom Podest aus überhaupt nichts mehr sehen konnte. Also schob Natasha Anya die Treppe hinunter und hinter die Bühne.

Die Jungs kamen von der Bühne gerannt und stürmten in ein Zimmer seitlich davon. Natasha und Anya folgten ihnen. *Wow.*

Die Jungs drehten komplett durch. Sie riefen und schrien und klatschten sich ab und klatschten sich noch mal ab, fielen sich in die Arme, klopften sich auf die Schultern. Dann sah Will sie und rief: »Anya!«

Er hob sie hoch und wirbelte sie im Kreis herum. »Du siehst wahnsinnig toll aus!«, schrie er. »Yeah!«

Ihre Füße hingen fast einen halben Meter über dem Boden, aber sein Überschwang war ansteckend. Wieder wurde sie von der absoluten Hochstimmung im Raum erfasst. Er setzte sie ab und drückte ohne Vorwarnung oder Zögern die Lippen auf ihren Mund. Er schob sie ein Stück zurück und drängte sie an die Wand. Sie spürte ihn überall, jeden Teil seines Körpers, jeden Teil seiner Seele, während ihre Zungen einander suchend, verspielt, voller Verlangen umschlangen.

»Von wegen schüchtern«, sagte jemand, und Anya riss die Augen auf. Alle hielten inne und starrten sie an. Lautes Gelächter hallte durch den kleinen Raum. Anya spürte, wie ihr die Hitze ins Gesicht stieg, und schob Will von sich.

Er trat einen Schritt zurück, während sie sich das

Kleid glatt strich und zu Boden sah, um seinem Blick auszuweichen.

Er hob ihr Kinn mit zwei Fingern an, damit sie ihn ansehen musste. »Das braucht dir nicht peinlich zu sein. Oder, wenn es dir peinlich ist, gewöhn dich lieber dran, ich habe nämlich vor, dich bei jeder Gelegenheit zu küssen, die ich finden kann.« Er machte ein Pause und sah sie forschend an. »Du bist sagenhaft. Und du gehörst mir. Halt, Moment, das klang jetzt irgendwie falsch. Ich meine, ich gehöre dir. Also, falls du mich willst.«

Bei diesem unverblümten Geständnis klappte ihr die Kinnlade herunter. Sie starrte ihn an.

»Okay, blinzle einmal für nein, zweimal für ja.« Er grinste.

Sie blinzelte zweimal, er schrie noch einmal: »Yeah!«, hob sie hoch und wirbelte sie herum. »Privatparty?«

Ohne ihre Antwort abzuwarten, griff er nach ihrer Hand und rannte los, durch die Backstage-Gänge. Sie rannte hinter ihm her. Beim Laufen streifte sie mit einer Hand die Wände der Backstage-Korridore, als müsse sie sich vergewissern, dass dies die echte, reale Betonwelt war und nicht ein toller, verrückter Traum, der sich beim Aufwachen in Luft auflösen würde.

Kapitel 14

Er wusste nicht genau, was sein Plan war. Er hatte den Kopf zu voll mit dem Konzert und Adrenalin, um alles gründlich durchzudenken. Schon bald würde sein Bruder in die Stadt kommen, und Anya durfte nie erfahren, dass sie nicht mit Will, sondern mit Matt geknutscht hatte.

Was ihn zur einzig möglichen Antwort führte: Will würde seinen Platz einnehmen müssen. In *allem*. Und davon wurde Matt richtig schlecht.

Er hatte es von vorn bis hinten verbockt. Sie würde ihm nie verzeihen, dass er sie angelogen hatte. Sie würde ihm nie verzeihen, dass er sich als Will ausgegeben hatte. Und warum sollte sie auch. Das war Täuschung in ihrer schlimmsten Form, und es zerfraß ihn innerlich wie Säure, die langsam, aber sicher sein Herz zersetzte.

»Wickel sie um den Finger«, hatten sie gesagt. »Bring sie dazu, dich zu mögen.« Aber sie hatten keine Sekunde an den Gedanken verschwendet, was passieren würde, wenn er sie auch mochte.

Morgen würde er sich einen Plan ausdenken. In diesem Moment würde er explodieren, wenn er sie nicht augenblicklich noch einmal küsste, denn nur so hatte er das Gefühl, ihrem Herzen, ihrer Seele ganz nahe zu sein. Es verdreifachte das Hochgefühl nach einem Auftritt. Wenn er sie in den Armen hielt, hatte er das Gefühl, er könnte fliegen.

Er hatte die Hand auf der Türklinke, doch bevor er die Außentür öffnete, schob er Anya mit dem Rücken dagegen. Er ließ ihre Hand los und strich ihr damit über die Wange. Sie schmiegte sich an ihn und drehte den Kopf so, dass sie seine Handfläche küssen konnte.

Stromstöße zuckten von der Stelle aus durch seinen ganzen Körper, als hätte sie Spidermans Netz auf ihn abgeschossen. O ja, ihn hatte es richtig übel erwischt.

»Komm, lass uns von hier verschwinden.« Er öffnete die Tür und legte den Arm um sie, als hätte er nie etwas anderes getan. Sie passte perfekt in seine Armbeuge. Er brauchte sich kaum zu bewegen, um den Duft ihres Shampoos zu riechen. Sie war ein Traum. Ein Traum, der für ihn Wirklichkeit geworden war.

»Gehen wir wieder nach oben?«

»Ja. Aber diesmal besorge ich uns erst noch etwas. Warte kurz.« Er rannte zu seinem Bus und kam eine Minute später mit einer Tüte und einem frischen weißen Federbett zurück, das er aus seiner Schlafkoje gezerrt hatte. Okay, in Wahrheit war es Trevins Koje gewesen, weil er gesehen hatte, dass der heute seine Wäsche hatte waschen lassen.

Das Dach dieser Arena war größer als das der letzten. Sie liefen einmal ganz auf dem Laufsteg herum, bis sie in der Ferne das Meer sehen konnten. Na ja, eigentlich war es nur ein dunkler Fleck, aber er nahm an, dass es das Meer war.

Matt breitete die Decke auf dem Dach aus und holte Getränke und sein iPhone aus der Tüte. Er rief eine vorbereitete Playlist auf und schaltete sie ein. Sanfte Musik wehte über das Dach. »Die anderen ziehen gleich mit verrückten Mardi-Gras-Masken los in die Stadt und eigentlich wollte ich dich mitnehmen. Aber ehrlich gesagt möchte ich lieber mit dir allein sein. Ich hoffe, du hast nichts dagegen.«

»Überhaupt nicht. Ich steh nicht so auf Menschenmengen«, sagte Anya. Sie setzte sich, streckte die Beine aus und zog sich das Kleid sorgfältig über den Oberschenkeln zurecht. *Ihre Beine.* Er sah einen Moment lang hin und wandte dann den Blick ab.

»Warum nicht? Ich mein, du hast dich freiwillig gemeldet, um über eine Tournee zu berichten. Das kann ziemlich hektisch und chaotisch werden. Denk nur an neulich, als wir uns verstecken mussten.«

»Findest du das nicht beängstigend?«

Er blickte in die Ferne. »Eher überwältigend als beängstigend. Das Einzige, wovor ich Angst habe, ist, dass jemand anderes im Gedränge verletzt wird. Es hat uns alle echt getroffen, als dieses Mädchen vom Balkon gestürzt ist. Es hätte alles viel schlimmer ausgehen können, aber dass jemand wegen unserer Berühmtheit – von der wir ja leben – verletzt wird, das ist schon schwer zu verdauen.«

»Willst du das hier für den Rest deines Lebens machen?«, frage sie.

»Um Himmels willen, nein. Ich will aufs College gehen und einen guten kaufmännischen Abschluss machen. Ich würde gern lernen, wie man eine Band managt. Nach meiner Erfahrung glaube ich, ich könnte sie besser führen als unser jetziger Manager.« *Halt den Mund! Kein Wort mehr über LJ!*

»Seit wann ist dir bewusst, dass du nicht für den Rest deines Lebens in der Band bleiben willst?«

»Seit immer? Auf jeden Fall seit den letzten Wochen. So genau weiß ich das gar nicht.« *Halt den Mund! Halt den Mund! Halt den Mund!* »Und was ist mit dir?« Er drehte sich auf die Seite und stützte den Kopf in die Hand. »Was willst du machen? Reporterin sein?«

Sie lehnte sich zurück und verschränkte die Hände hinter dem Kopf. »Ich dachte eigentlich schon. Aber ich weiß nicht, ob ich das Zeug dazu habe. Aufs College zu gehen wäre ein Traum. Das klingt so toll.«

Verrückt, dass er noch nicht früher daran gedacht hatte. »Warum bist du denn nicht auf dem College? Wo wohnst du? Und mit wem? Nicht zu glauben, dass ich das alles noch nicht über dich weiß.«

Sie zögerte lange. »Weil das alles langweilig ist. Ich gehe nicht aufs College, weil ich es mir nicht leisten kann. Und ich lebe allein. In Tulsa. Bitte sehr, das sind die faszinierenden Einzelheiten.« Sie lachte.

Er lachte mit, aber es klang hohl.

»Es wird also eine internationale Tournee?«, fragte sie.

»Das Ganze scheint mit jedem Tag größer zu werden. Wie Natasha gesagt hat, fing es als Europatournee an, dann kam Japan dazu, jetzt vielleicht auch noch Australien – das wäre cool. Wer weiß, wie der Plan aussehen wird, wenn wir die USA verlassen? Vielleicht kommen wir nie wieder zurück. Ich nenne sie die Feste-feiern-Tour, aber sag das keinem.«

»Du meinst, die Feste feiern, wie sie fallen? Macht das nicht jeder? Das Beste aus der Berühmtheit machen, weil im nächsten Jahr schon ein anderer an der Reihe sein könnte? Ist doch richtig, so viel Geld wie nur möglich zu machen, bevor das nächste große Ding die Charts erobert. Damit kannst du dir auf jeden Fall den Abschluss finanzieren.«

»Stimmt.«

Er wollte es ihr sagen. Wollte ihr alles über Will erzählen und darüber, dass er schon in wenigen Monaten seinen Traum vom College verfolgen würde. Aber er durfte nicht riskieren, dass LJ sie verklagte und sie alle auf der Straße landeten.

Er dachte an seine Mom, die dank Wills Karriere zum ersten Mal seit der Geburt der Zwillinge nicht mehr drei Jobs gleichzeitig jonglierte. Sie sagte, sie wisse gar nichts mit sich anzufangen, aber sie war entspannter geworden und sah zehn Jahre jünger aus, seit sie nicht mehr arbeitete. Das durfte er seiner Familie nicht wieder wegnehmen, nicht einmal aus Liebe.

Liebe? Lust? Starkes Interesse?

Er hatte keine Ahnung. Er wusste nur, dass er ständig

nach ihr Ausschau hielt, sobald sie nicht in seiner Nähe war. Er wollte sie den ganzen Tag lang küssen und träumte davon, die ganze Nacht mit ihr zusammen zu sein.

Kurz schloss er die Augen, um den Gedanken zu verdrängen. Er hatte keine Kissen mitgebracht. Vielleicht war es nicht die allercleverste Idee gewesen, so dicht nebeneinanderzuliegen.

»Rück näher«, sagten seine Hormone, ohne auf sein Hirn zu hören.

Sie rutschte näher und legte den Kopf auf seine Brust. Nah, aber nicht so nah, dass er wieder ein Zelt in der Hose hatte.

»Ich liebe ... es, dich so nah bei mir zu haben«, sagte er. Er wollte Intimität in seine Worte einfließen lassen, ohne sie zu verschrecken.

»Ich liebe es, jetzt genau hier zu sein«, erwiderte sie flüsternd.

Er drückte sie an sich und sagte nichts. Sie war so beruhigend. Der Adrenalinschub vom Konzert war abgeklungen und an seine Stelle war etwas sehr viel Wärmeres und Ruhigeres getreten. Sie war für ihn wie ein Zuhause. Auch wenn er keine Ahnung hatte, warum.

Anya lag da, den Kopf auf seiner Brust, und horchte darauf, wie sich ihr Herzschlag seinem anglich. Es schien ihr das Intimste auf der Welt zu sein, so als hinge ihrer beider Leben vom Pulsschlag des anderen ab. Sie spielte mit seiner schwarzen Krawatte, die Teil seines letzten Bühnenoutfits gewesen war. »Ist die nicht unbequem?«, flüsterte sie und zupfte sacht daran.

Sie ahnte, dass ihre Worte ihn dazu ermutigen könnten, einen Teil seiner Sachen auszuziehen, aber sie schaffte es einfach nicht, sich deswegen Sorgen zu machen oder sogar Angst zu bekommen.

Er schob die Finger in den Knoten, um ihn zu lösen, und zog sich die Krawatte über den Kopf. »Ich hätte auch nichts dagegen, das Hemd loszuwerden. Das ist wahrscheinlich ziemlich verschwitzt. O Gott, ich bin verschwitzt. Tut mir so leid. Daran hab ich gar nicht gedacht. Stinke ich sehr?«

Sie setzte sich auf, damit auch er sich aufrichten konnte. »Ich liebe es, wie du riechst«, sagte sie wahrheitsgetreu.

Er sah sie einen langen Augenblick lang an. »Ich liebe es auch, wie du riechst.« Er fing an, sein Hemd aufzuknöpfen. »Ist es okay, wenn ich das ausziehe?«

Sie biss sich auf die Lippe, nickte aber. Sie sollte eigentlich Nein sagen, oder? Sie sollte darauf bestehen, in den sicheren *Hanging-On*-Bus zurückzugehen. Aber sie wollte ihn wirklich unbedingt oben ohne sehen.

Er stand auf und zog das Hemd aus seiner dunkelblauen Jeans. Sie verfolgte gebannt das wellenförmige Spiel seiner Muskeln, als er das Hemd auf seine Tasche warf. Er war … ein Gott.

Sie hielt ihm die Hand hin und er half ihr hoch. Ihr Blick klebte förmlich an seiner nackten Brust. Ihre Hand bewegte sich ganz von allein auf seinen Oberkörper zu. Anya hielt kurz vor seiner Brust inne, doch Will ließ sie die Hand nicht wieder zurückziehen, sondern legte sie an seine Brust und seine Hand darüber, sodass sie seinen pochenden Herzschlag unter ihrer Handfläche spürte.

Ihre Knie wurden weich. Als er ihre Hand losließ, strich sie über seine Brust- und Bauchmuskeln und dann hinauf zu seinen Schultern. *Ich sollte das nicht tun.*

Ihr Körper verweigerte ihrem Kopf den Gehorsam und im nächsten Moment lagen ihre beiden Hände auf seinem perfekten Oberkörper. Er schloss die Augen und ließ den Kopf sinken. Sie streichelte seine braun gebrannten Arme, seine weiche Haut, sie ging sogar um ihn herum und strich mit den Fingerspitzen über seine Rückenmuskeln. Ihr Herzschlag schien sich mit ihren Bewegungen zu verlangsamen, Hitze pulsierte in ihren Adern.

Auf der linken Schulter hatte er ein Tattoo. Einen aufwendig gearbeiteten Kompass, so groß wie ihre Hand. Doch er war teilweise von einer Art wasserfestem Make-up verdeckt. Schämte er sich deswegen? Das Tattoo war wunderschön. Er war wunderschön. Und sie hatte ihn ganz für sich. Sie küsste ihn zwischen die Schulterblätter und ein tiefes Stöhnen drang aus seiner Brust. Er drehte sich um und umarmte sie so fest, dass er ihr die Luft abschnürte.

»Ich will dich nicht verlieren«, sagte er in ihre Haare. »Versprich mir, dass ich dich nicht verlieren werde.«

»Du wirst mich nicht verlieren«, flüsterte sie zurück, ohne auch nur ansatzweise zu wissen, ob das der Wahrheit entsprach. Würde sie nicht in wenigen Wochen abreisen? Würde er nicht für wer weiß wie lang auf Welttournee gehen? Und selbst das galt nur unter der Voraussetzung, dass Cynthia sie nicht auf der Stelle feuerte, wenn sie die Wahrheit über Anya herausfand.

Es schien ihr weder der richtige Zeitpunkt noch der richtige Ort zu sein, um seine Worte zu hinterfragen. Nach einer tieferen, dauerhafteren Bedeutung zu fragen. Und selbst wenn sie es gewollt hätte – in diesem Moment küsste er sie und alle vernünftigen Gedanken lösten sich in Luft auf.

Sie streichelte seinen Rücken, während sich seine Lippen an ihre drängten. Sie liebte es, seine Haut unter ihren Händen zu spüren. Seine Muskeln spannten sich, als würden sie um ihre Berührung wetteifern.

Auf seinem Handy startete eine neue Playlist, etwas schnellere Musik diesmal. Er hörte auf, sie zu küssen, zog sie an sich und tanzte mit ihr zu der fröhlichen Musik. Er schob sie ein Stück von sich, hielt ihre Hände, drehte sie im Kreis und beugte sie hintenüber. Jedes Mal, wenn er sie zurückbeugte, kreischte sie auf, und er musste lachen und küsste sie auf den Hals.

Irgendwann hörten sie auf zu tanzen, verschwitzt und außer Atem. Nebeneinander ließen sie sich auf die Decke fallen. Er keuchte, genau wie sie. Sie legte den Kopf auf seine Brust. Sie würden reden, wenn sie wieder Luft bekamen.

In einer Minute.

Kapitel 15

Als Matt sie die Treppe hinuntertrug, wachte sie auf.

»Lass mich runter«, flüsterte sie. »Was ist passiert?«

Er ging weiter, bis sie einen Treppenabsatz erreichten, dann setzte er sie ab. Sie rieb sich die Augen – mit den Fäusten, wie ein kleines Kind, es war absolut hinreißend. Als sie die Hände wegnahm, sah sie aus wie ein Pandabär, das schwarze Augen-Make-up war auf ihren Wangen verteilt. Er grinste. »Nichts ist passiert. Du warst im Tiefschlaf und es hat angefangen zu regnen. Da dachte ich, ich trag dich einfach in deinen Bus. Aber wo du jetzt wach bist, werden wir vielleicht nicht ganz so nass.«

Er führte sie zur Tür und öffnete sie. Draußen schüttete es wie aus Eimern. Wie in einem apokalyptischen Film. Er konnte kaum etwas sehen.

Er hielt mit einem Fuß die Tür auf, drehte sich aber noch einmal zu ihr um. »Jetzt sag mir ganz ehrlich: Du schmilzt doch nicht, wenn du nass wirst, oder?«

Sie boxte ihn gegen die Brust. »Willst du andeuten, ich sei die böse Hexe des Westens?«

»Westen. Osten. Man wird doch wohl noch auf Nummer sicher gehen dürfen, bevor es zum Äußersten kommt.«

»Oh … du … du …«

Er rannte hinaus in den Regen und ließ sie in der offenen Tür stehen. Bis auf sein Handy, das er in die Tasche gesteckt hatte, hatte er alles oben auf dem Dach gelassen. Augenblicklich war er klatschnass. Der Regen war so stark wie der Strahl einer guten Dusche.

Er hielt ihr die Hand hin und sie rannte auf ihn zu. Als der Regen sie traf, blieb sie für einen kurzen Moment stocksteif stehen. Dann sah sie zu ihm auf. Ihre Haare waren platt, und das Make-up lief ihr in Strömen über die Wangen. Trotzdem sah sie immer noch wahnsinnig toll aus. Er küsste sie sanft auf die Stirn und verharrte in dieser Berührung, als wollte er mit ihr verschmelzen.

Aus der Nähe der Absperrung waren Stimmen zu hören. Beide sahen sich nach dem Ursprung des Geräuschs um. Jemand sang. Nein, eine Gruppe sang. Sie gingen näher heran und versuchten durch den Regen zu erkennen, was da los war.

»Ach du meine Güte«, sagte Anya. »Los, mach mit.«

Gelächter. Die anderen Jungs, die sich ihre albernen Masken inzwischen auf den Kopf gesetzt hatten, sangen *WET* vor einer Gruppe Mädchen, die mit ihren Postern am Tor Wache gehalten hatten, und tanzten dazu. Die Mädchen sangen mit. Und Matt hatte gedacht, er hätte schon alles gesehen.

Er küsste Anyas Hand und rannte zu den anderen.

Miles stutzte und schlug bei ihm ein, als Matt sich zu ihnen gesellte.

Sie tanzten und sangen für die Mädchen, die zur Abwechslung mal nicht kreischten, sondern ebenfalls sangen. Sie spritzten Wasser mit den Füßen aufeinander und auf diejenigen, die sich ihnen angeschlossen hatten. Sie lachten und sangen. Die Security-Leute klatschten im Takt. Matt sang sich die Seele aus dem Leib. Sang für Anya und für die Mädchen, die den ganzen Tag darauf gewartet hatten, einen kurzen Blick auf *Seconds to Juliet* zu erhaschen.

Als der Song zu Ende war, rief Ryder: »Und uns hat man gesagt, in New Orleans wird es nie feucht.« Die Menge jubelte, während die fünf Jungs an der Absperrung vorbeigingen, Hände schüttelten, für Fotos posierten und Mädchen abklatschten, die weiter hinten in der Menge standen.

»Das war super!«, sagte Anya, als er wieder zu ihr kam.

»Ja, nicht? Hab die Fans noch nie so glücklich gesehen.« Er grinste und drehte sie im Kreis. »Jetzt aber raus mit dir aus den nassen Sachen.«

Ihre wunderschönen, wenn auch total pandamäßigen Augen wurden groß.

»Nicht, was du jetzt denkst. Es sei denn …« Er zwinkerte ihr zu.

Sie verdrehte die Augen.

Die anderen aus der Band rannten zu ihrem Bus. Miles verlor seine Maske und musste umdrehen und sie vom Boden auflesen, ehe er davonsprintete, um aus dem Regen rauszukommen. Matt begleitete Anya bis zu den Stufen ihres Busses. »Hier lass ich dich allein, meine Süße. Ich hatte einen wunderbaren Abend. Und ich muss dir sagen, ich liebe ... Zeit mit dir zu verbringen.« Er konnte sich ein Grinsen nicht verkneifen.

Sie schluckte und sagte: »Ich liebe ... es auch, Zeit mit dir zu verbringen.« Zur Betonung streckte sie ihm die Zunge raus.

»Kann ich das noch mal sehen?« Sein Herz raste. Würde sie es tun?

Sie tat es. Sie streckte die Zunge heraus und er beugte sich vor und nahm sie in den Mund. Als sie sich wenige Sekunden später voneinander lösten, atmeten beide schwer. »Träum süß, Anya.« Wieder zwinkerte er ihr zu, dann sprang er die Stufen hinunter. Die Hände in den Taschen, stand er da und beobachtete sie, bis sie die Tür geschlossen hatte.

Er war so was von geliefert.

Anya lehnte sich von innen an die Tür. Sie schüttelte sich und konnte ein Quieken nicht unterdrücken. Mit ausgebreiteten Armen tanzte sie durch den Bus. Das war der beste Tag ihres Lebens! Überglücklich drehte sie sich immer wieder im Kreis. Der perfekte Tag. Der perfekte Junge. Der perfekte Abend.

Sie zog ihr triefend nasses Kleid aus und hängte es in der Küche über eine Stuhllehne, um sich dann in ihr Tanktop und eine Shorts zu kuscheln. Endlich einmal war das Leben toll. Das tollste. Wie hatte sich ihre Welt in so kurzer Zeit so sehr verwandeln können? Bisher hatte sie geglaubt, sie hätte immer nur Pech, und an vielem daran gab sie ihrer Mutter die Schuld.

Ihr Tablet lag auf dem Tisch in der Sitzecke, ihr wurde bewusst, dass sie es bei Natasha gelassen haben musste. Sie wischte über den Bildschirm und ging die Fotos vom Konzert durch. Als sie das Foto sah, auf dem Will sich ans Herz fasste, als er sie in dem Kleid erblickte, machte ihr Herz einen Satz. Das Foto musste Natasha aufgenommen haben. Es war perfekt. Er war so schön. Und er sah sie an, als ob auch sie schön wäre.

Glücklich seufzend öffnete sie ihren *WowSounds*-Blog und überlegte, welche der Fotos sie am nächsten Tag posten sollte. Der dritte Kommentar weckte ihre Aufmerksamkeit.

Gute Nachrichten! Wir haben ihn gefunden und kümmern uns um ihn. PH.

Pfarrer Howard! Und der Name, unter dem der Post verfasst war, lautete *JudederWanderer.*

Dieser Tag konnte einfach nicht mehr besser werden. Das war verdammt noch mal unmöglich. Ganz schwach vor Erleichterung sackte sie über dem Tablet zusammen. In diesem Augenblick war in ihrer Welt alles, einfach alles gut. Mehr als gut. Natasha, ihr Treffen mit Cyn, Will, Jude. Endlich standen die Sterne einmal günstig für sie und es war ein Wahnsinnsgefühl.

Anya schnappte sich ihr Notizbuch und hielt ein paar Fakten über Will fest.

Erinnerungslücken (Nathan und Die Tudors) –
Zusammenhang mit dem Sturz aufs Gesicht?
Weiß ziemlich genau gar nichts über die Welttournee.
Knochenbau seit dem Sturz verändert.

Sie kroch in ihr Bett, wackelte unter den weichen weißen Laken mit den Zehen, den Beinen und dann dem ganzen Körper und lächelte in die Dunkelheit hinein.

Das Leben war schön.

Nur dass …

Moment mal kurz.

Irgendetwas war merkwürdig. Aber was?

War es nicht logisch, dass manches einfach unlogisch war? Er war ein Rockstar. Er musste seine Spleens haben.

Trotzdem, da kribbelte irgendein wichtiger Hinweis in ihrem Hinterkopf.

Sie sprang auf und schaltete das Licht ein.

Neulich Abend, hinten in ihrem Bus, da hatte er sich das rechte Knie gerieben. Aber auf den Fotos im Internet hatte sie einen Verband an seinem linken Knie gesehen. Dafür musste es eine Erklärung geben, oder? Vielleicht hatten sie das Foto gespiegelt?

Sie zog ihr Notizbuch unter dem Kissen hervor, ging in die Küche und schaltete das Tablet ein. Sie schlug das Buch auf der Will-Seite auf und las alle Fakten nacheinander. Sie rieb sich die Augen. Las sie noch einmal. Nur eins fehlte.

Sie rief wieder die Website der Highschool auf, auf der sie nach Alice Singleton gesucht hatte. Sie betrachtete die weiteren Schnappschüsse, einen nach dem anderen, und sah sich an, wer darauf markiert war.

Sie stieß auf zwei Jungs, die zu Halloween als Luke Skywalker und Prinzessin Leia verkleidet waren. Auf den ersten Blick wusste sie, dass Luke Skywalker Will war. Unter dem Bild stand Matt Fray und Will Fray. Will hatte einen Bruder. Das hätte sie vermutlich wissen müssen. Das Bild von Prinzessin Leia brachte sie zum Schmunzeln.

Sie blätterte einige der älteren Fotos durch. Ob es noch mehr Fotos von Will und Matt gab? Ganz tief im Archiv fand sie ein weiteres Bild der Brüder. Sie erschrak, als ihr auffiel, wie ähnlich sich die beiden ungeschminkt sahen. Als sie die Bildunterschrift las, schnappte sie nach Luft: Böser Zwilling und noch böserer Zwilling.

Sie waren Zwillinge.

Die Frisuren waren unterschiedlich, einer lächelte, der andere sah nervös aus. Einer trug ein T-Shirt, der andere fühlte sich im Hemd unwohl. Aber wenn man mit den Fingern einen Kreis formte und auf das Foto legte, sodass nur die Gesichter zu sehen waren ... ja. Beinahe identisch. Sie konnte sie nicht auseinanderhalten.

Sie konnte sie nicht auseinanderhalten.

Erneut las sie die Liste mit Fakten über Will und fing

an, hektisch zu schreiben. Ihr Herz raste. Aufsteigende Wut ließ ihre Handschrift zittrig werden.

Hatte er sie die ganze Zeit angelogen?

In allem?

Er war nicht der, der er zu sein vorgab. War das möglich? Und wenn ja, wer wusste davon? Wer wusste sonst noch, dass sich Matt als Will ausgab? Sie rang den Impuls nieder, an die Tür von *The One* zu hämmern, aber morgen würde Will/Matt ihr ganz schön was erklären müssen. Das hieß, wenn sie es ertrug, noch einmal mit ihm zu reden.

Sie lehnte sich auf ihrem Platz zurück und starrte aus dem Fenster in die Dunkelheit. Eine eisige Hand hielt ihr Herz umklammert.

Hatte er sie wirklich in allem belogen? In allem?

»Ich hab's dir gesagt. Hab ich es dir nicht gesagt?«

Die Stimme gellte in ihren Traum und riss sie aus dem Schlaf. Sie hatte die ganze Nacht wach gelegen, weil sie die Wahrheit über Will nicht hatte abschütteln können. Irgendwann musste sie aus purer Erschöpfung eingeschlafen sein.

Sie spähte am Vorhang vorbei und sah LJ und ... wer war das? Das Mädchen von Cherry? In ihrem Bus?

Halb kletterte, halb fiel sie aus ihrer Koje und stieß sich dabei den Kopf an. Sie richtete sich auf und rieb sich die Stirn.

LJ musterte sie von oben bis unten: »Mrs Anderson?« Seine Miene ließ keinen Zweifel: Er wusste, dass es mit der Mrs nicht weit her war. Er seufzte. »Ist das Ihr Kleid?« Mit zwei Fingern hob er das immer noch klatschnasse goldene Kleid vom Küchenstuhl

»Nein, Sir. Nat… äh, ich … es wurde mir gestern in der Garderobe ausgeliehen. Man hat mir gesagt, es wäre ein ausgemustertes Kostüm.« Selbst in ihren eigenen Ohren klangen die Worte blöd.

»Ich hab's doch gesagt«, zischte Paige, die die Arme vor der Brust verschränkt hatte und mit der Fußspitze auf den Boden klopfte.

LJ verdrehte die Augen. »Ms Parker hat das Kleid gestern Abend als gestohlen gemeldet. Natasha wurde entlassen und vom Gelände eskortiert. Und ich werde mich mit Ihrem Redakteur in Verbindung setzen, um sicherzugehen, dass *WowSounds* für die Kosten des Kleides aufkommt.«

Ihre Welt brach zusammen. »Wie viel kostet das Kleid?«, stammelte sie.

»Um die 1500 Dollar«, sagte Paige triumphierend. »Es ist von Valentino.«

Es hätten genauso gut drei Millionen sein können.

»Das hast du davon, wenn du dich mit Leuten abgibst, die unhöflich zu mir sind«, sagte Paige. »Ich bin das Talent hier, nicht die blöde Make-up-Tussi.«

»Also gut, das reicht. Zieh dir was an.« LJ fuhr herum und schob Paige vor sich her aus dem Wagen. Die allerdings konnte es sich nicht verkneifen, sich noch einmal umzudrehen und Anya ein äußerst blasiertes Lächeln zuzuwerfen.

Die Tür schlug zu. Anya rieb sich die Augen. Sie schob den Vorhang an Natashas Koje zur Seite und fand sie leer vor. Dann sah sie auf die Uhr an der Mikrowelle in der Küche und stellte mit Entsetzen fest, dass es schon fast elf Uhr vormittags war.

Sie sackte auf die Stuhlkante und stützte den Kopf in die Hände. Ihretwegen war Natasha gefeuert worden? Natasha war weg?

Anya schwand der Mut. Sie fühlte sich grässlich. So erdrückend elend, dass sie davon Bauchschmerzen bekam. Und dann wurde ihr bewusst, dass jetzt niemand mehr da war, der ihr helfen konnte, das Treffen mit Cyn zu überstehen – oder an ihrer Stelle dorthin zu gehen. Und wenn LJ bei *Wowsounds* angerufen hatte, war sie den Job ohnehin los, und ihre Per Diems würden für das Kleid draufgehen.

Aber das war jetzt auch schon egal. Man hatte sie aus der Tournee geworfen, welche Rolle spielte es da noch, ob Cyn sie auch noch feuerte?

Innerhalb von kürzester Zeit war sie wieder da gelandet, wo sie vorher gewesen war. Übelkeit stieg in ihr auf, ein Gefühl, so vertraut wie eine alte Bekannte. Sie übergab sich nie – sie hatte kaum genug zu essen, um etwas auskotzen zu können – das Gefühl begleitete sie einfach unablässig. Aber in den letzten Tagen war es fast ganz verschwunden gewesen.

Und jetzt war dieses Gefühl mit voller Wucht zurückgekehrt und sie spürte die Last ihrer ausweglosen Situation umso stärker. Das war ihre Schuld. Sie hatte sich blenden lassen von der Freude und Aufregung über alles hier, darüber, dass ein Junge sie mochte.

Verdammt.

Matt. Will. Augenblicklich strömte wieder alles auf sie ein, was sie in der vergangenen Nacht aufgedeckt hatte.

Wie würde es LJ gefallen, wenn sie zu ihm liefe und ihm erzählte, dass Will und Matt ihn anlogen? Wie würde sich Paige fühlen, wenn es plötzlich keine Band mehr gab, deren Vorband sie sein konnte?

Er hatte sie angelogen. Er hatte in allem gelogen. Seine Vergangenheit, Alice Singleton … Sie hatte keine Ahnung, ob irgendetwas von dem stimmte, was er ihr erzählt hatte. Hitze durchströmte sie. Für wie blöd hielt er sie eigentlich? Dass sie ihn küsste und auf seine Lügen hereinfiel. Dass sie auf ihn hereinfiel. Er musste sich die ganze Nacht lang totgelacht haben.

Sie schlüpfte in ein paar Klamotten und rannte aus dem Trailer. Die SUVs, die normalerweise neben *The One* standen, waren verschwunden. Wahrscheinlich waren sie alle zu einem Interview oder so unterwegs. Trotzdem rannte sie zum Bus und hämmerte an die Tür. Niemand öffnete. Sie probierte es erneut.

Nichts.

Sie musste los. Sie konnte nicht warten, bis er zurückkam. Vielleicht würde er den ganzen Tag weg sein. Sie musste es zu dem Treffen mit Cyn schaffen. Das war das Richtige, auch wenn sie ihr dann auf Gedeih und Verderb ausgeliefert war.

Im *Hanging On* packte sie so schnell wie möglich ihre Sachen, mit nur einer kurzen Unterbrechung, um sich das Foto von Will – Matt – zu mailen, auf dem er von der Bühne zu ihr hinaufsah. Wenn sie alles verlieren würde, blieb ihr wenigstens dieses Bild, um sich selbst zu beweisen, dass sie dabei gewesen war. Sie ließ alles zurück, was nicht wirklich ihr gehörte, hievte sich die Tasche auf den Rücken, sah sich ein letztes Mal um und ging.

Mit jedem Schritt wuchs die Überzeugung, wie dumm sie gewesen war. Sie schämte sich zu sehr, um Will oder Matt oder wie auch immer sie ihn nennen sollte, eine Nachricht zu hinterlassen.

Wie schrieb man eine »Tut mir leid, ich wurde gefeuert, weil das Kleid, in dem ich dir gestern Abend so gut gefallen habe, gestohlen war, und wie konntest du mich nur anlügen und mich wie Dreck behandeln«-Nachricht? Und sie hatte keine Ahnung, wie sie Natasha erreichen konnte, um sich zu entschuldigen.

Dieser Job war zu schön gewesen, um wahr zu sein. Und Will genauso. Sie hatte Natasha nicht verdient. Und sie hatte auch keine Chance verdient. Sie hatte überhaupt nichts verdient. Genau wie ihre Mutter immer gesagt hatte.

Beim Gedanken an Will oder Matt oder wer auch immer sie als seine Freundin bezeichnet hatte, drohten ihr die Tränen zu kommen. Also ließ sie die Wut überhandnehmen.

Wut war besser als Tränen.

Kapitel 16

Matt wurde unruhig. Sie waren bei einem Interview mit einem lokalen Radiosender, und es lief gut, trotzdem konnte er an nichts anderes denken als daran, wieder bei Anya zu sein.

Die Fragen wurden banal. Es waren Fragen, die schon eine Million Mal gestellt und beantwortet worden waren. Vielleicht noch öfter. Warum hatte Ryder *Kiss This* geschrieben? Wie hatte Miles die Band dazu bringen können, diesen Song für Aimee zu singen?

Meine Güte, Mann. Soll ich das für Sie googlen?

»Und Will«, riss ihn der DJ aus seinen Gedanken, »ein paar Fans, die das Vergnügen hatten, gestern die spontane Showeinlage im Regen mitzuerleben, sagen, du hättest mit einem Mädchen geknutscht, bevor du dazugestoßen wärst. Wer war das? Ein Fan? Bist du jetzt etwa vom Markt?«

Alle Gesichter wandten sich ihm zu. Nathan sah aus wie versteinert. Wenn Matt jetzt sagte, er wäre vergeben, dann lagen die Hoffnungen und Träume jedes einzelnen Mädchens in Nathans einsamen, ungebundenen

Händen. Hinter der Scheibe fuhr sich LJ mit einem Finger über die Kehle. Wie gern hätte Matt ihm eins reingewürgt, einfach nur, um sein Gesicht zu sehen. Aber er musste an den echten Will denken. Er rang sich ein Lachen ab.

»Manchmal möchte man eben einfach ein hübsches Mädchen küssen, wissen Sie?«

Der DJ lachte. »Dagegen ist absolut nichts einzuwenden, Will. Wer könnte es dir verdenken?«

Nathan wirkte so erleichtert, dass Matt ihn fast ausgelacht hätte. Armer Nathan. Selbst LJ sah zufrieden aus.

»Dann seid ihr, du und Nathan, jetzt also als einzige in der Band Singles. Fürchtet ihr, dass eure Fangemeinde deutlich schrumpfen würde, wenn ihr euch fest bindet?«, fragte der DJ.

Darauf hatten sie eine Standardantwort parat und glücklicherweise musste Matt sie nie aufsagen. Trevin übernahm das. »Wissen Sie, wir durften erleben, dass unsere Fans mit uns durch dick und dünn gehen, und da sind wir uns alle einig: Niemand kann zwischen uns und unsre Fans kommen. Ohne sie wären wir nichts.«

An dieser Stelle sollte die Band in einem Chor der Zustimmung Sachen wie »Ja«, »Absolut« und »Wir lieben unsere Fans« einwerfen. Sie lieferten es alle perfekt ab, sodass es spontan wirkte. LJ hatte das gut mit ihnen einstudiert. Wie dressierte Hunde, dachte Matt.

Er nahm einen angebotenen Kaffee entgegen, während der Sender einen ihrer neuen Songs spielte – auch dieser von Ryder geschrieben. Sie entwickelten sich alle zu Songwritern, wodurch die Band immer authentischer wirkte. Vielleicht waren sie nicht dazu verdammt, in zehn Jahren nur noch als Antwort in einer Quizshow herumzuspuken. Vielleicht konnten sie aus ihrem Casting-Ruhm als echte, richtige Band hervorgehen. Matt wusste, dass die anderen das wirklich wollten.

Er selbst konnte es nicht erwarten, sich die Haare wieder wachsen zu lassen und den Studienplatz anzutreten, den ihm die Florida State University angeboten hatte. Und dass Anya irgendwie einen Platz in seinem Leben fand, ohne dass herauskam, dass ... Na ja, also, dafür hatte er immer noch keine Lösung gefunden.

Eine halbe Stunde später signierten sie vor dem Radiosender Fotos, Notizbücher und Handyhüllen, posierten für Fotos und verteilten Küsschen. Nach etwa zwanzig Minuten wurden sie vom Security-Team abgeholt und zu den Autos eskortiert. Wie immer ließen sie es so aussehen, als ob die Band keine andere Wahl hätte, als zu gehen.

Die SUVs brachten sie die kurze Strecke zurück zum Stadion und setzten sie vor *The One* ab.

Matt lief direkt zum *Hanging On*, doch als er näher kam, sah er einen Trupp Reinigungskräfte, die mit Müllsäcken, Staubsaugern, Eimern und Wischmopps die Treppen rauf und runter liefen. Huch. Wenn sie gerade eine Grundreinigung machten, würde Anya wohl nicht drinnen sein. Vielleicht war sie im Make-up-Wagen bei Natasha. Er steckte den Kopf durch die Tür.

Da war jemand. Verdammt. Das Gesicht kannte er. Will hatte ihm vor dem Rollentausch Fotos von allen gezeigt, die an der Tour beteiligt waren. Sie war ... oh Mist ... die kranke Maskenbildnerin, für die Natasha eingesprungen war. Wie hieß sie noch gleich? Mist. Es fiel ihm nicht ein. Er musste sich irgendwie durchmogeln. »Geht's dir besser?«

Sie drehte sich um und lächelte ihn matt an. »Nee. Nicht so richtig.« Sie hielt sich den Bauch und nieste, wobei sie sich vor Schmerzen krümmte und stöhnte.

Matt lief zu ihr und half ihr, sich zu setzen. »Himmel. Was ist denn mit dir passiert?«

»Das ist Murphy's Law, Schätzchen. Ich hab mir direkt nach der Operation eine Erkältung eingefangen. Jedes Mal, wenn ich huste oder niese oder eine schnelle Bewegung mache, ist es, als würden mir die Nähte rausgerissen. Es ist die Hölle.«

»Und was machst du dann hier? Ich dachte, du hättest ein paar Monate freibekommen?« Er setzte sich neben sie und reichte ihr eine Wasserflasche.

»Das hatte ich auch. Aber Paige Parker hat irgendeine Szene gemacht und darauf bestanden, dass Natasha und irgend so eine kleine Reporterin gefeuert wurden. Sie sind wohl gestern Abend weg, nehme ich an, denn um Mitternacht hab ich den Anruf gekriegt, dass ich zurückkommen soll«, sie senkte die Stimme zu einer treffenden Imitation von LJ, »Deb, wir brauchen dich hier, du musst noch heute zurückkommen! Deb, du kriegst auch 'ne Gehaltserhöhung!« Sie verdrehte die

Augen. »Eine Gehaltserhöhung? Von LJ? Da musste ich einfach herkommen, *das* wollte ich mit eigenen Augen sehen.«

Deb, richtig.

Und dann begriff er, was sie gerade gesagt hatte. Ihm fiel die Kinnlade herunter. »Beide sind gestern Abend weg?«, fragte er.

»Ich weiß es nicht, Schätzchen, bin genauso schlau wie du. Ich denke schon. Die beiden waren die einzigen im *Hanging On* und der wird jetzt komplett durchgeputzt. Ich hab meine alte Koje im *Rock You* bezogen.«

Matt stand auf, er wusste nicht wohin. Er lief ein bisschen hin und her. Und blieb dann abrupt stehen.

»Was ist los?«, fragte Deb. »Da wird einem ja ganz schwindelig.«

»Nichts, entschuldige. Ich muss los. Gute Besserung.« Matt ging zur Tür. »Mist. Ach übrigens, zieh in den *Hanging On* um. Seit du weg bist, sind die Stoßdämpfer im *Rock You* noch schlimmer geworden. Das wird die Hölle, wenn du Schmerzen hast.«

»Danke für den Rat«, rief sie ihm nach, als er davonlief.

Er stürmte in den *Hanging On*. Er musste nachsehen, ob sie ihm eine Nachricht hinterlassen hatte. Er fragte die Reinigungskräfte, aber die sagten, außer dem Tablet auf dem Küchentisch wäre nichts mehr dort gewesen.

Verzweifelt sah er sich um, ob vielleicht irgendwo eine Nachricht oder etwas in der Art war. Er ging zu ihrer Schlafkoje und zog den Vorhang auf. Eine Woge ihres Vanilleshampoodufts hüllte ihn ein und er hätte vor Enttäuschung verdammt noch mal fast geschluchzt. Er hieb auf das Kissen ein und seine Hand traf auf etwas Hartes. Sie hatte ihr Notizbuch hiergelassen. Er zog es hervor. Vielleicht stand eine Adresse darin.

Das Buch klappte auf einer Seite in der Mitte auf, wo der Stift steckte. FAKTEN ÜBER WILL stand in der obersten Zeile, die Worte vielfach mit dem Stift nachgezeichnet. Er lächelte, bis er die Fakten las.

Inoffizielle Freundinnen?
Verrückte Fans. Kommentare aus dem Blog als Beleg!!!
»Sie haben sich aneinandergeklammert ...« Abseits von den anderen? Weil er nicht Will ist?
Gebratenes Brot. Igitt!
Vegetarier? Vielleicht ist Will Vegetarier, Matt aber nicht. Verplappert?
Angst vor Nadeln, wird ohnmächtig! Und hat trotzdem ein teilweise verstecktes Tattoo auf der Schulter. Matt?
Erste Freundin: Alice Singleton. Sie wird das doch bestätigen können?
Will und Nathan sind auf der Tour als Einzige noch Singles.
Hat am Anfang der Tournee Natasha geküsst. Kann sich aber anscheinend nicht daran erinnern?
Hat sich das rechte Knie verdreht. Fotos von Verband am linken Knie auf TMZ.

Behauptet, auf der Tournee noch niemanden geküsst zu haben. (gelogen) Es sei denn, das war Will und nicht Matt. Vor mir?
Küsst definitiv beim ersten Date (siehe Natasha).
Hatte schon Sex. Fragt sich, mit wem.
Erinnerungslücken (Nathan und Die Tudors) – Zusammenhang mit dem Sturz aufs Gesicht? Nein. Will muss Nathan von den Tudors erzählt haben. Matt hatte keine Ahnung.
Weiß ziemlich genau gar nichts über die Welttournee.
Knochenbau seit dem Sturz verändert. Ockhams Rasiermesser. Es ist nicht Will, sondern Matt.

Er schlug das Notizbuch zu und sah sich um, ob ihn jemand beobachtet hatte. Wann hatte sie diese Puzzleteile zusammengesetzt? Wann war ihr der erste Verdacht gekommen? Hatte sie ihn nur dazu gebracht, sich in sie zu verlieben, um an eine heiße Story zu kommen? An die exklusive Schlagzeile? Übelkeit übermannte ihn, er musste sich setzen. Fuck.

Er sah seinen Bruder und seine Mutter auf der Straße sitzen. Ein Schicksal, das er sich bisher nicht einmal hatte vorstellen können, stand ihm jetzt lebhaft vor Augen. LJ würde sie völlig in der Hand haben. Ganz und gar und für immer. Er hatte es versaut und sie alle in die Scheiße geritten. Er sah auf die Uhr und fragte sich, wie viel Zeit ihm noch blieb, bis sie die Story veröffentlichte. Womöglich war sie schon online.

Im Bus auf und ab laufend, sah er auf seinem Handy

nach. Bei *WowSounds.com* war nichts. Vielleicht hatte sie sich ein größeres Publikum gesucht. Einen dickeren Scheck. Er startete eine Google-Suche nach News + Will Fray. Nichts.

Eilig lief er zum Bus der Band zurück, sprintete die Treppe hinauf und stieß krachend die Tür auf.

Sofort flog ihm eine Zeitschrift entgegen. Er duckte sich darunter weg.

»Wie oft hab ich dir gesagt, du sollst die Tür *leise* aufmachen?«, sagte Ryder mit gefährlich ruhiger Stimme.

Matt ignorierte ihn. »Ist hier irgendwo eine Nachricht für mich?«

Die Jungs runzelten die Stirn und sahen sich um. »Nicht, dass ich wüsste«, sagte Trevin. »Was ist los?«

Matt ließ sich aufs Sofa fallen und sagte nichts. Seine Gedanken rasten mit einer Million km/h. Er hatte keine Chance, sie zu finden. Er wusste nicht, wo sie wohnte, nicht einmal, in welcher Stadt. Alles, was er von ihr wusste, war, dass sie für *WowSounds* arbeitete. Sein Magen rebellierte, genau wie damals, als er um drei Uhr nachts zu Hause die Tür geöffnet hatte und Will total high und verzweifelt davorgestanden hatte.

»Ey, Alter, steck mal den Kopf zwischen die Knie. Du siehst aus, als ob du gleich umkippst.« Trevin sprang auf und drückte Matts Kopf nach unten.

Schon nach wenigen Augenblicken fühlte er sich besser und nahm den Kopf wieder hoch. Alle vier Bandmitglieder waren in der Küche versammelt und sahen ihn an. »Was ist passiert, Mann?«, fragte Miles. »Bist du krank?«

Er konnte es ihnen nicht sagen. Er durfte die Sache mit Will nicht ausplaudern. Er wollte sich einfach nur in seiner Koje verkriechen und verschwinden.

Hätte Anya ihn wirklich ohne ein einziges Wort verlassen?

Natürlich hätte sie das. Sie hatte bekommen, wofür sie hier gewesen war.

Verdammt. Es hatte sich echt angefühlt. Wirklich richtig echt.

Eine Leere breitete sich in seinem Herzen aus. Nie wieder würde er auf sein Gefühl vertrauen. Er betrachtete die geballten Fäuste in seinem Schoß.

Er musste sich zusammenreißen.

»Paige Parker hat letzte Nacht dafür gesorgt, dass Natasha gefeuert wird, und Anya ist auch verschwunden. Sie sind weg, und ich habe keine Möglichkeit, eine von beiden zu erreichen. Vor allem Anya.«

»Ach du meine Güte«, sagte Ryder. »Hey, Trevin, das macht zwanzig Mäuse. Ich hab dir gesagt, er ist in die Reportermaus verknallt. ›Nene‹, hast du gesagt. ›Das wird ihm nicht passieren.‹«

»Ihr habt Wetten auf mich abgeschlossen?«, fragte Matt mit schwacher Stimme.

»O bitte. Das kann man kaum eine Wette nennen. Ich meine, das war ja praktisch unvermeidlich.« Grinsend steckte Ryder den Schein in seine Gesäßtasche.

»Also, was hast du jetzt vor?«, fragte Nathan. »Paige

ist grässlich. Sie war immer ätzend zu mir. Natasha dagegen war immer nett. Wir sollten was unternehmen.«

»Paige war gemein zu dir?«, fragte Trevin »Warum hast du mir nichts davon erzählt? Ich hätte sie in null Komma nichts auf Linie gebracht.«

Nathan zuckte die Achseln, den Blick auf einen Laptop auf dem Tisch gerichtet.

Erst jetzt, als alle schwiegen, hörte Matt, dass ein Lied auf dem Computer lief. »Wer ist das?«

Miles drehte den Bildschirm zu ihm um. »Wir haben uns das Mädchen hier auf Youtube angeschaut. Sie hat dieses geile Cover von *The One* gesungen. Wir haben es gerade alle getwittert.«

Matt sah auf den Bildschirm. Ein hübsches Mädchen mit nettem Gesicht und Pferdeschwanz saß mit einer Gitarre auf dem Bett. Sie war gut. Richtig gut. »Schön«, sagte er leise, bevor er sich wieder aufs Sofa fallen ließ.

»Also, fassen wir mal zusammen«, fing Ryder an. »Du hast dich in die Reporterin verliebt, deren Job es ist, deine schmutzigen Geheimnisse ans Licht zu zerren. Irgendwie hast du es hingekriegt, dich in sie zu verlieben, ohne zu wissen, wie du sie erreichen kannst …«

»Echt jetzt? Ihr habt keine Handynummern, Mail-Adressen, Instagram-Handles oder so was ausgetauscht? Gar nichts?«, fragte Miles.

Matt schüttelte den Kopf. Ryder sprach weiter: »LJ würde eh 'nen Anfall kriegen, wenn du das mit ihr offiziell machst. Genau wie Nathan. Und wo wir gerade von ihm sprechen, LJ und das Miststück aus Schlampenhausen haben gerade Natasha rausgeschmissen, die ein echter Gewinn für die Crew war, da sind wir uns wohl alle einig. Und die Liebe deines Lebens ist verschwunden. Hab ich irgendwas vergessen?«

»Glaubst du, sie hat irgendeinen Skandal aufgedeckt und ist abgehauen, um ihn zu veröffentlichen?« Nathan sah sich in der Runde um. »Also, wer von euch hat was angestellt? Wer war's?«

Matt blieb die Luft weg.

Kapitel 17

Anya war zu früh im Café und investierte einen ihrer letzten Dollars in eine Tasse Kaffee. Sie sank tiefer in ihren Sessel, als sie die Stimmen im Radio erkannte. *Seconds to Juliet* gaben ein Interview. Will sagte die ganze Zeit nichts. Und dann auf einmal doch. Als sie ihn sagen hörte, dass er manchmal einfach Lust hätte, ein hübsches Mädchen zu küssen, lief ihr eine Träne übers Gesicht.

Wenigstens hatte er sie hübsch genannt. Aber das hatte sie nur Natasha zu verdanken. Sie hatte dafür gesorgt, dass Anya gestern Abend so besonders ausgesehen hatte. Verdammter Kerl. Er hatte sie angelogen, sie kam sich seinetwegen total doof vor. Und war verletzt.

Eine Frau kam in das fast leere Café und sah sich um. Ihr Blick streifte Anya und suchte weiter. Anya erkannte ihre Redakteurin von dem Foto auf der Website. Sie stand auf und winkte. »Mrs Wilson? Cyn?«

Ein erschrockener Ausdruck trat auf das Gesicht der Frau, sie nickte und kam zwischen den leeren Tischen hindurch auf Anya zu. An ihrem Tisch blieb sie stehen und starrte Anya eine ganze Weile nur an. Ihre Lippen zuckten. »Anya Anderson?«

»Ich fürchte schon.«

Cynthia setzte sich, ohne Anya aus den Augen zu lassen. »Wow«, sagte sie. »Nicht ganz das, was ich erwartet hatte.«

»Ich weiß. Tut mir leid, ich glaube, ich habe Mist gebaut.« In ihr hatte sich so viel angestaut, dass sie beschloss, einfach alle Karten auf den Tisch zu legen, damit sie sich entschuldigen und dann weitersehen konnte.

»Der Manager von *S2J* hat mich angerufen und mir gesagt, ich schulde ihm fünfzehnhundert Dollar für ein Kleid. Also ja, womöglich haben Sie wirklich Mist gebaut. Sagen Sie mir, dass Sie eine Story haben. Irgendeine Enthüllungsgeschichte, die den ganzen Ärger wert ist.«

Anya schluckte. »Ich habe etwas herausgefunden …«

Cynthia hob die Augenbrauen. »Ach ja? Was denn?«

Was sollte sie darauf erwidern? Einfach mit der Wahrheit herausplatzen? Andererseits …

»Ich bin nicht sicher, ob es die richtige Story für *WowSounds* ist.«

Ihre Redakteurin seufzte. »In diesem Fall tut es mir leid, Mrs Anderson …«

»Sagen Sie einfach Anya. Kein Mann, keine Kinder.« Sie setzte eine zerknirschte Miene auf.

Mrs Wilson schüttelte den Kopf »Tut mir leid, aber wenn Sie bis jetzt keine Story für mich haben, habe ich keine Verwendung mehr für Sie.«

»Wenn Sie mir etwas Zeit geben, könnte ich ...«

»Nein. Der Manager hat mich gebeten, Sie abzuziehen. Und wenn Sie die Tour nicht mehr begleiten, kann ich Ihnen nichts mehr zahlen. Dank Ihrer Klickraten konnten wir die Werbepreise für unseren Blog erhöhen, daher werde ich Ihnen die Kosten für das Kleid nicht anrechnen. Und ich habe einen Scheck für Ihre täglichen Spesen.« Sie holte einen Umschlag hervor. »Vierhundert Dollar. Auf Wiedersehen, Anya. Tut mir leid, dass es nicht funktioniert hat.« Sie streckte die Hand aus. »Das Tablet, bitte.«

Anya wand sich. »Tut mir leid, das liegt noch in dem Bus, in dem ich gewohnt habe.«

Mrs Wilson nahm den Umschlag mit dem Scheck darin wieder an sich. »Den kriegen Sie wieder, wenn Sie mir mein Tablet zurückgeben. Ich bin bis morgen früh im Hotel Meridian. Geben Sie das Tablet bis heute Abend an der Rezeption ab, dann wird man Ihnen den Umschlag aushändigen. Okay?«

Anya nickte, während sie innerlich verzweifelt nach einer Lösung suchte. Wenn nur ihre eigene Zukunft auf dem Spiel gestanden hätte, wäre sie vielleicht einfach gegangen. Aber hier ging es nicht nur um ihre Zukunft, sondern auch um die von Jude. Sie durfte ihn jetzt nicht hängen lassen.

Cynthia stand auf und nahm ihre Handtasche.

»Mrs Wilson. Warten Sie einen Moment.«

Cynthia blieb stehen und zog die Brauen hoch. »Haben Sie es sich anders überlegt?«

»Was wäre, wenn ich Ihnen die Story Ihres Lebens liefere?« Ihr Magen rebellierte, während sie die Worte aussprach.

Ihre Chefin – oder womöglich ihre Ex-Chefin – verschränkte die Arme. »Lassen Sie hören.«

»Das ist eine riesengroße Sache. Vielleicht groß genug, dass die Band daran zerbricht.« Galle stieg in ihrer Kehle auf. Was tat sie da bloß?

Nach einer Weile zuckte Cynthia die Achseln. »Also gut. Es liegt bei Ihnen. Bringen Sie mir das Tablet oder die Story.« Damit wandte sie sich ab und ging.

Die Story oder das Tablet.

Die Wahrheit oder nichts.

Sie tastete in ihrem Rucksack nach ihrem Notizbuch, um die Hinweise noch einmal zu lesen und sich zu vergewissern, dass sie sich das alles nicht eingebildet hatte. Es war nicht da! Wie konnte sie das vergessen haben?

So oder so musste sie jetzt die ganze Strecke zum Stadion laufen und dann noch einmal den ganzen Weg zurück. Was würde sie tun, wenn sie Will begegnete? Oder Matt? Oder wer er auch war. Sie musste sich beeilen. Schnell rein und schnell wieder raus, bevor irgendwer sie sah.

Sie raffte ihre Sachen zusammen und nahm sich aus einem Ständer am Eingang des Cafés einen Stadtplan für Touristen, damit sie später den Weg zum Hotel finden würde.

Vielleicht konnte sie es so abpassen, dass er in der Maske oder der Garderobe war, wenn sie ankam. Sie wollte ihn nicht sehen. Sie schämte sich zu sehr. Sie flog wegen eines gestohlenen Kleides aus der Tournee und er hatte sie die ganze letzte Woche lang angelogen. Aber wahrscheinlich hatte er sie ohnehin längst vergessen. Was hatte er gesagt? Nur ein hübsches Mädchen, mehr nicht.

Sie wollte glauben, dass er etwas für sie empfand, dass wenigstens *dieser* Teil wahr gewesen war, aber sie wusste selbst am besten, wie dicht ein Netz aus Lügen gewebt sein konnte. Wo hatte seine Täuschung angefangen, wo hörte sie auf? Selbst wenn er darauf bestand, dass seine Gefühle für sie echt gewesen waren, woher sollte sie wissen, was sie glauben sollte, wenn er privat das eine sagte und in der Öffentlichkeit das andere?

Während sie niedergedrückt vom Gewicht ihres Rucksacks losmarschierte, wünschte sie sich, sie hätte mit ihm geschlafen. Nur das eine Mal. Denn bisher hatte sie noch nie den Wunsch danach verspürt, und jetzt wusste sie nicht, ob sie es je wieder wollen würde. Einfach nur, um sich einen Moment lang geliebt zu fühlen, vielleicht hätte ihr das Kraft gegeben für … alles, was noch kam.

Vielleicht hätte ihr das die Entscheidung leichter gemacht.

Aber sie hatte nicht mit ihm geschlafen. Und wenn sie nicht ihr Notizbuch abholte und ihre Story schrieb, hatte sie nach diesem ganzen furchtbaren Chaos nicht das Geringste vorzuweisen.

Die Straßen wurden immer leerer, je weiter sie sich von der Innenstadt entfernte, und als sie in eine völlig menschenleere Straße einbog, ließ sie sich gegen eine Häuserwand sinken. Trockene Schluchzer erschütterten ihren Körper. Sie krümmte sich und versuchte sich einzureden, dass es nur das Gewicht ihres Rucksacks war, das ihr so unerträglich vorkam, und nicht vernichtende Verzweiflung.

Es reicht. Genug jetzt. Du hast schon Schlimmeres durchgemacht. Du hast Schlimmeres überlebt. Du kannst auch das überleben.

Sie richtete sich auf und wischte sich die Nase am T-Shirt-Ärmel ab, weil sonst nichts in Reichweite war. Alles in ihr wollte kehrtmachen und so weit wie möglich vom Stadion weglaufen, aber womit würde sie Jude und sich selbst dann helfen? Ein paar Hundert Dollar würden sie nur eine Weile über Wasser halten. Ein Job, ein richtiger Job, würde ihnen sehr viel länger helfen.

Sie nahm die Schultern zurück, korrigierte den Sitz ihres Rucksacks und setzte sich wieder in Bewegung. Mit jedem Schritt hob sie das Kinn ein Stück höher.

Als sie in die Nähe des Stadions kam, kramte sie nach ihrem Backstage-Pass, um ihn dem Mann an der Sicherheitskontrolle zu zeigen. Zum Glück hatte sie ihn als Souvenir eingepackt. Sie hatte deswegen richtig mit sich gerungen, als sie in aller Hast ihre Sachen gepackt hatte. Sie wollte die vergangene Woche in Erinnerung behalten, aber andererseits wollte sie auch alles hinter sich lassen, nachdem das Ganze so schrecklich in die Hose gegangen war. So tun, als wäre es nie passiert.

Okay. Kopf hoch. Kopf hoch.

Sie näherte sich dem Tor und hielt den Pass hoch, den sie sich um den Hals gehängt hatte. Der Mann, der ihr – in einem anderen Leben, wie es ihr schien – damals den Weg hinein gezeigt hatte, nickte ihr zu und wandte sich wieder seinen Monitoren zu. Sie schob sich durch die Absperrung und zögerte. Alles sah noch genauso aus, fühlte sich aber vollkommen anders an. Sie gehörte nicht mehr hierher.

Außerhalb der Busse war niemand zu sehen, was allerdings nicht besonders überraschend war. Es war brüllend heiß. Vor dem *Hanging On* stand ein gelbes Warnschild, das darauf hinwies, dass drinnen jemand den Boden gewischt hatte. Sie hoffte, das Tablet und ihr Notizbuch wären noch da. Vorsichtig stieg sie die Treppe hinauf und hätte mit ihrem Rucksack beinahe nicht durch die Tür gepasst. Das hätte dem Ganzen die Krone aufgesetzt. Einen Moment lang stellte sie sich vor, sie würde in der Tür stecken bleiben, könnte sich nicht mehr befreien und würde mit den Armen rudern wie ein Käfer, der auf dem Rücken lag.

Sie schaffte es durch die Tür und schnappte sich das Tablet, das noch genau da lag, wo sie es zurückgelassen hatte. Gott sei Dank. Nachdem sie es in einer Seitentasche des Rucksacks verstaut hatte, suchte sie in ihrer Koje nach dem Notizbuch. Weg. Verdammt. Sie hatte keine Zeit, die Person aufzutreiben, die den Bus geputzt hatte. Sie spähte aus dem Fenster, um sich zu vergewissern, dass sie es unbehelligt zurück zum Security-Check schaffen würde. Noch immer war alles menschenleer.

Ein letztes Mal sah sie sich in dem Wagen um, der für sie wie ein Zuhause gewesen war, obwohl sie nur ein paar Tage hier gewohnt hatte. Dann öffnete sie die Tür und lief eilig los.

Sie hatte die Hälfte der Strecke zurückgelegt, als eine Tür knallte und der Wind erhobene Stimmen zu ihr herübertrug. Sie machte den Fehler, sich umzudrehen. Es war Paige, die das goldene Kleid festhielt, und Will oder Matt. Vielleicht sollte sie stattdessen einfach Fray denken. Anyas Herz stockte und alles schien sich zu verlangsamen.

Das Kleid schwebte zart in der Luft, während Paige es hin und her schwenkte. Es funkelte im schwächer werdenden Licht. Sie erinnerte sich an das Gefühl, es zu tragen. Ihr war klar, dass Fray gerade die Story zu hören bekam, sie, Anya, hätte das Kleid gestohlen. Hatte sie eine Chance zu fliehen?

Nein. Ihre Blicke trafen sich und sie fühlte sich wie magnetisch von ihm angezogen. Sie konnte nicht weglaufen. Selbst als er sich das Kleid schnappte, Paige mit einer Geste wegschickte und mit großen Schritten über den Parkplatz lief, konnte sie sich nicht rühren. Obwohl sie wusste, dass es vorbei war, waren ihre Füße wie mit dem Boden verwachsen. Ihr Körper und ihre Seele sehnten sich anscheinend nach den Qualen dieser Trennung, sonst würden sie Anya doch weglaufen lassen.

Er stand vor ihr und sie beugte sich unwillkürlich in seine Richtung. Einen Moment lang sagte er nichts, aber sein Blick sah so stürmisch aus wie die Wolken, die sich über dem Stadion zusammenbrauten.

»Hast du das geklaut?«, fragte er, ohne das Kleid auch nur anzuheben.

»Ich ...« Ihre Stimme brach, sie brachte keinen Ton mehr heraus. Sie räusperte sich. »Nicht absichtlich.« Sie wollte Natasha nicht erwähnen. Sie sollte nicht noch mehr Ärger bekommen.

»Du hast das hier vergessen, als du abgehauen bist.« Seine Worte klangen stahlhart. Er zog etwas aus der Hosentasche. Ihr Notizbuch. »Du wolltest die Band und mich mit einer wilden Story über meinen Zwillingsbruder ans Messer liefern? Arbeitest du in Wirklichkeit für ein billiges Klatschmagazin? War ich nur ein Spiel für dich?« Er deutete auf sie beide, doch der Zug um seinen Mund verriet, dass ihm der Gedanke an sie als Paar wehtat. »War das mit uns nur ein Spiel?«

»Nein. Nein! Ich ...«

»Ach, hör auf. Du hattest diese ganzen Theorien, aber du hast mich nie danach gefragt. War das Absicht? Damit ich deine Geschichte nicht abstreiten konnte? Damit du sie einfach ohne Kommentar von mir veröffentlichen konntest?«

Sie fing an zu zittern. Alles war so außer Kontrolle geraten, dass sie nicht wusste, was sie tun sollte. Wie sie es erklären sollte. Denn die Wahrheit war: Ja, sie war in der Hoffnung zu dieser Tour gekommen, eine Exklusiv-Story über ihn zu kriegen. Und mit der Absicht, diese Story an den Meistbietenden zu verkaufen, damit sie sich und Jude irgendwo in Sicherheit bringen konnte. Und bis zu diesem Augenblick hatte sie überlegt, ob sie es fertigbringen würde, ihren Plan durchzuziehen. Das konnte sie nicht abstreiten. Nicht ohne zu lügen.

Aber halt, Moment mal. Ihre Wut auf ihn kam brodelnd wieder an die Oberfläche. »Warum hätte ich dich bitten sollen, dich dazu zu äußern, wenn du immer nur gelogen hast? Alles, was du mir je erzählt hast, war gelogen, oder etwa nicht? Ein Haufen Lügen, sonst nichts. Lügen über Lügen. Wie sagt man gleich? Ich weiß, dass du lügst, weil sich deine Lippen bewegen. Warum hättest du mir über irgendetwas die Wahrheit sagen sollen? Du hast ja sogar bei deinem Namen gelogen.«

Sie würde diese Story so was von schreiben.

Sie hievte ihren Rucksack ein Stück höher, beinahe wie zur Verteidigung. Aber mit seinem Gesicht stimmte etwas nicht. Er sah verletzt aus und traurig und wütend. Alles gleichzeitig.

Sie würde diese Story so was von nicht schreiben. Genau wie sie wusste, dass allein die unerträgliche Vorstellung, ihn zu verraten, ihr Schicksal von Anfang an besiegelt hatte.

Sie hatte alles verdorben. Alles. Und jetzt hasste er sie, hielt sie für eine Diebin und Schlimmeres. Das sah sie ganz deutlich in seinen Augen.

»Was kümmert es dich? Du hättest doch ohnehin deine Enthüllungsstory geschrieben, oder nicht? Ich kann nicht glauben, dass ich …« Er schüttelte den Kopf.

»Dass du was? Was kannst du nicht glauben?« Ihr

Herz schlug schneller angesichts der Möglichkeit, dass …

»Nichts. Geh einfach.« Er sah zu Boden. »Und komm bitte nicht wieder.«

Sie hatte sich gestern Abend geirrt. Sie hatte nicht einmal ansatzweise eine Vorstellung davon gehabt, wie sich das anfühlte. Nicht im Mindesten.

Langsam, mit einem letzten Blick auf den Jungen, den sie liebte, wandte sich Anya von ihm ab. Er hielt noch immer das Kleid in der Hand, das sowohl sie als auch Natasha den Job gekostet hatte.

Nichts in ihren siebzehn Lebensjahren hatte sie auf eine solche Situation vorbereitet. Alles in ihr fühlte sich kaputt und zerbrochen an, und niemand konnte ihr helfen, die Teile wieder zusammenzusetzen.

Sie war wieder allein.

Am liebsten hätte Anya geweint, doch anstelle von Traurigkeit empfand sie nichts als Leere. Sie hatte nicht einmal genug Energie, um sich die Tränen wegzuwischen oder so zu tun, als ob alles in Ordnung wäre. Sie schaffte es gerade so, weiterzugehen, statt sich in einer Ecke zusammenzurollen und zu versuchen, unsichtbar zu sein.

Sie blieb kurz stehen, um das Tablet einzuschalten und ihre Notizen zu löschen. Sie würde Wills Geheimnisse nicht veröffentlichen, und soweit das in ihrer Macht stand, würde es auch niemand sonst tun.

Sie musste ihren Scheck abholen und von hier verschwinden. So tun, als wäre das alles nie passiert. Nach vorn sehen, vergessen. Aber sie hatte die furchtbare Angst, dass sie niemals würde vergessen können, wie er zu ihr gesagt hatte, sie solle weggehen und nie mehr wiederkommen.

Sie erreichte das Hotel. Der Mann an der Rezeption sagte ihr, niemand habe etwas für sie hinterlegt, aber Mrs Wilson sei seit dem Vormittag nicht mehr ins Hotel zurückgekehrt.

Anya ließ sich in einen Sessel in der Lobby fallen, nachdem sie versucht hatte, ihren Rucksack hinter dem angrenzenden Sofa zu verstecken. Sie wollte nicht, dass die Leute sie anstarrten, und ihr war schmerzlich bewusst, dass niemand, der hier ein- oder auscheckte, als Gepäck einen großen, sperrigen Rucksack dabeihatte. Das Gepäck dieser Leute war schlank, hatte Rollen und sah teuer aus. Zehn Minuten lang beobachtete sie die Tür und hoffte, dass Mrs Wilcox bald kommen würde. Dann würde sie sich auf den Weg zum Busbahnhof machen. Vergeblich suchte sie auf dem Stadtplan nach einer Bank auf dem Weg zu ihrem Bus, damit sie den Scheck dort einlösen konnte.

Als Mrs Wilcox endlich kam, übergab ihr Anya wortlos das Tablet. Das sagte doch alles, oder nicht? Keine Story. Es war vorbei.

Mrs Wilcox sagte nicht viel. Sie gab Anya den Scheck und wandte sich kopfschüttelnd ab. Wahrscheinlich nahm sie sich vor, in Zukunft alle freien Reporter persönlich kennenzulernen.

Kaum hatte sie das Hotel verlassen, fing es an zu

donnern und in Strömen zu regnen. Natürlich regnete es. Weil es unmöglich war, dass sie mal Glück hatte. Sie hatte dreihundertfünfundsiebzig Dollar in der Tasche und die letzte Viertelstunde damit verbracht, den Rezeptionisten im Hotel zu verfluchen, weil er ihr fünfundzwanzig Dollar für das Einlösen des Schecks berechnet hatte. Und jetzt war sie nass.

Eigentlich reichte das Wort nass nicht aus, um die Unmengen an Wasser zu beschreiben, mit denen sich ihre Kleidung, ihr Rucksack und ihre Haare vollgesogen hatten. Sie hatte das Gefühl, mindestens zehn Kilo zusätzlich an Regenwasser mit sich herumzuschleppen. Und die Tragegurte schnitten höllisch an den Schultern ein. Sie würde Blasen bekommen.

Das ist jetzt nicht mehr wichtig. Nichts ist mehr wichtig. Ich bin auf dem Weg nach Hause.

Zwanzig Minuten später stellte sie einigermaßen erleichtert fest, dass sich der Ticketverkauf am Busbahnhof im Inneren eines Gebäudes befand. Oft genug war das nur ein Schalterfenster im Freien. Sie ging hinein und seufzte. Da waren ein Fahrkartenverkäufer und drei Stühle in einem Wartesaal. Alle besetzt.

»Einmal nach Tulsa, Oklahoma, bitte«, sagte sie.

Ohne aufzusehen, ohne sie anzusehen, nahm er ihr Geld und gab ihr ein Ticket. »Steigen Sie in Dallas um. Abfahrt ist in sechs Minuten.«

Endlich hatte sie ein bisschen Glück. Anya hatte schon befürchtet, sie würde einen halben Tag oder länger auf den Bus warten müssen. Sie beschloss, nach draußen zu gehen, um den richtigen Bussteig zu finden. Auf keinen Fall wollte sie den Bus verpassen. Sie würde sich schnellstmöglich aus dem Staub machen.

Mit quietschenden Bremsen kam der Bus zum Stehen. Ein Strom von Menschen stieg aus und wartete auf das Gepäck. Anya setzte ihre Tasche ab und stellte sich vor den Gepäckraum.

»Immer langsam, Schätzchen«, sagte der Fahrer. »Ich hab jetzt Feierabend. Der nächste Fahrer kümmert sich um deine Taschen und dein Ticket.« Er schloss die Tür mit einem Hebel an der Außenseite des Busses ab, ging davon und ließ Anya im Regen stehen. Klasse. Genauso. Immer schön langsam. Und patschnass.

Aber zumindest konnte niemand den Unterschied zwischen dem Regen und ihren Tränen erkennen.

Kapitel 18

Matt sah auf die Uhr. Seit ihrem Streit waren genau fünf Stunden vergangen – nicht, dass er sie gezählt hätte – und noch immer war keine Enthüllungsstory im Netz. Nicht einmal irgendwelche Ankündigungen wie Eilmeldung zu *Seconds to Juliet* in Kürze!

Hatte er sie falsch eingeschätzt?

Denn selbst wenn sie ihm sein lahmes Dementi, Wills Zwilling zu sein, abgekauft hatte, besaß sie immer noch einen ganzen Haufen Munition gegen ihn: Seine Witzchen darüber, dass Miles schwul sei, ihre Beziehung, denn ja, es war eine Beziehung gewesen, die albernen Witze über die Gäste aus der Musikbranche und wie schrecklich sie tanzten. Nichts Schlimmes, aber es würde reichen, um die Band schlecht dastehen zu lassen. Und ihn. Es würde für eine Story reichen, die hohe Wellen schlagen konnte.

Es war so dumm gewesen, sie wegzuschicken. Er hätte ihr Zeit zum Reden geben sollen. Vielleicht hätte er sich ihr anvertrauen sollen. Ihr einen Vertrauensvorschuss gewähren.

Jetzt war es wohl zu spät. Sie war in ihr eigenes Leben zurückgekehrt und würde ihn vergessen.

Verflucht. Er hasste diese Vorstellung. Aber was sollte er tun? War dieses Opfer nicht notwendig, um die Band zu schützen? Dass sie die Story bis jetzt noch nicht veröffentlicht hatte, hieß nicht, dass sie es nicht noch tun würde.

Sie saßen alle zusammen im Bus und warteten auf den Auftritt – der in einer Stunde losgehen würde.

»Kein Wort?«, fragte Nathan zum hundertsten Mal. Er war so ein cooler Typ. Er schien sich wirklich um Anya und ihn zu sorgen, obwohl er die Fahne des *S2J*-Singles allein würde hochhalten müssen, wenn Will/Matt sich tatsächlich mit jemandem einließ.

»Nichts. Aber auch kein Artikel. Jedenfalls noch nicht.«

»Mal im Ernst, Kumpel, hast du irgendwas gemacht, was sie jetzt ganz dringend an die große Glocke hängen muss?«, fragte Miles.

Es war nicht das erste Mal, dass diese Frage aufkam, und normalerweise warfen die anderen dann Sachen dazwischen, von denen sie vermuteten, dass er sie getan haben könnte. Doch jetzt sagte niemand etwas. Er hob den Blick und sah, dass alle außer Trevin über seine Schulter starrten.

»Ja, vielleicht hat er das. Aber ich glaube trotzdem, dass es an der Zeit ist, unsere Kräfte für das Gute einzusetzen, findet ihr nicht?«, sagte eine Stimme, die Matt nur zu gut kannte.

»Ach du meine Scheiße«, sagte Ryder und sprach damit das aus, was wohl alle dachten.

Matt stand auf, drehte sich um und sah seinen Zwilling von oben bis unten an. Er konnte sich ein Grinsen nicht verkneifen. Es war schön, ihn zu sehen. Und noch dazu in so guter Form. »Alter!« Er breitete die Arme aus und Will kam auf ihn zu und umarmte ihn.

»Danke. Ich … einfach danke, Bro«, sagte er leise.

»Kein Ding. Schön, deine hässliche Visage wiederzusehen«, sagte Matt, der eine sentimentale Wiedersehensaussprache vor den anderen vermeiden wollte. Die anderen. Er sah die Jungs einen nach dem anderen an; nur Trevin sah erheitert aus.

»Was ist das? Irgendeine kranke Version vom Doppelten Lottchen?« Ryder schien der Anblick der Zwillinge als Einzigem nicht die Sprache verschlagen zu haben.

Will hob beschwichtigend die Hände. »Es tut mir leid. Es tut mir wirklich leid. Ich hatte solche Probleme wegen der Schmerzmittel, die LJ mir gegeben hatte, und als meine Mom darauf bestand, dass ich zum Entzug gehe, hat er gedroht, sie wegen des Verdienstausfalls und Vertragsbruchs zu verklagen. Wir hatten wirklich keine andere Wahl.«

»Das ist irre«, sagte Miles. »Ich hab mich schon gefragt, wie du Texte vergessen konntest, die du selbst geschrieben hast. Ihr seht euch so verdammt ähnlich.« Er schüttelte staunend den Kopf und sah genauer hin. »Halt, nein, tut ihr nicht. Jetzt, wo ihr direkt nebeneinander steht, sehe ich die Unterschiede. Die sind mir nur vorher nie aufgefallen. Aber dir geht's jetzt wieder gut, Will?«

»Ja. Mir geht's gut. Das Knie ist noch ein bisschen empfindlich, aber damit muss ich mich jetzt wohl abfinden«, sagte sein Bruder.

»Okay und wer bist du eigentlich?«, fragte Nathan immer noch stirnrunzelnd. »Ich hab das Gefühl, ich sollte den Namen von Wills Bruder kennen, tu ich aber nicht.«

»Ich bin Matt«, sagte er. Er war erleichtert, dass jetzt alles raus war, hatte aber immer noch Angst, jemand könnte sie verraten. Er sah Trevin an, der ihm zunickte.

»Jungs, wir stehen doch alle hinter Will, oder?«, fragte Trevin. »Keiner petzt, damit seine Familie nicht verklagt wird, richtig?«

»*Bloody hell*, natürlich«, sagte Miles. »Die beiden sind vielleicht Zwillinge, aber wir sind doch alle Brüder. Oder etwa nicht?« Er sah die anderen der Reihe nach an und hob die Faust, wie sie es jeden Abend machten, bevor sie auf die Bühne gingen.

Alle beugten sich vor, um die Fäuste aneinanderzustoßen. Matt zögerte, weil er sich fragte, ob er jetzt noch dazugehörte, aber alle warteten auf ihn, bevor sie leise »*S2J!*« sagten und die Hände wieder zurückzogen.

»Also, was ist das Problem?«, fragte Will. Er setzte sich neben Matt.

»Schickes Unterhemd, Bro.« Matt zog die Brauen hoch und schüttelte den Kopf, als könne er nicht glauben, dass sein Zwillingsbruder so etwas tragen würde.

Er war nicht sicher, ob er schon bereit war, Will alles zu erzählen. Er wusste nicht einmal, ob er das Verlustgefühl und die Angst, dass Anya sie bloßstellen könnte, überhaupt selbst begriff.

»Schicker Themenwechsel. Was ist passiert?«, hakte Will nach.

»Lange Geschichte.« Matt schüttelte den Kopf.

»Will, ich meine, Matt hat sich in die Reporterin verknallt, die schmutzige Geheimnisse der Band ausbuddeln sollte«, sagte Miles.

»Das klingt ehrlich gesagt nicht gerade nach einer langen Geschichte«, erwiderte Will.

»Natasha und sie …«, fing Matt an.

»Anya«, sagte Miles grinsend.

Matt warf ihm einen scharfen Blick zu. »Natasha und Anya …«

»Ja, ich weiß schon. Ich hab mich mit Natasha den ganzen Nachmittag im *Hanging On* verkrochen, um mich mit ihr zu versöhnen. Sie hatte mir geschrieben, gleich nachdem sie gefeuert worden war. Na ja, wahrscheinlich dachte sie, sie hätte dir geschrieben … aber egal. Ich weiß alles. Vielleicht sogar mehr als du. Ich wollte nur sehen, wie du dich windest«, sagte Will.

»Du weißt nicht mehr als ich. Und woher zum Teufel hat Natasha deine Nummer?«, fragte Matt. Wut mischte sich in sein Elend.

Will zögerte. »Ach ja. Ach, richtig. Das ist ja verrückt. Ich hatte ganz vergessen dir zu sagen, dass zwischen Natasha und mir ein bisschen was gelaufen ist, bevor ich den Unfall hatte.« Er machte ein schuldbewusstes Gesicht.

»Deshalb war sie so komisch zu mir? Du Arsch. Wie konntest du vergessen, mir das zu erzählen?«

»Ich war high«, sagte Will.

»Das kannst du nicht für alles als Entschuldigung benutzen, Alter«, sagte Matt. »Außerdem haben wir im Moment wichtigere Probleme.«

»Ich glaube, du versteht nicht ganz«, sagte Will. »Während ich weg war, hatte ich Zeit zum Nachdenken. Hört mal zu, Jungs. Wir sind millionenschwere Künstler. Diese ganze Tournee und die Existenz von LJ, seiner Firma und der ganzen Crew hängen gerade allein von uns ab. Wann sollen wir je Forderungen stellen, wenn nicht jetzt? Wann sollen wir die Verantwortung übernehmen? Wann sollen wir dafür sorgen, dass Terroristinnen wie Paige nicht gewinnen? Die dürfen nicht einfach unsere Freunde rausschmeißen. Wir sind Amerikaner. Wir dürfen Terroristen nicht gewinnen lassen, verdammt.«

Miles hob die Hand.

»Ja, Miles, ich weiß, du bist Brite. Aber wenn es um Terroristen geht, solltest du auf unserer Seite stehen.«

»Das tu ich. Paige macht mir eine Scheißangst.«

»Und vergessen wir nicht, dass sie dir die Zunge in den Hals gesteckt hat«, sagte Ryder.

»Hat sie? Das hab ich aus meinem Gedächtnis gestrichen. Ausgelöscht.« Miles erschauerte und griff nach seinem Handy.

»Also, was schlägst du vor, Will?«, fragte Trevin.

»Nur dass wir nicht einfach dastehen und zusehen, wie jemand wie Paige unsere Freunde feuern lässt. Wir wollen Anya und Natasha bei uns haben, dann sollten wir das auch hinkriegen. Wer ist dabei?«

Alle hoben die Hand.

»Halt, Moment, warte«, sagte Matt. »Was meinst du mit ›unsere Freunde feuern lässt‹? Gefeuert wurde doch nur Natasha, oder nicht? Ich meine, Anya geht doch einfach zu *WowSounds* zurück, oder nicht?«

Will runzelte die Stirn. »Das glaube ich kaum. Natasha hat mir erzählt, dass Anya der Tournee verwiesen wurde. Und wahrscheinlich ist sie auch bei dem Magazin rausgeflogen.«

»Nein«, murmelte Matt. Das konnte nicht wahr sein, oder doch?

Wie konnte sie nach ihrem ersten Streit einfach abhauen? Warum hatte sie nicht versucht, mit ihm zu reden?

Will stieß ihn an. »Ich muss mit dir reden. Wir beide haben noch was zu besprechen. Draußen?« Als Will aufstand, fiel sein Blick auf den Computer auf dem Tisch. »Moment mal, ihr habt doch in meiner Abwesenheit nicht angefangen, zusammen Pornos zu gucken, oder? Ich weiß nicht, ob ich da mitziehe.«

Nathan drückte eine Taste und eine Mädchenstimme kam aus den Lautsprechern. Er sah sich immer noch das Video an, das sie gepostet hatte.

»Wer singt da unseren Song?«, fragte Will.

»Nur ein Mädchen in seinem Zimmer«, sagte Nathan achselzuckend. Sein Blick klebte wieder am Bildschirm. »Sie sagt, sie heißt Abby.«

»Aha. Hübsche Stimme.«

Nathan nickte nur. »Und der Rest stimmt auch.«

Matt folgte Will aus dem Bus, er fragte sich, worüber sein Bruder mit ihm sprechen wollte.

Kaum war die Tür geschlossen, kam Will zur Sache. »Hör zu, da gibt's nichts schönzureden. Wie sehr stehst du auf diese Anya?«

»Sehr.« *Worauf in aller Welt wollte er hinaus?*

»Natasha hat mir sofort geschrieben, als sie rausgeschmissen wurde, und ich bin so schnell wie möglich hergekommen. Sie hat sich nicht um sich Sorgen gemacht, sondern um Anya.«

»Warum?«

»Abgesehen davon, dass Natasha das Kleid genommen hat und Anya deswegen in Paiges Schusslinie geraten ist, hat sie mir erzählt, dass Anya kein Zuhause hat und nirgendwo hinkann. Sie ist obdachlos, seit sie fünfzehn ist. Ihre Mutter ist abgehauen und hat sie verlassen.«

Matt zog es den Boden unter den Füßen weg. Warum hatte sie ihm nichts davon erzählt? Wie konnte es sein, dass er das nicht gewusst hatte? Wo zum Teufel war sie jetzt? Warum hatte sie ihm nicht vertraut?

Vielleicht, weil ich *ihr nicht vertraut habe.*

»Du hast ihr nicht gesagt, wer du bist. Du kannst nicht erwarten, dass sie dir vertraut, wenn du ihr nicht vertraust«, sagte Will, der wie immer auf unheimliche Weise seine Gedanken las. Und dann boxte er ihn kräftig gegen den Arm.

»Was soll das denn, Mann?« Matt rieb sich den Oberarm.

»Das ist von Natasha. Sie meint, du wärst so bescheuert zu glauben, dass Anya irgendetwas schreiben würde, was dir schaden könnte. Hat sie recht?«

Matt starrte auf die Stelle, an der er sie zuletzt gesehen hatte, zwischen dem Bus und dem Ausgang. Verdammt, sie hatte Natasha nicht einmal wegen des Kleids verraten, sondern ihn in dem Glauben gelassen, sie selbst hätte es genommen. Er ballte die Fäuste. »Ja, wahrscheinlich schon.«

»Wann hast du sie zuletzt gesehen?«

Matts Magen verkrampfte sich, als er auf die Uhr sah. »Vor fast sechs Stunden.«

»Habt ihr euch im Guten getrennt?«

Matt biss die Zähnen zusammen, als er daran dachte, wie kalt er zu ihr gewesen war. »Nein.«

»Und es gibt keine Blogposts, keine Tweets, keine Artikel, keine Teaser für eine Riesenstory?«

»Nein.« *Scheiße. Was habe ich getan!* »Was soll ich tun?«, Matt packte Will am Hemd und zerrte daran. »Was soll ich nur tun? Wie kann ich sie finden?« Er spürte ein Brennen im Bauch und Hitze in seinem Gesicht. Wieder biss er die Zähne zusammen, doch diesmal nicht vor Wut, sondern um nicht loszuheulen wie ein verdammtes Baby.

»Erstens nimmst du deine Finger von meinem Hemd, du verziehst mir die Form. Und zweitens werden wir sie finden. Mach dir deswegen keine Sorgen. Wenn wir wollen, haben wir die Aufmerksamkeit aller Medien weltweit. Also, nimm ’ne Pille und chille …«

»Ist das die Art von kranken Witzen, die man in der Entzugsklinik reißt?«

»Schon möglich.« Will sah auf die Uhr. »Ich gehe Natasha holen. Nimm dir ein paar Minuten Zeit, um dir zu überlegen, wie du die Sache mit Anya wieder geradebiegen willst, wenn wir sie gefunden haben. Wie du sie von der Straße kriegst und für sie sorgst, okay? Ich bin in zehn Minuten wieder da.« Er sah noch einmal auf die Uhr und lächelte. »Vielleicht auch zwanzig.«

»Wir haben nur noch vierzig Minuten, bis das Konzert losgeht«, rief Matt, während er seinem Bruder nachblickte. In seinem Inneren rangen eine Million Emotionen um die Oberhand. Es war einfach alles zu viel auf einmal. Die Nachricht, dass Anya auf der Straße lebte, dass sie ihn nicht verraten hatte, das Wiedersehen mit seinem Bruder und das Wissen, dass er aus der Tournee ausscheiden würde, nicht zu wissen, wie er Anya finden sollte …

Matt schüttelte den Kopf und stieg die Stufen zum Bus hinauf. Seine Hand zitterte, als er die Tür öffnete.

Zehn Minuten später stand Matt in der Ecke und Will und Natasha saßen aneinandergekuschelt auf dem Sofa.

»Das geht mal gar nicht«, sagte Miles. »In diesem Bus dürfen keine Tussis sein.«

»Das sagt gerade der Richtige«, sagte Ryder, ohne den Blick vom Fernseher zu lösen.

»Das war was anderes. Ihr habt alle geschlafen«, sagte Miles, und sein Blick hellte sich auf, als er an seine Nacht mit Aimee zurückdachte.

Und das erinnerte Matt an den Abend, den er mit Anya in ihrem Bus verbracht hatte. Und an jenen aufregenden, sexy Abend unter den Sternen.

Er verlagerte das Gewicht von einem Fuß auf den anderen. Er hing am Telefon und wartete darauf, dass sich der Leiter des Obdachlosenheims in Tulsa meldete. Der Leiter kannte Anya und war damit die beste Möglichkeit, sie zu erreichen. Während die Musik in der Warteschleife lief, versuchte er, den Gesprächen im Bus zu folgen.

»Ich bin gleich weg, versprochen.« Natascha wandte sich breit lächelnd an Will. »Ich bin so froh, dass du hier bist. Ich hab ernsthaft drüber nachgedacht, dich mit Abführmittel zu bestrafen, weil du mich einfach ignoriert hast und mit Anya weitergemacht hast, als hätte es diese Nacht nie gegeben, in der wir …«

»Ähem«, unterbrach Will sie. »Dafür kannst du mich später bestrafen. Also, haben wir einen Plan?«

»Äh, ja. Wir feuern die fiesen Biester von Cherry und bestehen darauf, dass Natasha ihren Job wiederkriegt«, sagte Miles. »Aber das ist noch keine Lösung für das wichtigste Problem, oder? Nichts gegen dich«, sagte er mit einem Seitenblick zu Natasha.

»Hab ich auch nicht so verstanden. Ich bin ebenfalls der Meinung, dass es Priorität hat, Anya zu finden. Es ist ein unerträglicher Gedanke, sie allein auf der Straße zu wissen.«

»Ich war früher an ein paar ziemlich schlimmen Orten, und ich sag euch, das ist kein Picknick da draußen. Sie zu finden, hat oberste Priorität. Will? Ich meine, Matt?« Miles runzelte die Stirn und schüttelte den Kopf über seinen Versprecher.

Matt war in der Küche, und die Warteschleifenmusik ging in die zweite Runde, während er den Jungs zuhörte. Als ihm bewusst wurde, dass er nicht allein war, schnürten ihm die Emotionen die Kehle zu. Er und Will waren nicht allein. Die Jungs waren seine Familie. Eine richtige Familie.

Die Frau kam wieder ans Telefon; er hob einen Finger, während er sprach. »Das ist großartig. Ja. Einen Moment bitte.«

Er malte in die Luft, um zu signalisieren, dass er etwas zum Schreiben brauchte, und Nathan schob ihm ein Comicheft und einen Stift zu.

»Danke. Vielen Dank.« Er legte auf. »Ich habe die Adresse. Der Leiter der Unterkunft war nicht da, aber die Frau hat gesagt, sie würde nach Anya Ausschau halten. Die beste Nachricht ist, dass ein Freund von ihr dort gewesen ist und sie deshalb glaubt, Anya könnte auf dem Weg zu ihnen sein. Ich probiere es noch bei ihrer Chefin bei *WowSounds*, nur für den Fall, dass sie da doch nicht rausgeflogen ist.«

Er tippte die Nummer ein, die er auf der Website von *WowSounds.com* gefunden hatte, und bat darum, mit der Redakteurin verbunden zu werden. Als er sagte, er sei Will, reduzierte das die Wartezeit merklich.

Trotzdem dauerte es einige Minuten, bis er die Empfangsdame davon überzeugt hatte, dass dies kein Scherz war. Ja, er musste wirklich herausfinden, wo Anya war.

Leider wusste man dort auch nicht viel mehr als er. Offenbar hatte sie ihre Spuren zu gut verwischt. Und ja, sie war gefeuert worden, weil sie keine Story hatte abliefern können. Mehr Informationen hatte die Empfangsdame nicht, aber sie wollte ein Autogramm, das Matt ihr versprach.

Er legte auf.

»Sie haben nur eine E-Mail-Adresse von ihr und die wollen sie mir nicht geben. Sie hatten ihr einen Scheck an eine Adresse in Tulsa geschickt, aber die gehörte zu einem Lebensmittelladen.«

Er hätte den anderen gern erzählt, warum man ihr gekündigt hatte, aber er wollte sich Natashas Häme ersparen und selbst nicht daran erinnert werden, dass er geglaubt hatte, sie würde ihn verraten.

»Hast du ein Foto von ihr?«, fragte Will.

Matt rief das Foto auf, das er am Vorabend in der Maske heimlich von ihr gemacht hatte. Verdammt, waren sie wirklich erst seit einem Tag getrennt?

Trevin stand auf. »Okay, das reicht. Wir müssen jetzt ein Konzert geben.« Als Matt protestieren wollte, hob er die Hand. »Ich weiß, sie bedeutet dir viel, aber da draußen sind zwanzigtausend Menschen, die dafür bezahlt haben, deinen Auftritt zu sehen. Also ziehen wir unsere Show durch.«

Matt sah Will an, er war nicht sicher, ob er noch einmal auf die Bühne wollte.

»Tut mir leid«, sagte Will. »So unvorbereitet kann ich die Show nicht durchziehen. Vielleicht, wenn ich ein paar Mal zugeschaut habe. Wenn ich jetzt einfach weitermache, würde ich alles verbocken.«

»Also gut«, sagte Trevin. »Matt kann bestimmt noch ein paar Konzerte für uns abliefern.«

»Unter einer Bedingung«, sagte Matt.

Trevin hustete heftig, als würde er ersticken. »Und die wäre?«

Matt sah Will schweigend an. Will nickte.

»Scheiße, seid ihr Telepathen, oder was?«, fragte Nathan, der so verblüfft aussah, als hätte Will Matt gerade schweben lassen.

»Wohl eher teleplemplem«, warf Ryder murrend ein.

»Sag mir einfach nur, was für eine Bedingung das ist«, bat Trevin.

Matt sah einem nach dem anderen fest in die Augen. »Nach der Show machen wir uns alle zusammen auf die Suche nach ihr. Deal?«

Trevin wirkte verwirrt. »Natürlich helfen wir dir alle bei der Suche. Wie kommst du auf die Idee, wir würden das nicht tun? Stimmt doch Jungs, oder? Wir sind eine Familie.«

Ein Chor aus zustimmenden Rufen ließ den ganzen

Wagen erzittern. Matt biss sich auf die Lippe und wandte sich ab. Er machte sich an den Messern und Gabeln in der Küchenspüle zu schaffen. Sobald er sich wieder unter Kontrolle hatte, drehte er sich zu seinen Freunden um – nein, zu seiner *Familie*.

Natasha stand auf. »Hey, wenn ihr alle geht, komme ich mit. Sie hat mir ihr Geheimnis anvertraut, und ich werde nicht zulassen, dass ihr Jungs da reinplatzt und irgendwas Dämliches macht.« Sie sah Matt an. »Nichts gegen dich, ich weiß, du bist ihr Freund. Aber ich kenne euch.«

Zum ersten Mal an diesem Tag lächelte Matt. Ihr Freund. Verdammt, ja. Er war ihr Freund.

»Dann mal los! Seid ihr bereit?« Trevin sah Matt, Nathan, Ryder und Miles der Reihe nach an. »Um LJ und Cherry kümmern wir uns alle zusammen, sobald wir Anya gefunden haben.«

»Definitiv«, sagte Ryder, als die anderen nickten. »Den Teil kann ich gar nicht erwarten.«

Kapitel 19

Nach dem Konzert legten sie ein sagenhaftes Tempo hin. Noch nie hatte Matt die Jungs so schnell in Bewegung gesehen. Noch in derselben Sekunde, in der ihre letzte Nummer verklang, rannten sie zurück zum Bus, wo Natasha schon Snacks und Getränke für die Fahrt vorbereitet hatte.

Ihr Plan war es, die Stadt abzusuchen, wobei sich jeder einen anderen Bereich vornehmen sollte, um sich dann am Busbahnhof zu treffen. Natasha hatte schon während des Konzerts angefangen herumzutelefonieren und herausgefunden, dass einige Stunden zuvor ein Bus abgefahren war, der über Dallas nach Tulsa fuhr.

Mit Glück würden sie ihn entweder einholen – obwohl Matt keine blasse Ahnung hatte, wie man auf legale Weise einen Bus stoppte, wenn man nicht gerade die Polizei war – oder sie würden zu dem Obdachlosenheim in Tulsa fahren.

Matt teilte sich den SUV mit Nathan, der irgendwas auf seinem Handy machte. »Du guckst dir jetzt aber nicht *Die Tudors* an, oder?«, fragte Matt halb im Scherz.

»Meinst du das ernst? Ich rufe eine Karte von New Orleans auf, damit ich dich durch die Straßen navigieren kann. Damit wir auch keine übersehen.«

Matt seufzte. »Danke. Allerdings habe ich das Gefühl, dass sie nicht mehr hier ist. Ich glaube, sie ist nach Tulsa abgehauen. Das hätte ich unter diesen Umständen jedenfalls gemacht.«

»Du meinst, wenn du obdachlos wärst, Paige dich reingelegt hätte, du deinen Job verloren hättest und dann in ein Riesenunwetter geraten wärst?«

»Auf jeden Fall, genau das würde ich tun.« Jedenfalls hoffte er, dass sie das getan hatte. Im Bus wäre sie sicher und im Trockenen, und in Tulsa gab es Menschen, die sie kannte.

Gott, bitte lass sie in Sicherheit sein.

Er umklammerte das Lenkrad, als hinge sein Leben davon ab. Er musste sie einfach finden.

Sein Handy summte und das Display zeigte *Miles* an. Er drückte auf die Taste, um den Anruf auf Lautsprecher zu stellen.

»Ja?«

»Keine Neuigkeiten von hier, Mann. Tut mir leid. Wir haben in allen Unterkünften in unserem Abschnitt nachgefragt und sind dann die Straßen abgefahren. Ich hatte schon Angst, Ryder würde eine neue Candy Cane finden. Autsch!«

»Sie war Stripperin, keine Prostituierte«, hörte er Ryder im Hintergrund grummeln.

Gegen seinen Willen musste Matt schmunzeln. Candy

Cane war eine alte Freundin von Ryder. »Okay, danke Jungs. Dann fahren wir jetzt zum Busbahnhof.«

Auch ihre eigene Suche blieb ergebnislos. Jetzt hing alles an Will und Natasha.

Als Matt und Nathan ankamen, hüpfte Natasha vor kaum verhohlener Aufregung auf und ab.

»Was hast du rausgefunden?«, fragte Matt.

»Einer der Fahrer hier sagt, er erinnert sich, dass sie in den Bus wollte, aus dem er ausgestiegen ist. Er ist sicher, dass sie beim neuen Fahrer eingestiegen ist. Ich habe am Reservierungsschalter gefragt, und dort sagte man mir, sie habe ein Ticket über Dallas nach Tulsa gekauft. Ich bin sicher, dass sie das war. Sie hat mir definitiv mal erzählt, das sie mit dem Bus nach Tulsa zurückmuss, wenn sie ihren Job verliert. Da bin ich mir sicher.«

Ihre Augen blitzten, und plötzlich wusste Matt, was sein Bruder an ihr fand. Vielleicht würden Will und er am Ende dieser Geschichte *beide* glücklich werden.

Er streckte die Hand aus dem Fenster und nahm ihre Hand. »Danke. Kommst du mit uns?«

»Natürlich, was denkst du denn? Wir kommen alle mit. Wir warten nur noch auf dich.«

»Bin so weit«, sagte Matt.

Sie nickte ihm lächelnd zu und rannte zu Wills SUV zurück.

»Gibst du den Namen der Unterkunft ein und sagst uns, wo wir langmüssen?«, bat er Nathan.

Nathan schwenkte sein Handy unter Matts Nase. »Längst passiert. Angeblich dauert es zehn Stunden.

Aber ich wette, du schaffst es schneller.« Er grinste und zog die Augenbrauen hoch.

»Worauf du deinen Arsch verwetten kannst. Anschnallen!« Matt legte den Gang ein und fuhr langsam an den anderen vorbei, die sich hinter ihm einreihten.

Es war fast fünf Uhr nachmittags, als Anya in der Obdachlosenunterkunft ankam. Sie glaubte, sie würde nie wieder trocken werden. Nass und elend hatte sie fast zwanzig Stunden lang in zwei Bussen gehockt. Sie hatte versucht zu schlafen. Schließlich war sie im Bus sicher. Aber sie konnte nicht einschlafen.

Die ganze Zeit dachte sie an Matt. Daran, wie sehr er sie hasste.

Sie war so lange ihrer Jahrhundertstory hinterhergejagt. Aber es gab Dinge, die waren wichtiger als Geld, ganz egal, wie dringend man es brauchte.

Was sollte sie jetzt tun? Konnte sie wieder schreiben? Nein, das würde sie nicht tun. Nicht, wenn es bedeutete, jemandem zu schaden. Sie wusste nicht mal, ob sie es überhaupt noch konnte. Schreiben war immer eine Zuflucht für sie gewesen, ein Mittel, um sich selbst und ihrer Situation zu entfliehen. Aber dann war es um Geld gegangen. Und jetzt waren da so viele Empfindungen, dass sie niemals in der Lage sein würde, sie aufzuschreiben. Keinen einzigen Blick hatte sie in ihr Notizbuch geworfen, seit Matt es ihr zurückgegeben hatte. Sie hatte es nicht einmal mehr angerührt. Sie hatte keine Worte mehr.

Jude war in St Johns, er schlief. Pfarrer Howard zeigte ihr, wo er lag. Wie üblich hatte er sein Feldbett aus der Reihe der anderen gezogen, um mit dem Rücken zur Wand schlafen zu können.

Pfarrer Howard brachte sie in sein Büro, wo sie erst wenige Tage zuvor gewesen war.

»Was ist passiert?«, fragte er. »Ich dachte, du wärst noch ein paar Wochen unterwegs.«

Sie kramte in ihrer Jackentasche und holte das verbliebene Geld heraus. Es war feucht vom Regen. Sie legte es auf seinen Schreibtisch. »Es hieß, ich hätte etwas gestohlen, und da hat man mir nahegelegt zu gehen.«

Seine Augenbrauen schnellten bis zu seinem Haaransatz. »Und, hast du?«

»Nein. Ich meine, ich weiß es nicht. Ich habe ein Kleid getragen, das mir jemand gegeben hat, aber ich weiß nicht genau, ob sie es mir hätte geben dürfen.« Sie hielt sich die Hände vors Gesicht. Nicht zu glauben, dass sie jetzt schon beichten musste, noch bevor sie ihre Jacke ausgezogen hatte.

»Und was ist mit diesem jungen Mann, mit dem du beim letzten Mal unterwegs warst?«

»Er denkt, ich hätte das Kleid gestohlen, nehme ich an. Ich weiß es nicht«, sagte sie weinend, das Gesicht immer noch in den Händen verborgen. »Es spielt auch keine Rolle mehr. Er glaubt, ich hätte sein Vertrauen missbraucht.«

»Hast du ihn gern?«

»Ich *hatte* ihn gern.« Sie zog die Nase hoch und hob den Kopf. »Aber das ist jetzt nicht mehr wichtig. Ich bin wieder da. Und ich wollte fragen, ob du mich und Jude etwas länger hierbleiben lässt, wenn ich dir das Geld gebe, das ich verdient habe. Ich glaube, ich brauche nur ein bisschen Zeit, um mir einen Job zu suchen und ihn dazu zu überreden, sich Hilfe zu suchen. Wie geht es ihm?«

Pfarrer Howard lächelte. »Es geht ihm gut. Er war im Veteranenkrankenhaus. Deshalb konntest du ihn nicht finden. Er hat noch einen langen Weg vor sich, aber es geht ihm besser. Aber Anya, und das ist jetzt sehr wichtig: Du bist nicht für ihn verantwortlich. Ich werde mich um ihn kümmern. In den letzten Tagen hat er hier ausgeholfen, und er wird uns eine große Hilfe sein, um mit anderen Veteranen auf der Straße in Kontakt zu kommen.«

Erleichterung durchflutete sie. »Wirklich? Es geht ihm gut? Das ist ...« Sie schluckte. »Das sind so tolle Neuigkeiten.« Jetzt musste sie schlafen und sich überlegen, wie es mit *ihr* weitergehen sollte. Was sie tun sollte. Sie stand auf und griff nach ihrem Rucksack. »Darf ich mir ein Feldbett suchen?«

Er lehnte sich auf seinem Bürostuhl zurück. »Ich glaube nicht, Anya. Es wäre wohl besser, wenn du dir eine dauerhaftere Bleibe suchst, meinst du nicht?«

Sie sackte in sich zusammen. Natürlich. Die Unterkunft war sicherlich voll. Daran hatte sie nicht einmal gedacht. Aber es regnete so stark. »Natürlich, Pfarrer. Aber könnte ich dann vielleicht auf dem Boden schlafen? Nur heute Nacht? Ich verspreche, dass ich morgen früh gehe.«

»Anya, ich glaube, du hast mich falsch verstanden. Ich hatte eine Unterhaltung mit … Vielleicht brauchst du einen Moment?« Sein Blick schweifte zur Tür, die in die angrenzende Kirche führte.

Sie sollte mit Gott sprechen?

»Okay.« Sie ließ den Rucksack wieder fallen und öffnete die Tür.

Die Kirche war hell erleuchtet, und nach der Düsternis in der Unterkunft und der schwachen Schreibtischlampe in Pfarrer Howards Büro dauerte es einen Moment, bis sich ihre Augen umgewöhnt hatten.

Was?

Sie drehte sich zum Büro um. Er unterdrückte ein Lächeln und tippte sich mit einem gelben Bleistift an die Nase. Offenbar versuchte er, unschuldig auszusehen.

Kapitel 20

»Anya!«

Ihr Herzschlag beschleunigte sich, noch bevor sie die Stimme erkannte. Sie blinzelte ein paarmal gegen das grelle Licht an. Eine Gestalt löste sich aus der gleißenden Helligkeit.

»Will? Oder …«, fragte sie blinzelnd.

»Matt«, sagte er.

Sie schloss die Augen und schüttelte den Kopf. Ganz sicher war sie sich nicht, ob sie nicht doch träumte.

»Mach die Augen auf«, sagte er.

Das tat sie. Und da war er. Ganz in echt. Direkt vor ihr. Und sah aus – sie schluckte schwer – wie ein Traum. Sie hob die Hand, um ihn anzustupsen. Nur um sicherzugehen, ob er auch wirklich echt war. »Matt?«

»Ja. Es tut mir leid. Alles. Aber, ja ich bin Matt.«

»Du bist hier?« Eines der Lichter in der Kirche fing an zu summen. Oder vielleicht war das auch in ihrem Kopf.

»Sag meinen Namen noch mal«, flüsterte er.

»Matt.« Sie machte eine Pause. »Du bist doch Matt, oder?«

»Ja, das bin ich.« Seine Augen wurden glasig, als müsste er die Tränen zurückhalten. »Es tut mir so leid, dass ich ein Arsch war. Dass ich dich wegen meines Namens angelogen habe. Will hatte große Probleme, um die er sich kümmern musste, und die einzige Möglichkeit war, dass ich seinen Platz einnehme. Ich hätte dich nicht angelogen, aber LJ hätte Will und meine Mutter verklagt, wenn er aus der Tour ausgestiegen wäre, um sich helfen zu lassen. Das konnte ich nicht zulassen.« Er schluckte sichtlich und senkte dann die Stimme. »Ich dachte, ich hätte dich für immer verloren.«

»Und wie es ihm leidtut! Er hat den ganzen Abend lang keinen Ton getroffen«, sagte Miles.

Sie spähte an Matt vorbei und sah, dass sie alle hinter ihm standen und breit lächelten. Miles, Nathan, Ryder, Trevin und Natasha. Sie sah genauer hin. Natasha hatte die Arme um Will gelegt. Sie warf einen verstohlenen Blick auf Matt und sah dann wieder zu Will. »Wow, ich dachte ja, ich wüsste es … aber …«

Matt drehte sich kurz zu Will um und lächelte. »Ich weiß.« Er trat einen Schritt vor und sah ihr in die Augen. Die tiefen Gefühle, die in seinem Blick standen, ließen ihr Herz aufgehen. Er nahm ihre Hand. »Du hast es gewusst und bist nicht sofort zur Klatschpresse gelaufen? Du wolltest es nicht der ganzen Welt erzählen? Du hättest ein Vermögen machen können.«

»Wie sich gezeigt hat, ist das nicht die Art zu schreiben, die mir liegt«, sagte sie schlicht. »Das ist mir schon klar geworden, bevor ich wusste, wer du bist.« Ihr Herz raste, weil sie ihm so nahe war. »Ich dachte, ich könnte es, aber wie sich gezeigt hat, kann ich es nicht.«

»Komm mit uns zurück«, sagte Matt. »Bitte.«

»Und was soll ich da machen? Ich ...« Hoffnungslos schüttelte sie den Kopf. »Ich muss mir eine Arbeit suchen und ...«

»Hör zu. Meine Mutter hat mit dem Pfarrer hier gesprochen, und sie will, dass du bei ihr wohnst, bis Will und ich wieder die Rollen tauschen. Dann müssen wir dich nur noch aufs College kriegen. Pfarrer Howard hat uns gesagt, du hast deinen Zulassungstest schon bestanden, du hast also keine Ausrede. Wenn du möchtest, können wir zusammen gehen. Keine Verpflichtungen, kein Druck, kein gar nichts.«

Ihre Stimme drohte zu brechen. Das klang alles so gut, aber einer realistischen Überprüfung würde dieses Traumgebilde nicht standhalten. »Ich habe kein Geld fürs College. Ich habe nicht mal Geld für Essen, wenn ich nicht gerade hier bin. Ich kann mich nicht einfach bei deiner Mutter durchschnorren. Das will ich nicht.«

»Wir wüssten, wie du für dich selbst zahlen kannst, nicht wahr, Will?«

Will trat einen Schritt vor. »Ja. Ich habe den Artikel gelesen, den du über die Obdachlosen von Tulsa geschrieben hast. Du schreibst mit Herz und dabei so schnörkellos, dass selbst ich es verstehe.« Er lächelte sie an. Es war das gleiche Lächeln wie Matts und doch war es ganz anders.

Matt sprach an seiner Stelle weiter: »Ich habe auf

dem Weg hierher die ganze Zeit rumtelefoniert. Ich habe dem Rolling Stone einen Exklusivartikel über Wills Weg aus der Drogenabhängigkeit versprochen. Ich glaube, du könntest unsere Story auf die richtige Art erzählen. Und ich hab gehört, der Rolling Stone soll Spitzenhonorare zahlen. Komm mit uns zurück. Schreib unsere Story.«

»Aber bekommt ihr denn keinen Ärger, wenn rauskommt, dass du den Platz deines Bruders eingenommen hast?«

Matt grinste. »Ich habe LJ von dem Plan erzählt, und er kann entweder der unterstützende Manager sein, den Will nicht enttäuschen wollte, oder der Manager, der Will auf Drogen gebracht hat, weil die Band über allem steht. Wenig überraschend, hat er sich für die erste Option entschieden. Wir haben jetzt seine volle Unterstützung.«

Ihre Gefühle drohten sie zu überwältigen. Konnte das wahr sein? Dass er sie abholen kam? Dass er nach ihr gesucht hatte? Dass er ihr die Möglichkeit verschaffte, ein richtiges Leben zu führen?

»Wow, sie sieht aus, als könnte sie sich nicht entscheiden, Alter«, sagte Nathan. »Du musst ein echt mieser Küsser sein.«

Nein. Nein, das war er nicht. Sie beugte sich vor, doch er kam ihr nicht entgegen. Sie wollte ihn so sehr küssen, aber warum tat er es nicht längst?

Und dann begriff sie: Sie musste auf ihn zugehen. Sie musste ihn küssen. Er war den ganzen Weg hierhergekommen und jetzt musste sie den letzten Schritt machen. Sie legte die Hand an sein Gesicht. In seiner Wange zuckte ein Muskel, er schloss die Augen

Sie trat auf ihn zu. Alles wurde still, alles wurde Matt. Sie schmiegte ihre Wange an seine, strich mit den Wimpern über seine Haut, und dann berührte sie seine Lippen. Sie strich mit ihren Lippen über seine, atmete seinen einzigartigen Duft ein und kostete das Gefühl aus, das sie viel zu lange nicht mehr empfunden hatte. Zu Hause. Bei ihm fühlte sie sich zu Hause.

Sie berührte seine Unterlippe mit der Zunge, ganz leicht nur, doch das reichte, damit er die Hände in ihre feuchten Haare schob. Ihr ganzer Körper sprühte Funken, als er sie innig und wild küsste.

Als er sich von ihr löste, atmeten beide schwer. Einen Moment lang herrschte Stille, dann waren Pfiffe und Johlen von den anderen zu hören. Er wandte den Kopf und grinste verlegen.

Dann hielt er ihr, ohne ein Wort zu sagen, die Hand hin, und sie ergriff sie. Er blickte auf ihre ineinander verschränkten Finger und in seinen Augen leuchtete die Liebe. Und das Glück. Und alles.

Sie hatte alles.

Als die anderen die Kirche verlassen hatten, wandte Matt sich wieder ihr zu. Er öffnete den Mund, als wollte er etwas sagen, aber da flog schon wieder krachend die Tür auf. Es war Will.

»Es ist nach all der Zeit, die du mit Will verbracht hast, wohl nur gerecht, wenn ich derjenige bin, der dir sagt, dass er dich liebt, oder?« Will grinste und ließ die Tür wieder zufallen.

Anya erstarrte irgendwo zwischen Schreck und Belustigung. Es fiel ihr schwer, Matt in die Augen zu sehen, doch er hob mit einer Hand ihr Kinn an, sodass ihr keine Wahl blieb.

»Entschuldige mich einen kurzen Augenblick. Ich muss nur eben ...«, er zeigte zur Tür, »jemanden umbringen.« Er schoss wie ein geölter Blick nach draußen.

Sie schlug sich die Hand vor den Mund, unsicher, ob sie lachen oder in Ohnmacht fallen sollte. Liebte er sie wirklich? War das möglich?

Ein Schlag, gefolgt von einem empörten »Au!«, dann erschallte Natashas lautes Lachen in der Stille der Kirche.

Matt kam zurück und fuhr sich durch die Haare. »Also, wo waren wir stehen geblieben?«

»Äh ...« Anya wusste nicht, was sie sagen sollte, deshalb deutete sie nur stumm mit dem Kinn Richtung Tür.

»Ach ja, richtig. Also, zum ersten Mal in seinem Leben hat mein dämlicher Bruder nicht total unrecht. Aber er hat keine Ahnung, nicht die leiseste, was ich fühle, wenn du bei mir bist. Wie berauschend es ist, einfach nur in deiner Nähe zu sein, wie es meine Stimmung erhellt und meine Seele. Ach Mist.« Er schüttelte den Kopf. »Ich bin kein Poet, wie Will einer ist. Aber ich liebe dich, Anya Anderson. Auch wenn ich keine geschliffenen Worte dafür finde ...«

Sie legte einen Finger an seine Lippen, sie war nicht

in der Lage, das ungeheure Ausmaß ihrer Gefühle in Worte zu fassen. »Ich bin hier die Schriftstellerin, und ich kann nicht einmal ansatzweise in Worte fassen ...« Sie schluckte. »Ich liebe dich auch, Matt Fray. Du bist mein Zuhause.«

Für einen Moment kniff er die Augen fest zu, als wolle er sich ihre Worte einprägen, und dann jubelte er. Laut. Anya fuhr erschrocken zusammen und lachte, als sein Freudenschrei in der Kirche widerhallte. »Ja!« Er stieß die Faust in die Luft, nicht einmal, nicht zweimal, sondern immer wieder. Anya musste über seinen Überschwang kichern und schlang die Arme um ihre Taille, während sie zusah, wie er durch die Gegend sprang und die Faust in die Luft stieß. Einen solchen Überschwang hatten die Wände dieses Gemäuers vermutlich zuvor noch nie erlebt.

Doch dann hielt er inne, stellte sich direkt vor sie und sah ihr in die Augen. Sie strich ihm die Haare aus der Stirn. Er schloss die Augen, als sie die Hand an seine Wange legte, und dann beugte er sich vor, um sie zu küssen. Eine Sekunde lang zögerte er, seine Lippen nur Millimeter von ihren entfernt, und dann küsste er sie sacht. Es war ein zarter Kuss. Es war ein perfekter Kuss. Sie fühlte sich geliebt. Beschützt.

Und sie liebte es.

Epilog

Anya rannte zum Briefkasten und fand drei Briefe, die unter der Anschrift von Matts Mutter Kara Fray an sie adressiert waren. Einer kam von der Landesuniversität, einer aus Tulsa und auf dem dritten stand *Studio City*. Den Brief aus Tulsa öffnete sie zuerst und setzte sich damit auf die Treppe.

Jude lebte bei Pfarrer Howard, er arbeitete in der Unterkunft und half anderen Kriegsveteranen dabei, die Hilfe zu bekommen, die sie brauchten. Er klang gut, auch wenn er sich noch immer weigerte, einen Computer zu benutzen, um nicht ausgespäht werden zu können. Das würde sich vielleicht nie ändern, aber Pfarrer Howard hatte ihr versichert, dass er sich wirklich gut machte. Genau die Probleme, die es ihm erschwerten, eine normale Arbeit zu finden, machten ihn zur perfekten Person, um Kontakt zu anderen Veteranen aufzunehmen.

Eine Träne löste sich aus Anyas Augenwinkel, als sie sich im Vorgarten umsah. Überall wuchsen herrliche tropische Blumen, am Gartenzaun standen Palmen. Wie war es möglich, dass sie so viel Glück hatte?

Matt kam aus dem Haus gestürmt. »Alles okay?« Er setzte sich neben sie.

Sie wischte sich die verirrte Träne ab. »Jude geht es gut. Er klingt glücklich.« Anya steckte den Brief in den Umschlag zurück. Sie würde ihm heute Nachmittag antworten. Sie mochte das Ritual, hübsches Papier rauszusuchen und in Schreibschrift zu schreiben. Und er ging jedes Mal darauf ein, welches Papier sie benutzte, weshalb sie sich inzwischen besondere Mühe gab, außergewöhnliche Schreibwaren zu finden.

»Anya. Was ist mit dem anderen Umschlag?« Er blickte auf den, der in ihrem Schoß lag.

»Welchen meinst du?« Sie hob den kleineren und den großen braunen Umschlag vom College hoch.

»Du weißt, welchen ich meine.«

Sie zögerte. Dies war das letzte Puzzleteil zu ihrem vollkommenen Glück. »Ich kann nicht ...«

»Bist du ein Angsthase?« Er zog die Augenbrauen hoch.

»Vielleicht.« Sie seufzte. »Alles ist so perfekt. Deine Mom hat mir ein Zimmer überlassen und du bist so ...« Jetzt drohte mehr als nur eine Träne zu laufen. Er nahm sie in den Arm und drückte ihr einen Kuss auf die Schläfe. »... nervtötend.« Sie lachte erstickt. »Es erscheint mir unmöglich, dass ich angenommen werde. Dass wir beide zusammen aufs College gehen. Das ist zu viel Gutes auf einmal, als dass es mir passieren könnte.«

Matt wusste, dass es eine Zusage war. Er hatte seine schon vor einer Weile erhalten, bevor er auf Tournee gegangen war. Keine Uni schickte einen dicken Packen

Unterlagen, um jemandem mitzuteilen: »Wir bedauern, Ihnen mitteilen zu müssen …«

Und ihr Essay war ein Kunstwerk gewesen. Sie hatte nicht einfach ihren Rolling-Stone-Artikel überarbeitet, obwohl das möglich gewesen wäre, und auch nicht ihren Obdachlosen-Artikel noch einmal eingereicht, obwohl auch das eine Option gewesen wäre. Stattdessen hatte sie einen Text darüber geschrieben, inwiefern es ihr die Augen geöffnet hatte, sich zu erlauben, anderen zu vertrauen. Wie es ihr ganzes Leben auf jede denkbare Art verändert hatte. Er hatte beim Lesen des Essays weinen müssen, aber dieses Geheimnis würde er mit ins Grab nehmen.

Er hatte es also schon gewusst, bevor der Brief überhaupt angekommen war. Aber sie musste selbst daran glauben, dass es möglich war. Wenn sie das nicht tat, würde sie immer fürchten, alles wieder zu verlieren, wie es ihr schon so oft passiert war.

»Anya. Du hast das verdient. Das weißt du. Du hattest die Chance, ein Vermögen zu verdienen, aber du hast dich dagegen entschieden, weil du niemanden verletzen wolltest. Du hast auf der Straße gelebt, seit du fünfzehn warst, und trotzdem war deine größte Sorge ein Mann, der dir dort geholfen hat. Meine Mom liebt dich, und ich kann dir sagen, das passiert nicht so leicht. Allerdings weiß sie auch nicht, dass du dich manchmal nachts in mein Zimmer schleichst, wenn sie schläft.«

Anya stupste ihn sacht mit dem Bein an. Ein sanfter Tadel.

»Was ich sagen will, ist, dass du es verdient hast zu studieren. Und egal, ob dieses spezielle College jetzt Ja oder Nein sagt, du verdienst eine gute Ausbildung. Du verdienst, dass dir großartige Dinge passieren. Vergiss das nie.« Er wünschte, sie könnte sich nur für eine Sekunde mit seinen Augen sehen. Aber daran würde er weiter arbeiten. Wunder geschahen nicht über Nacht.

»Wie geht es Will eigentlich?«, fragte sie.

»Dem geht's gut. Es geht ihnen allen gut. Seit sie LJ mit ... na ja, allem konfrontiert haben, können sie viel mehr mitbestimmen. Cherry wurden gefeuert, die neue Vorband scheint ganz gut zu sein, und die Tournee hat durch einige neue Stücke, die die Jungs aufnehmen wollen, neues Leben gewonnen. Und jetzt hör auf, das Thema zu wechseln, und mach den Brief auf.« Er gab ihr den Umschlag zurück.

Sie nahm ihn entgegen, und er hätte schwören können, dass ihre Hände zitterten. Wie gern hätte er sie in den Arm genommen. Aber zuerst musste sie den Umschlag öffnen.

Sie riss ihn an einer Seite auf und zog den Haufen Broschüren und Faltblätter heraus. »Sehr geehrte Ms Anderson, wir freuen uns, Ihnen mitteilen zu können ...« Ihre Stimme brach und sie fing an zu schluchzen. Gewaltige, herzzerreißende Schluchzer.

Er zog sie auf seinen Schoß und nahm sie fest in die Arme. »Du hast es geschafft«, flüsterte er. »Du gehst mit mir aufs College.«

Sie schniefte und sah ihn mit ihren wunderschönen

dunklen Augen an. »*Wir* haben es geschafft. Ohne dich, ohne Will und ohne eure Mom hätte ich das nie hingekriegt. Danke.«

»Gern geschehen. Und was ist mit dem anderen Brief?«

Sie lenkte den Blick auf den dritten Brief, riss ihn unter Tränen auf und zog eine Karte heraus. »Ich glaub es nicht …«, fing sie an, bevor sie die Einladung in ihrer Hand genauer betrachtete. Sie rieb sich die Augen und las den Text erneut. »Das kann doch nicht sein. Der *Rolling Stone* hat meinen Artikel für einen Preis nominiert. Sie laden mich zu einem Galadinner ein.«

Er war nicht allzu überrascht. Der Artikel war weltweit an verschiedene Zeitungen verkauft worden und jedes Nachrichtenmagazin hatte darüber berichtet.

»Du hast einen großartigen Artikel geschrieben, Louis Lane. Das sagen alle. Wahrscheinlich wird er verfilmt.«

Sie sah ihn einfach nur an, und er wünschte, sie würde niemals aufhören, ihn so voller Freude anzusehen.

Er küsste sie und dann stand er auf und hob sie hoch. Sie kreischte vor Lachen, als er sich mit ihr im Kreis drehte.

Er liebte es, sie lachen zu hören.

Er liebte es.

Danksagung

Ich danke Ophelia London, Lisa Burstein, Rebekah L. Purdy und Erin Butler dafür, dass ich bei diesem wunderbaren Boyband-Vergnügen mitmachen durfte. Ein dickes Dankeschön geht wie immer an Heather Howland und an den unvergleichlichen Lektor Stephen Morgan – und ich (für meinen Teil) hoffe sehr, dass das erst der Anfang war.

Und zu guter Letzt danke ich meinem Mann für seine unschätzbar wertvolle Unterstützung, die mir das Schreiben überhaupt erst ermöglicht. Ich liebe dich.

Lisa Burstein

Backstage – Mia auf Tournee

288 Seiten, ISBN 978-3-570-31189-9

Sie sind die heißeste Boyband seit One Direction: Die fünf Jungs von Seconds to Juliet sind der Traum eines jeden Fangirls. Und unerreichbar. Doch dann treffen Miles, Ryder, Trevin, Will und Nathan auf fünf Mädchen, die ihre Welt für immer verändern ...

Ryder Brooks lebt den Traum: Ruhm und Mädchen. Doch eigentlich will er seine eigene Musik schreiben, nicht die eingängigen Songs für Seconds to Juliet. Dafür muss er sein Leben ändern, und bekommt eine Tutorin, die absolut heiß ist. Mia steht zwar total auf Ryder, doch das würde sie nie zugeben. Mit einem Trick zwingt Ryder sie, sich als seine Freundin auszugeben, und Mia ist stinksauer. Doch manchmal braucht auch ein echter Badboy ein paar Streicheleinheiten – und eigentlich ist er ja ziemlich süß ...

Beth Reekles

The Kissing Booth

448 Seiten, ISBN 978-3-570-31327-5

Als die hübsche und beliebte Elle beschließt, für den Schulfasching eine „Kissing Booth“ einzurichten, denkt sie nicht im Traum daran, selbst einmal darin zu sitzen – und noch viel weniger, dass sie bald ihren ersten Kuss von Bad Boy Noah bekommt, dem großen Bruder ihres besten Freundes. Von da an steht ihr Leben Kopf. Denn Noah ist tabu, so hat sie es mit Lee vereinbart. Nicht so leicht durchzuhalten bei dem Jungen, auf den die ganze Schule steht. Aber kann das ein Happy End geben?

30395

www.cbj-verlag.de